李康美

著

西北大学出版社

图书在版编目(CIP)数据

心有所依 / 李康美著. --西安：西北大学出版社，2018.8

ISBN 978-7-5604-4209-9

Ⅰ.①心… Ⅱ.①李… Ⅲ.①散文集—中国—当代 Ⅳ.①I267

中国版本图书馆 CIP 数据核字(2018)第 176532 号

心有所依

李康美 著

西北大学出版社出版发行

(西北大学校内　邮编：710069　电话：029-88303940)

新华书店经销　陕西博文印务有限责任公司印刷
开本：787 毫米×1092 毫米　1/16　印张：15.5　字数：206 千字
2018 年 8 月第 1 版　2018 年 8 月第 1 次印刷

ISBN 978-7-5604-4209-9　　　定价：35.00 元
如有印装质量问题，请与本社联系调换，电话 029-88302966。

自　序

自我初入文坛，至今已经将近 40 年了。

非常怀念那个特殊的历史时期。从 20 世纪 70 年代末开始，伴随着解放思想的号角，伴随着改革开放的起航，文学领域的创作热潮一浪高过一浪，改变着中国，改变着社会，改变着许许多多热血青年的前途和命运。我的文学创作也是从那个时候开始的。1980 年，我在《陕西日报》副刊发表了小说处女作。随后的几年，我的中短篇小说见诸全国各地几十家报纸刊物，而且不时有作品被国家级权威刊物转载，多次获奖，并引发省内外文学界朋友的广泛关注和讨论。得益于文学，我的生存状态和生活质量也有了改变：由临时工被破格录用为国家干部；以业余作者的身份进入文化事业单位，后来又成为专业作家。现在给朋友们讲起来，朋友们都说我这一生也真够风光的。

可是有一个真实的笑话却让我伤感了许多年，现在想起来，仍然觉得个中滋味难以言表。1985 年年终将至，"全国青年文学创作会议"要在北京召开。作为陕西省的青年作家代表之一，我提前进京准备出席会议。我在北京旅游了几天,就如期去京西宾馆报到。上了一趟公交车,我见车上没有空座,就拉着扶手站着,心想,有人下车后再找座位吧。可公交车刚刚开动,我身边的一个小女孩突然站起来冲着我说:"爷爷,您请坐!"我当时一下子就蒙了:这个小孩是要给哪个老人让座呢?难道是我吗?而且脑子里还飞速运转着:爷爷?我怎么就成爷爷了?我这不是去参加全国青年作家代表大会吗?33 岁的青年作家,在孩子眼里,怎么成为应该让座的爷爷了?我怀疑那个孩子的眼神不好,赶忙礼貌地说:"谢谢,谢谢。不用,不用。"可是那个小女孩的旁边还坐着她母亲,那位年轻的母亲把孩子揽在怀里,说:"老同志,您就快坐吧。"我稀里糊涂落座后,悄悄地观察周围乘客的脸色,心想:如果大家都笑起来,就证明那对母女的眼神不对劲;如果大家的表现都很正常,就证明我的长相确实存在问题。最后的结果是:车里越来越拥挤,任何人的表情都已经和我没有关系。

尽管没有得到更多目光和表情的验证,但是从那以后,我就对我的"老相"很自卑。但凡再有人赞叹我享受着人生的风光,我就会想起一句民间俚语来:只见贼吃肉,不见贼挨打。初入文学之门的那些年,别说节假日我很少能记得,就是所有星期天也都被我用来写作了。甚至有两个除夕夜,我也是在办公室里写作到晚上 8 点多钟,才回家和家人团聚吃年夜饭。平时我也是只吃一顿早点就开始写作,等突然间觉得头晕眼花,才会想起已经到了晚饭时间,把午饭完全忘记了。长年累月地熬夜写作,就可能带来面容的憔悴和苍老。

当然,文学创作毕竟是一种相对静态化的工作,只要自己注意安排好作息,劳逸结合,就不至于继续发生被当作爷爷给让座的尴尬和窘迫了。陈忠实老师生前曾经多次对我说过这样的话:"康美的长相真是一个谜。我初次认识他，他就是这个眉眼么。几十年过去了，我觉得他还是以前那个眉眼，几乎就没什么变化么！"如此这般的感叹，也出自其他好些朋友。我只能自嘲地说："那是我实现了年龄的跨越，提前长到位，然后静静地等着你们一天天变老后朝我走来。"平心而论，文学创作也有陶冶性情的功能，豁达乐观、洒脱宽容是大多数作家的共性。

在近40年的文学生涯里，我已经出版了20多部文学著作，大部分是长篇小说和中短篇小说集，散文创作所占的比重不大，这部《心有所依》是我的第四本散文集。另外，我还写过十多部电影和电视剧剧本，并且大部分都已经拍摄放映了。可我一直觉得影视剧本是另外的艺术形式，虽然具有文学性，但是不能与真正的文学作品相提并论。关于散文创作，经常有朋友问我有没有经验和技巧可循，我曾经用六个字来概括："写什么，怎么写"。"写什么"是指任何文学作品必不可少的构思，就是你准备阐释什么思想，注入什么哲理，起码也要抒发什么感情；"怎么写"就是寻找切入点，不然就会写成流水账，写成缺失文学意义的个人日记。早些年，有一家报纸的编辑因其副刊发起"纪念建国四十周年征文活动"，诚挚地向我约稿。答应那位朋友后，我就念叨着"写什么，写什么……"后来就写了我们村头的碾盘子：新中国成立前和成立初，那个碾盘子是古老的碾米工具；村里通电后，电器化的东西使得碾盘子闲置成一块普通的石头；废弃在村头的碾盘子，在"文革"中又成为批斗台；改革开放的春风吹来，碾盘子又成为村民的议事场……这就让碾盘子有了生命，有了灵魂，成为历史的见证者。失眠是许多作家的顽疾，有时候也成为作家的生理标配，因为他们有一个共同习惯，就是不停地自言自语"写什么，写什么……"再加上"怎么写，怎么写……"

就把自己搞得夜不能寐了。当然我想，许多优秀的作品或许都是在这样的不眠之夜中诞生的吧。

  《心有所依》中收录的文章，都是我近几年写成的散文和随笔。重读自己的文章，我总会感受到一种变化，感受到心灵深处隐隐的沉痛。我说的那种变化，并不是自己创作风格的改变，我说的那种隐痛，也不是自己作品的深度，而是在这本散文集中，竟然收录了对那么多师长和朋友的缅怀悼念文章，这是与以往散文集最大的不同。由此我也清醒地意识到，这就是自然规律，这就是岁月不饶人。另外，我也惊喜地发现，这些年出书的文学朋友越来越多，这意味着文学自有后来人。我诚挚地为他们鼓与呼！

  心有所依，心依文学！

2018 年 6 月 10 日写于惠园

目 录
CONTENTS

第一辑 心的徜徉

遥远的青藏高原　/ 003

飞雪米拉山　/ 006

藏家做客　/ 009

游喀纳斯湖　/ 012

步入火焰山　/ 015

界碑　/ 018

重走映秀镇　/ 021

渭水滔滔入黄河　/ 024

黄土高原下的神秘世界　/ 027

心灵的相牵　/ 038

阳光和月亮的记忆　/ 048

满池荡春波　/ 056

宿营雪野　/ 058

第二辑 心的惆怅

窗外青藤 / 065

相逢在小麦飘香的季节 / 067

趾甲的轮回 / 071

我的读书经历 / 074

患得患失的悲哀 / 076

萝卜青菜，各有所爱 / 078

雄鸡伴我童年路 / 080

难忘的岁月 / 081

喧嚣的终结 / 086

两把椅子 / 092

外婆的堡子 / 096

作文趣事 / 100

第三辑 心的感怀

神秘的院落 / 105

华山春来早 / 111

感念编辑情 / 114

我与《渭南日报》 / 123

《老渭南》：珍贵的记忆 / 125

文学创作访谈录 / 128

遥望南原觅白鹿 / 133

记忆深处的陈忠实 / 138

怀念董得理老师 / 145

怀念赵明理老师 / 149

追忆复华兄 / 153

怀念观胜兄 / 157

第四辑　心的交流

文学现状之我见 / 163

寻常故事中的博大情怀 / 166

简论《涝池岸边》 / 171

简议《如今村里的年轻人》 / 177

以诗为魂，徐步坚韧 / 182

《承诺》的呼唤 / 184

大地行吟 / 186

感佩与祝贺 / 188

"雪拥蓝关"的乡愁 / 190

《聆听心灵的回声》序 / 193

在平实的生活中寻求浪漫的心境 / 196

平凡的人生滋味 / 199

故乡的眷顾 / 202

大漠情韵 / 204

金石可镂　笔墨生辉 / 207

挚爱故乡　笔墨留意 / 209

虔诚的依恋 / 212

放眼高空看过云 / 216

对菊延宏先生小说的阅读与思考 / 219

对庞文梓先生小说的几点看法 / 223

苍凉的乱世悲歌 / 228

守护公路的颂歌 / 231

《负曲史话》序 / 233

后记 / 234

第一辑 心的徜徉

一方水土养一方人，非洲人快乐地活着，北极人也快乐地活着。有的人终生看不到夏天，有的人终生看不到冬天。当他们终老时，留存在心里的喜怒哀乐、感动和感慨，只会是关于人和人的关系的，而不会是对自己的故土发出的诅咒和怨恨。

遥远的青藏高原

——西藏行之一

乘坐着开往拉萨的列车，我终于行进在青藏高原上。

有这样的愿望起码有十多年之久了，每年都说必须成行，而每年都成为空话，现在已经说不清因什么事情而搁置的了。我经常信誓旦旦地对别人说，此生此世宁愿放弃出国旅游的机会，也不能不去我们的西藏。那可是这个星球上的唯一，其特殊的地形地貌，绕地球转一圈也找不到。"天堂""仙境"之类的美誉，只有西藏才配得上。当然，步入那块神秘的地域，无疑也是对生命的挑战。我打听到的经验是，乘坐火车最稳妥，渐渐地爬升，就会渐渐适应高原严重缺氧的环境。

从西安到西宁，我保持着惯常的心态。列车经过西宁，天色缓慢地进入黑夜。前边的停车站是格尔木，这一段路程，虽然已经进入青藏高原的范围，可我早就领略过两次。在熟悉的麻木中，我昏昏入睡。临睡前还在心里计算过时间，我预想再一次天亮时列车才会真正在"天路"上跋涉，那时正好可以凭窗而望，想象着青藏高原纵深地带的景色。如果幸运，是不是还会看到藏羚羊或者无人区的野马和野驴呢？

自东向西行进，就有日出日落的时差。我苏醒后，听说格尔木车站已经过去了，那么此刻就应该赶紧占据窗口，欣赏昆仑山脉由黑夜到黎明的转换。以前从书本上读到的昆仑山，那可是万山之祖，是横贯中亚的大山系，被称为中国第一神山。时值八月下旬的清晨，内地的街道上早已有了纷乱的人流，而这里窗外的天空，仍然是一片空茫。天上没有飞鸟，地上没有灯光，包括整个列车里的乘客也都寂静无声，都躺在卧铺上，很难听到走动的脚步声。走道旁的座位上，只有我一个人傻乎乎地等待着。职业的习惯，让我始终举目窗外，捕捉曙光的来临。

在我以往的想象中，行驶在青藏高原上的列车一定会穿越许许多多隧道，或者在一座又一座大山中环绕。当东方的地平线上终于出现了鱼肚白的曙色时，我才发现没遇到一处隧道。南北方向的铁路两边，几乎都是宽阔的草地，当然也就不存在火车环绕在群山之中的情况，铁轨只是在纵情铺展的草地之外，被连绵不断的山脉挟持着延伸。突然，我在心里惊叫了一声：雪山！远处的山头之外还是山头，不时露出雪山的峥嵘。那些白茫茫的山顶和山坡，最先迎接着青藏高原的黎明，它们就好像一个个巨大的荧光灯，接受黎明曙光的投射，然后又照亮了周围的黑暗。

青藏高原的早晨，有雪山折射的光辉。所以，远近很快就变得豁然开朗，我的视线也变得深远，似乎这里的黎明不需要铺垫，不需要由近而远循序渐进。就好像新娘掀起盖头，眼前立即就是五彩的花环和美丽的容颜了。实际上，这里已经是深秋季节，铁路两边一直往前铺展的草地，都是一片枯黄，绝不存在多彩的景色。这样，我只能透过那些黑褐色的山峁，透过那些间断冒出的雪山，想象着隐藏在它们身后的景致。电影中的无人区里，我们照样看到了人的踪迹。真正的无人区，我想并不是人迹罕至，而是人类的脚步根本无法进入。比如那些千山万峰的纵深处，究竟又延伸了多长的距离，究竟沉寂了多少年，隐藏着多少人类浑然不知的秘密？我甚至还想到传说中的"雪人"，在心里认定他们的存在。人类难以发现的东西太多了，世界还留着无数的谜底。

神奇和博大，才可以让人浮想联翩。

天地的苏醒已经过去好几个小时了。有人向列车员打听，唐古拉车站什么时候到？列车员说，马上就到。可是这个"马上"又是两个多小时。我仍然坚守在走道的窗口，等待着世界上海拔最高的火车站的到来。唐古拉车站非常小，据说平时无人看守，只是留待以后使用。实际上，青藏铁路上有好多车站都是无人管理的，除了多出一两条铁轨供上行下行的火车会车时停留，没有其他用途。既然是海拔5072米的车站，就应该能感觉到缺氧的难受嘛。经常跑拉萨的乘客拿出高原反应的证据说，看看没有拆封的方便面，凡是装在塑料袋里的东西，早已经鼓成了气球的模样；如果不是车厢里放着氧气，说不定你们也都上气不接下气了。大家纷纷掏出包里的食品，果真个个都鼓胀起来，似乎扔在空中就可以飘飞。唐古拉山口是青海省和西藏自治区天然的分界，列车整整行驶了一天一夜，这才真正进入西藏的地界。

忽然，整个车厢的人都呼喊起来——列车竟然从措那湖旁边经过，湖面和天一样蓝，就好像湖在天上，天在湖里，浑然一体，无缝对接。如果说刚才还是古朴的神秘，那么现在就是仙境的召唤了。

飞雪米拉山
——西藏行之二

  车子继续行驶在前往林芝的路上，公路两边随处跑动着牛、狗，还有猪。虽然它们都有主人，但是主人却极少出现。散放式饲养，这是藏民共同的习惯。渐渐地，我发现公路边的牛和猪越来越少，再往前，甚至连一条野狗也看不到了。车子驶入盘山环绕的道路，伴随着呼吸的轻微急促，我终于明白，前边已经进入高海拔地带。
  刚才那些众多的家养动物也不愿意在高海拔的地方活动吗？可见贪图舒服不仅仅是人的共性。
  忽然间，前边的山头就都是白茫茫一片了。随着车子的继续爬升，我们就行进在四面的雪山之中了，周围整个儿都是白雪皑皑，成了雪的世界。八月下旬的时节，在内地还是短袖 T 恤衫，即使刚才在山下，满目也还是深秋的景色，这怎么一会儿工夫就好像转换了季节，一下子进入冰天雪地的严冬了？近视让我几乎分不清哪儿是山头，哪儿是山坡，哪儿是流动着河水的峡谷。隔窗定睛望去，一群又一群黑点吸引了我的视线。啊！那是奔走在雪山中的牦牛群，它们才是青藏高原上最无畏的勇士。别说白天，就是到了气温大幅降低的夜晚，它们也能够在雪地里歇息。当然，随同牛群的是放牧的藏族人，他们同样是坚强的，只有他们才能适应这种恶劣的环境和气候。
  从拉萨到林芝的公路属于川藏线，比起从青海过来的青藏线，一路上又是别样的景色。尤其是林芝那一段，被世人称为西藏的"小江南"。尽管线路的距离要比青藏线近得多，可沿线气候多变，几乎每年都会发生公路被泥石流冲垮的状况。米拉山，就是川藏线的最高处，也是一个观光点。车子停下来，到处是来来往往的游客。地上的积雪早就被游客踩踏得翻出了黄泥，只有稍远处的仍然保持着纯白的晶莹。那边的崖上耸立着一块巨石，上面镌刻着"米拉山口，海拔5013M"几个大字。游客们争抢着在那块石碑旁照相，似乎忘记了高原反应对身体的影响。是不是美妙的景色可以创造生命的奇迹？抑或是刺激的东西可以使痛苦的感觉丢掉？现在回想，我自己的感受是，在雪地中行走，稍微有点头重脚轻，如果再稍稍地跑几步，就会气喘吁吁，上气不接下气了。但是在那时候，这样的感觉完全被忽略，陶醉和兴奋就好像给每个人注入了强心剂。忘记了寒冷，忘记了胸闷，甚至还盼望再来一场纷纷扬扬的八月飞雪，以增强那种刺激的记忆。

　　对于那样的气候和海拔，游客中不能说没有后悔者和脆弱者，也许是那些人都没有下车，所以我没有看到种种痛苦的表现。实际上，我们也只是在米拉山口停留了不到半小时，短暂的刺激和陶醉后，待车子重新上路，同车的游客才有人捂着胸口，闭上眼睛，陷入昏昏沉沉的高原反应中。而我的目光又向远处的雪坡上搜寻着牦牛群，想象着它们夜归何处。我询问导游，遇到如此的大雪，牛群的主人为什么还要坚守在米拉山上呢？导游说，青藏高原的太阳很毒，只有海拔更高的地方才会常年积雪；即使在米拉山这里，积雪也是来去匆匆，只要太阳放出光芒，半天或一天之内所有积雪就都会融化了。

　　果然，我们只在林芝住了两个晚上，原路返回拉萨时，米拉山已经恢复了本来面目，没有了厚实积雪的覆盖。我还发现了正在施工的高速公路隧道口。目前，拉萨至林芝的高等级公路有的路段即将通车，米拉山隧道作为这个项目的控制性工程，也正在夜以继日的建设中。未来，川藏线高等级公路和滇藏线高等级公路都会从远方而来，和拉林高等级公路衔接后再通往拉萨。对于这样的未来,我想许多人会激动也会失落,正如许多景区的索道,让人在轻松自若中错过了多少奇妙的景点和奇妙的感受。我想,在米拉山隧道彻底通车的时候,那块标示米拉山海拔高度的石头将会变得非常孤独,喜遇米拉山上的飞雪也将会变成美丽的传说。

藏家做客
——西藏行之三

在西藏旅行时，曾经在藏家做客。

那是从林芝返回拉萨的途中，我们又参观了一个藏族村子。在许多人的印象中，以放牧为生的藏族人似乎不存在什么村落，普通藏族人长年累月生活在广袤的荒野中，全家人栖身在毡棚里，过着简单而又与世无争的生活。不错，当时我也是为此而纳闷。我们的车子离开公路，刚刚驶入宽阔的村道，一幅很大的汉文广告牌就扑面而来，上书"章巴村藏家乐欢迎你！"我猜想，"章巴"二字肯定是藏语的直译或者音译，"藏家乐"无疑就是对内地"农家乐"的直接借用了。

章巴村完全建在平原地带，中间是一条宽阔的水泥大道，道路两旁是两排整齐划一的屋舍。在每家屋舍的前边，还有长满绿草的院落。屋舍的建筑风格和五颜六色的装饰带有显著的藏族特色。

去藏家做客之前，我们在村委会的大院里看了一场演出。演出的节目主要是藏族歌曲和舞蹈。表演完毕，一个颜值很高的姑娘把我们一行六人领进家门。这个姑娘不但长得非常漂亮，个头也很高，完全是模特的身段。她的屋舍和别的屋舍一样，都是两层小楼，会客的地方在第二层左侧。那是一个宽敞的会客厅，客厅中央是一个干净的大火炉，墙边是一排大沙发，一切都和我们想象中的藏族家庭完全不同。她先给我们每个人都倒了酥油茶，又马上自我介绍说，她叫云旦卓玛，在湖南民族学院上的大学，毕业后又回到村子里。啊，大学生！难怪言谈举止显得优雅而得体。云旦卓玛见我们总是打量着屋子和摆设，就介绍说，这都是对口支援的结果，从规划到修建，什么都不用他们操心；他们要做的，就是彻底改变以前的游牧生活，从米拉山上搬迁到定居的村子来。

米拉山？我们从拉萨过来时曾经在米拉山口停留过，距离这儿足有三百多里地的米拉山，竟然被云旦卓玛提到了！我脱口说，米拉山那么远，怎么也是你们的"地盘"？她说，米拉山是一座山脉——啊，你们肯定已经到过米拉山口，可是那个山口的标志和整个山脉完全不是一个概念哟。原来如此，这次做客起码纠正了我心中的一个谬误，看来章巴村后边的山峰同样是米拉山脉的绵延啊。西藏的地域非常辽阔，据说一个乡管辖的面积，比内地一个县甚至一个市的面积还要大得多。以前我就听一位援藏的干部讲过，如果在西藏某些偏僻的地方当乡长，辖区里的群众也许只有几百人，可是要想和他们每个人都见一面，即使骑着马也可能需要奔走好久。

我和云旦卓玛的交流渐渐深入，还谈到了藏族的风俗以及这些年的巨大变迁。云旦卓玛今年二十八岁，她说她出生时全家仍然在米拉山上过着游牧的生活。

我一直没有弄清云旦卓玛家里到底有多少人，只是听她说，父母亲都健在，还有两个哥哥和两个嫂子，她自己也已经结婚生子。这样的话人口似乎很好计算，可是两个哥哥各自还有几个孩子，他们是不是都住在这幢小楼里，我们没有仔细询问，因为弄不清藏族人有什么忌讳。说是藏家做客，实际上接待我们的只是云旦卓玛一个人，她说家里的男人仍要去米拉山放牛，身强力壮的女人也会随着丈夫走，好在现在的孩子都可以留在村里上学了。云旦卓玛是村里的导游，不再需要出外放牛，只用留守在村子里，晚上照看几个孩子。让我们深感困惑的是，她既然有两个哥哥，怎么她的丈夫也在她家里生活？云旦卓玛说，藏族人对这些分得不是很清楚，她结婚后仍然住在娘家，丈夫也就随她过来了。

一个姑娘上了大学，毕业后又回到村里当了牧民，丈夫也是普通的牧民，这是令人深感意外的事情。可是云旦卓玛的脸上没有一点失落和阴郁，始终洋溢着灿烂的笑容。她说藏族出外读书的大学生大都是由政府供养，一开始就说清毕业后要回到藏区工作和生活。这在他们这儿没什么奇怪的，国家培养他们，就是为了服务西藏，改变西藏的面貌。她说回到村里就要遵从藏族的风俗，从谈恋爱到结婚，一切程序都是按照他们这儿的风俗走。她和丈夫认识后，如果要结婚，就必须对这个小伙进行生活能力的全面考验。所以，这个小伙就和云旦卓玛的父亲一起出外放牧了。这一走就是一年多，甚至整个冬天都要在遥远的山区度过。直到家人都认为这个小伙身体强壮、聪明能干、心地善良、为人诚实，才能给两个人张罗婚事。办完婚事，已经成为丈夫的男人仍要外出放牧，其生活状态和结婚前差不多。云旦卓玛说，如果她只是一个普通的藏族女人，也会跟着丈夫去放牧。由于成了有知识有文化的女人，村子又在发展旅游业，她就只能坚守在村里，和丈夫也就离多聚少了。

　　走下楼，我忽然看见一只小狗摇着尾巴跑进门来，云旦卓玛连忙亲切地抱起小狗送我们出门。我问这只小狗是她养的吗，她说她也弄不清这是谁家的。虽然政府在这儿修建了村落，可是平时住在村里的人并不多，他们出外放牧时会把孩子和家里的宠物留在村子里。孩子们有老师照顾，宠物们则会四处为家。所以留守在村里的人，见到任何一个孩子或宠物，都会如同对待自己家的一样给予贴心照顾和呵护。

游喀纳斯湖

乘坐游艇疾驰在喀纳斯湖上，吸入的是来自北冰洋的洁净清冷的空气。

旅游的情趣永远在路上，永远在无限的遐想和期待之中。比如游喀纳斯湖，徐徐前行的一众游客竟然不约而同地议论起今天能不能看见水怪的影子。似乎看见水怪就不虚此行了，甚至成为终生的幸运和骄傲。由此，我突然想到传说中的神农架野人以及喜马拉雅山的雪人之谜。其实，在我看来，那些只不过是普通游客的幻想和奢望，是非常遥远的传说，现在听起来都好像是笑话了。

如果把传说中的"水怪"作为吸引游客的诱饵，那就是对喀纳斯湖的不敬，甚至亵渎。喀纳斯湖就像一个纯情的少女，她的神秘、美丽在许多方面都与众不同，其本身就是视觉的盛宴。八月中旬，勃发的绿色围绕着湖面，把宽阔的湖水映成深邃沉静的墨绿色。尽管一条条游艇不停地在湖面上荡起喧嚣，但是纵观整个喀纳斯湖，她给人的感觉总是那么的沉静和神秘。这可能是骨子里的一种气质，是北冰洋水系与生俱来的一种特性。这样的气质和特性需要用心感受，浮躁的心情无法体验，也无法想象她的气度高远，以及最终归于北冰洋后的冰清玉洁。

喀纳斯湖的绿色季节非常短暂，六月来，九月走。这里永远没有夏天，如果勉强把春天和秋天各划为两个月，剩下的就全是冰天雪地的冬眠状态。也许是因为都知道时间匆匆,这里所有的植物刚一发芽,立即就会英姿焕发,珍惜这短短三个多月的生长期。八月中旬正是她们一年一度生命最旺盛的巅峰期,四处都绿得那么厚重,那么浓密。再加上喀纳斯湖和布尔津河的浸润,置身于漫长的河谷里,每个人的呼吸都非常通透,整个身心都陷入陶醉之中。

　　喀纳斯湖的奇妙,还在于水流颜色的多变。墨绿色的湖水向下流溢,在峡谷中形成弯弯曲曲的河流之后,仿佛又和天空相接,变换着色彩,一会儿浅蓝,一会儿深蓝。可惜我们没有机会享受秋天的景色:湖面与满坡红叶或黄叶交相辉映;如果还有纷纷扬扬的大雪降临,那般的梦幻美景,是不是会令人窒息?据说喀纳斯湖的别称就是"变色湖",随着季节和天气的变化,湖水会变换颜色。

　　也曾看过诸多湖泊,唯有喀纳斯湖可以让人的思绪驰骋飞扬。在中国境内,她是唯一归属北冰洋的水系。喀纳斯湖的北边,就是连接着中俄和中蒙边界的阿尔泰山脉。阿尔泰山脉的中段在中国境内最西北的顶点是4300多米高的友谊峰。友谊峰南麓的巨大冰川融化成水,成为喀纳斯湖的水源。友谊峰南坡的冰川地带和喀纳斯湖的距离不到50公里,而这里又是终年低温,所以,尽管八月是喀纳斯湖最热的时节,我们仍然可以感到嗖嗖冷风,似乎冰川的气息扑面而来,似乎北冰洋就在眼前。

　　源源不断的冰川水源缓缓地注入喀纳斯湖之后,又在喀纳斯湖之南流溢成布尔津河。布尔津河自北向南而来,注入额尔齐斯河。额尔齐斯河自东向西流入哈萨克斯坦,再经哈萨克斯坦流入俄罗斯,最终注入北冰洋。伫立在喀纳斯湖一侧,联想着遥远而又严寒的北冰洋,这种心灵深处的享受,是在别的湖泊那里无法获得的。平日里,我们总是哼唱着"滚滚长江东逝水"或者"大河向东流哇,天上的星星参北斗",游览了喀纳斯湖,我才知道自己的知识是多么的粗浅,经历又是多么的贫乏。另外,喀纳斯湖直接和冰川相连,冰川融化成水,很快就形成一面大湖,这可能也是非常稀罕的景致吧!

喀纳斯湖边居住的是图瓦人，他们只有语言，没有文字。说不清图瓦人已经在这儿繁衍多少年了，这里的图瓦人才仅仅有两千多人。他们把喀纳斯湖视为神湖，所以千百年来一直坚守着这个家园。

在我们游览喀纳斯湖的过程中，体验图瓦人的生活是必不可少的一个环节。现在，为了保护喀纳斯湖的环境，当地政府出资，让图瓦人集中居住。他们居住的房子全部是木结构，屋子里的许多摆设也都是木制品。观看图瓦人的表演需要排队，虽然这里的旅游季全年只有三个多月，我想每天成千上万的旅游队伍也可以给图瓦人带来不菲的收入，在漫长的孤寂中，他们的生活应该没有问题。图瓦人的表演项目主要是唱歌和跳舞，都是在他们的屋子里进行。整个演出大约二十分钟，其中较为精彩的节目是一个老艺人从嗓子眼里发出的声音。说不清那是唱歌还是口技，但是许多游客都知道，他们曾经在央视的"星光大道"演出过，所以令人印象深刻。

"喀纳斯"是蒙古语，意为"美丽富饶、神秘莫测"。美丽和神秘，都是用语言难以描述、难以破解的。

2017 年 9 月 12 日追记于惠园

步入火焰山

旅游，大致是为了赏心悦目。当然，也包括寻求刺激，寻求另类的切身体验。比如在"火焰山"中蒸烤一番，就纯粹是一次煎熬和受罪般的体验。提起火焰山，我们首先会想起神话小说《西游记》，想起铁扇公主的芭蕉扇。明代作家吴承恩为唐僧师徒编造的神奇故事虚无缥缈，后人却由此开发出一处旅游景点来。

火焰山位于新疆吐鲁番，我们到那里时正值 8 月中旬。凌晨从乌鲁木齐出发，就好像经历了两个季节。出发时穿夹克还会感到嗖嗖的凉意，可进入吐鲁番的葡萄沟时却热得大汗淋漓。这时候在内地同样是暑期，可是吐鲁番的热度竟让人如同置身蒸笼，不管躲到什么地方，都有一种让人窒息的感觉。我和同行的徐喆先生到处找水喝，一边奔走还一边议论说，以前听见《吐鲁番的葡萄熟了》那首歌，还以为到这儿有多么的享受，多么的舒服，原来热得这么邪乎，这么遭罪呢！也许正是有这样的温度、这样的气候，才有了吐鲁番名扬天下的葡萄，也才能让这里的葡萄很快成为葡萄干。一方水土养一方人，非洲人快乐地活着，北极人也快乐地活着。有的人终生看不到夏天，有的人终生看不到冬天。当他们终老时，留存在心里的喜怒哀乐、感动和感慨，只会是关于人和人的关系的，而不会是对自己的故土发出的诅咒和怨恨。吐鲁番自古就有"火洲"之称，降水量少得可怜，干旱程度在全世界都罕见。为了生存繁衍，生活在这里的先民们就开凿了坎儿井。

坎儿井是一项复杂的引水工程，那些水渠都埋设在地底下，我们只能触摸到水的清凉，而实在很难弄清那些水渠有多长，如何从大漠中穿越过来，并且经久不衰，不间断地哗哗流淌。吐鲁番的先辈们以超人的智慧和艰辛引来遥远的天山雪水，他们对这块"火洲"不离不弃，始终善待自己的土地，终于把荒漠变成了绿洲，从而也有了驰名中外的葡萄沟。

挚爱的情愫让他们坚守，用智慧的力量创造奇迹。

离开葡萄沟和坎儿井，我们继续向火焰山进发。刚才的气温和热度，实际上只是对炎热的铺垫，不过是让远来的游客慢慢适应，考验还在后边，那才是真正"烧烤"的切身体会。坐在旅游大巴里感觉不到气温的转变，我们只觉得前边的地势越来越低，火红的太阳和火红的土地紧密相接；如果天上还有火红的云霞，那就几乎分不清天地的颜色了。

人们俗称的火焰山处于吐鲁番盆地中。吐鲁番盆地的最低点，竟然低于海平面 154 米。旅游大巴进入火焰山景点，装饰景点门头的是手遮眉毛远望的孙悟空。在停车场下车后，我发现这里只是一条长长的河谷地带，火焰山也仅仅是南边那片高原。其实所谓的火焰山，和大多数山峰比起来都低得可怜，据说最高处也不过海拔 800 多米。而且火焰山无须攀登，我们也没有攀登的勇气和能力。

走下旅游大巴，一股热浪扑面而来。离开停车场，每个人都是步履匆匆，不是习惯性地争抢着要进火焰山景区的大门，而是因为连停车场也有了蒸烤的味道。步入火焰山景区，先要经过一个圆形的大地宫。深深地挖掘在地下的地宫，与其说是旅客们的活动场所，不如说是一个缓冲点，或者说是生命的急救站。因为除了带有制冷设备的地宫，在周围任何地方，站一会儿都会令人感到窒息。圆形的地宫最中央是一个圆形的露天观景台，其实在火焰山景区再没有别的景色可观，只不过在那块露天场地中，竖立着一根孙悟空的金箍棒，那根伸向高空的金箍棒其实是一个巨型温度计。旅客们个个举目仰望。我们到达的那一刻，温度计显示的是 70 摄氏度，这是地表温度。我们从地宫上去，真正的体验这才开始。火焰山景区根本谈不上游览，无非就是体验一下什么叫热，什么才是把人放在火炉中烤。到了地面，眼前全都是赤褐色。沿着山体向远处望去，烈日照射在赤褐色的山体上，滚滚而来的热浪和赤红色的雾霭真让人有置身火焰之中的感觉。火焰山让我们见识到真正的寸草不生，除了遍地的赤红，连一丁点儿绿色都没有，当然也不会有任何昆虫，甚至不会有飞禽从这里飞过。这儿的旅客都不会走得太远，我和徐喆还算走得稍远一点儿的，但是不到十分钟就赶紧往地宫口走。这儿的商贩比葡萄沟那边的人更耐热，虽然搭着凉棚，但是要在六七十摄氏度的高温下做生意，那样的体质也是令人难以置信的。商贩们兜售的是饮料和烤鸡蛋。他们把浅浅的铁皮桶埋在沙土里，在铁皮桶里放上鸡蛋，上边再盖一块玻璃，自然的高温就把鸡蛋烤熟了。我和徐喆都吃了一个最节能的烤鸡蛋，这就是在火焰山留下的最后记忆了。

体验一次蒸烤的煎熬，算是填补了人生的空白，不虚此行。

2017 年 12 月 21 日补记于惠园

界　碑

在新疆旅游时，我们还乘坐旅游专列去过一处国界线。那处国界线位于新疆博尔塔拉蒙古自治州所辖的阿拉山口市境内，那儿是一处国门，具体的名称为"阿拉山口口岸"。阿拉山口口岸是中国西部的桥头堡，在那里，铁路和公路并举西去，进入哈萨克斯坦共和国，进而横穿欧亚大陆，把亚洲和欧洲从陆路交通上连为一体。

凡是有口岸的地方就应该有边防站，应该有象征着国界线最边缘的界碑吧？可是我们在阿拉山口口岸参观时，却没有看到一处界碑。后来才弄清楚，真正的国门、真正的口岸之间，还会有一片宽阔的警戒地带，相邻两国都会拉上铁丝网。在那一片警戒地带，在肃穆的界碑两侧，只有两个邻国的边防兵才能进入。至于普通的游客，连界碑的影子都看不见。

几天之后，我们离开了旅游专列，接受乌什县一个朋友的邀请，从乌鲁木齐直飞阿克苏，开始了南疆之旅。乌什县属阿克苏地区，位于塔里木盆地西北边缘的天山南麓，北与吉尔吉斯斯坦共和国接壤，是一座边塞古城。心存关于界碑的遗憾，我和同行的徐喆先生一再询问当地的朋友，既然乌什县地处边塞，那么在哪儿能看见真正的界碑呢？朋友刘先生当即表态说，咱们渭南的乡党正在修建一条通往边界的公路，明天就开车走一趟！

我们实在想不到，这竟然是一次非常冒险的经历，当然，同时也纠正了我们关于边界常识的一些误解。修建那条道路的乡党亲自驾车，驶出县城之后，很快进入一片大戈壁。大戈壁过后，渐渐进入山区地带。只见前边拦上了一道漫长的铁丝网，我以为那道铁丝网就像阿拉山口口岸的一样，意味着里边就是边防哨所的管理区了。可是那位乡党朋友说，这里距离边界还远得很，拉上铁丝网是出于其他需要。车子继续前行，又经过一处边防哨所。由于哨所建立在半坡上，我们没有看见检查的战士。车子在坡下按了几声喇叭，片刻的等候就好像在接受哨兵的检查，片刻之后拦车的栏杆就缓缓升起了。现代化的设施，把一切都变得如此严密而简单。其实最关键的还是我们这位乡党在此修路好几个月，他和他的车子常来常往，已经成为每个关卡的熟人熟车了。

　　从县城到终点，全长 70 多公里。除山外的路已经建成之外，其余的路段还在修建中，进山之后就几乎全是机械推出的石渣便道了。好在山是石头山，河是沙石河，即使遇上大雨，也不会因为泥泞影响车辆和机械的行进。说是行进，其实是在大山的夹缝中钻进钻出，每一步都有让人心惊胆战的艰险。车窗外是扑面而来的山头，拐弯处更是让人冷汗淋漓——不断出现 90 度或 70 度的硬转弯，而且狭窄的道路一侧就是河谷或悬崖，容不得车子有半点闪失。尽管这位承包修路的乡党已经对此路非常熟悉，但每逢拐弯处，他也得倒退前进、前进倒退好几次，才能继续向前攀爬。四面全是黑乎乎光秃秃的山头，山坡之上寸草不生，有的还常年积雪——我们已经进入高海拔地带。快到终点那一段路程，陡峭的路面举目可见，我们感到车子都快要立起来了。乡党开的是高配置越野车，这时候似乎也"体力不支"，几次出现"大喘气"，甚至车轮子还打滑后退了几次。这位乡党朋友倒一直表现得非常冷静，看样子他对此种状况早就习以为常了。

　　我们来到一处半山顶，距离山头只有一步之遥。乡党说这里的海拔有 4500 多米，越过这个山头就是吉尔吉斯斯坦的国界。显然，这里还不是这条道路的终点，他们还要继续往前修路，一直修到稍微宽阔的山顶上去。忍受着嗖嗖的寒风,遥望着对面连绵不断的雪山,我们这才想起心里的期盼——界碑!界碑在哪里?乡党朋友用手一指说,看!就在对面右侧那个山头上。我们都一脸茫然,看不见界碑的影子啊!乡党朋友哈哈一笑说,他曾经去过两次,一次半途而废,一次终于成功。那个山头看起来似乎近在咫尺,实际上攀登过去需要两三个小时。山坡上常年冰冻,那可真是寸步难行呢!我们不得不打消了抚摸界碑的奢望,只在他手机的照片里观看了那块与众不同的界碑。那块界碑上没有"中国"的字样,界碑下方只有非常显明的"2"。镌刻在界碑上面的圆形图案已经模糊不清,我们想大概是中国的国徽吧。乡党朋友是国界线上的百事通,他说就是那样的界碑,大概还是苏联人用直升机弄上去的。那时候苏联还没有解体,吉尔吉斯斯坦也只是其加盟共和国之一。那么这处国界线上也就没有设置铁丝网,没有双方巡逻的边防兵吧?乡党说,这样恶劣的环境,除了亡命之徒铤而走险,谁也不愿意在这儿捣乱吧。如果是友好国家,也就免了那个麻烦,不花那个闲钱了。

　　这一路终究没有看到界碑,只看到了无尽的空旷和寂寞。

重走映秀镇

随着时间的推移，汶川大地震的凄惨和伤痛已渐渐淡出我的脑海。但2008年的"5·12"却成为一个灾难符号，留存在历史的档案里。那场灾难的震中就在映秀镇。远去的灾难无须详说，我之所以又提起映秀镇，是因为我之前已经亲临过一次。那一次是2008年6月2日，为了真正地深入地震的中心地带，我们驱车从成都出发前往映秀镇。一路上还亲历了多次让人不寒而栗的艰险，整个公路大部分都是临时推铲出来的，由于余震不断，山坡上不时有飞石砸下来。好不容易看到了映秀镇，可是那里已经成为一片废墟。这一次是2014年4月30日，本来我们是想避开假日的拥挤，游览青城山后当天返回，可是既然到了昔日的灾区，何况落脚的青城山距离映秀镇又不远，于是执意去映秀镇重走一回。

第一次去，我纯粹是出于对众多亡灵的悼念，而这一次则是受到秀丽景色的诱惑。

现在，途经映秀镇的公路有两条，一条是国道，一条是高速。六年的岁月不算漫长，可是那场灾难造成的疮痍早已消失得无影无踪。春天旖旎的风光填补了山坡上的累累伤痕，自然界也正在焕发着顽强的生命力。如今的映秀镇，又环绕在青山绿水中，周围的植被非常丰厚，岷江和渔子溪穿镇而过，更加增添了它的美丽和迷人。上一次前往，我看到的只有心酸和悲伤，这一次才领略了"映秀"的名副其实。

映秀只是一个很小的镇子。车到映秀镇，直接就开到了地震纪念馆门前。映秀镇也建了地震纪念馆？对这一点我还有点始料未及。正当我和同行的朋友吃惊之时，几个讲解员已经热情地迎接过来。我们赶忙询问在哪里售票。讲解员说，无须购票，只要出讲解费就行了。来到那场大地震的中心，我想没有多少人会讨价还价，更没有人会绕门而过。

那些讲解员穿着不同的民族服装，当一个女讲解员陪同我们向纪念馆走去时，我看着她的服饰试探地问，你是羌族人吧？她点头默认后，随即介绍说，映秀镇是藏、羌、回、汉各民族交汇点，以前的常住人口有一万两千多人，可是现在只剩下六千多人了。对此话题，我和朋友都没有继续追问，因为显而易见，就是那场大地震让映秀镇的人口减少了一半。也许是出于讲解员的工作习惯，她自己倒很主动地说，她家的命运和映秀镇正好一样，以前是8口人，现在只剩下4口。父亲、老公和两个妹妹都被那场地震夺去了生命，幸存下来的是她的母亲、弟弟、她和她的孩子。面对劫后余生的平静，我们不禁肃然起敬。

映秀镇的地震纪念馆，其实是以前的一所学校。除了大门是新修建的，其他一切都力求保持地震后的原貌。步入纪念馆，首先看到的是一个时钟的模型，安放在台阶中间，和那些台阶一样倾斜着。时钟模型的下边放着一块巨石，上边镌刻着"2008·5·12"的字样。时钟模型上的时间静止在14时27分59.5秒的永恒中。那些台阶上曾经落下孩子们上学放学的多少脚印，而现在却围上了"游人免进"的围栏。在这里参观，每个游客都会屏声敛气，仿佛孩子们正在上课，或者正在午休，谁也不敢惊扰那些安息的魂灵。那个羌族讲解员告诉我们，在一片废墟中，确实还埋葬着29个学生和1名教师，不是没有办法把他们的遗体挖掘出来，而是他们都被埋在最底层的教室中，能够抢救的极限过后，幸存的人们做出决定：别再惊动他们的灵魂，就让他们和学校共存吧。

废墟周围如今掩映在树木和芳草之中，在这个春天，这里还盛开着各色花朵。这是大自然对生命的恩惠，也是大自然对那些亡灵的呵护和致意。

纪念馆不大，每个人却都觉得似乎走了很长的路，脚步都是那样的缓慢而沉重。绕过一圈，回到门前的广场上时，我和朋友突然都觉得应该在那面时钟模型下献上一束花。讲解员指着大门说，那里设着一个捐款箱，捐不捐都可以；捐款箱旁边的鲜花也是免费的。据介绍，映秀镇的人均年收入已经接近上万元，但是在这里，人们仍然会伸出慷慨之手，不仅仅是抚慰逝者的在天之灵，也是对幸存者的一份勉励。

渭水滔滔入黄河

二十多年前，我写过一篇题为《秦东的骚动》的散文，发表在当年的《西安晚报》上。写的秦东，实际上也就是渭南市。那时候的渭南市，还仅仅是临渭区的前身，从建制上说，属于县级市；从规模上说，除了有"地区所在地"的称号之外，和别的县城没有多少差别。

二十多年过去了，如今的渭南市才真正可以称为欣欣向荣的中等城市。人口翻了几番，面积翻了几番，尤其让我们骄傲的是，渭南市被正式授予"国家级卫生城市"的称号，并且继续向文明城市和模范城市大踏步地进军。

前年，陕西省文联组织全省的文艺家到渭南采风。事情过去了很久，在一次会议上，我遇到两个来自陕南的作家，他们竟然异口同声地对我说，在他们的印象中，渭南脏乱差，可是不看不知道，一看吓一跳，这些年渭南的发展和变化已经远远超出了他们的想象。

去年在北京，我和一个喜欢收藏文物的朋友吃饭，他说他每隔一年就要到渭南一次。本来他的目标只是文物市场，可是让他记忆犹新的并不是得到了什么古董，而是渭南的大发展、大跳跃。

这就如同每天都和自家的孩子形影不离，就很难看出他的成长和发育。只有拉开了距离，拉开了时间，或者对于外人来说，才会有最真切的感受。那几个外地朋友对渭南的赞叹，无疑让我更加自豪。外地的朋友说的都是外在的观感，当然那些都是渭南大发展、大繁荣的显著标志,都是渭南创建卫生城市的巨大成就。至于城市意识的深入人心,我想他们还没有完全体察到。

归根结底,任何变化都应该首先是人的变化。

盖高楼大厦容易,改变人的生活习惯很难;栽一棵大树容易,保持清新的空气很难。衡量一座新型城市的标准,除了要具有现代色彩的外观,内在的气质也十分关键。外观的东西为硬件,内在的气质为软件。硬件容易解决,软件必须不断地更新,否则就会像电脑一样,各种各样的病毒总会乘虚而入。一旦遭到它们的攻击,轻者程序混乱,重者很可能整个电脑都会瘫痪。

说起人的意识,我经常以我早先认识的一个人为例。他以前一直在乡镇上当领导,好不容易进城了,身上仍然遗留着很多不良习气。至今我还非常清楚地记得,不管是大会还是小会,他都是蹲在凳子上。当然那时候也没有现在的老板椅和皮沙发,即使领导的座位,也一概是简陋的木制条凳或椅子。在公共场合抽烟的坏毛病也有失大雅。他的烟瘾很大,每次开会,他身边的地面上都会留下一片烟头和烟灰。坐在他旁边的公司书记,虽然一开始就皱起眉头,但是对他的坐姿又不好干涉,只能把会议桌上本来就摆着的烟灰缸悄悄推到他面前,这就算是无言的劝说和提醒了。可是他左手抓着烟灰缸,右手还是照样往地上弹烟灰,就好像那个烟灰缸只是供他把玩的玩具,根本就想不起它的用途。他讲话时,还会用那个烟灰缸不时地敲击桌面,以增强讲话的力度和威严。为此,书记多次善意地劝过他,但是收效不大。用他的话说,他几十年都是在农村度过的,哪还能受得了那么多的约束!

想到这件事,我忽然觉得创建卫生城市、创建文明城市,最终的目的都是为居住在这个城市的人们创造和争取更大的空间自由、呼吸自由和心灵自由,但首要的任务却是提高自我约束的能力。军队有铁的纪律,才能战无不胜;城市有严格的管理,才能提高文明的深度和高度。

在那次采风活动中，大家都会谈到许许多多的所见所闻，而我的注意力还是在人的变化上。对于渭南市民的文明意识，我想已经无须赘述了。有道是窥一斑而知全豹，那么我就再讲一件真实的事吧。有一天下午，我在街道上散步，前边走的是一老一小爷孙俩。爷爷抽完一支烟，就随手把烟头扔在地上了。孙子甩脱了爷爷的手，返身去捡那个烟头。爷爷茫然地喊着孙子："喂，你干什么呀？"孙子捡起那个烟头说："随地扔垃圾很不好！"爷爷窘迫了很长时间，说："哦，爷爷忘了，爷爷忘了。"然后他们就一同去寻找垃圾箱了。

按照我们的思维定式，都是爷爷教育孙子，可是这样的小情景里却显然是孙子教育了爷爷。关于这样的情况，还可以举出许多例证，比如"谢谢""再见""对不起"之类文明用语的普及，比如普通话的推广，都是从孩子做起，由孩子纠正大人的举止和发音……凡此种种，都让我看到了渭南文明的希望所在，都让我对渭南的明天怀抱着美好的希冀。

渭水滔滔入黄河，城市的文明也需要一种力量的汇聚。

黄土高原下的神秘世界

——长庆油田巡礼之一

非常荣幸，在 2012 年春意盎然的季节里，我步入一个神秘的领域，通过对长庆油田分公司油气工艺研究院的访问，接受了一次知识的熏陶和精神的洗礼。我每天面对的都是一群普通人，可是他们身上都隐藏着丰富的知识。在这将近 300 人的队伍中，许多人都有独门绝技，称他们为精尖技术人才也丝毫都不过分。天然的矿藏固然可贵，心灵的矿藏更会迸发出无限的创造力！正是这个科研集体的创新、创新、再创新，才使长庆油田这个非常难啃的"硬骨头"充满了活力，创造了一个又一个奇迹！

汇集在油气工艺研究院的专家们，就是寻找心灵富矿的群体。

翻开中国的史册，最早可追溯到将近两千年前的东汉末期，就在如今长庆油田的腹地，今陕北延安一带，发现了石油的秘密。那个时候，人类对石油还不可能有清楚的认识，即使是著名历史学家班固，在他的《汉书》中也仅仅是作了模糊的记述："高奴有洧水可燃。"更可惜的是，据说那个偶然所得的"洧水"之坑，只燃烧了一百多天，就在人们惊奇的视线中渐渐变得微弱，直至彻底消失。直至公元 11 世纪，科学家沈括才在他的《梦溪笔谈》中正式揭示说："……石油至多，生于地中无穷。"悠悠岁月如流，在人类漫长的历史长河中，沈括的名字连同由他命名的"石油"一词，进入世界典籍，长久地被全世界传颂。

在和长庆人交往的这些日子里，我还发现了一个历史的巧合。长庆油田分公司以前的驻地在甘肃庆阳市，后来又搬迁到西安市的北郊。非常有趣的是，庆阳市的别称叫"凤城"；西安北边那块地方也叫"凤城"；凤城往南，还有一个叫"龙首村"的地名。"龙凤呈祥""龙飞凤舞""凤凰展翅"等诸如此类的吉祥成语，也许对唯物主义者而言不足以为信，但是长庆油田的迅猛腾飞却是实实在在的事实。

油气工艺研究院涉及的工作，正是运用专家们的智慧，不断地向更深的地下抽取更多的石油。

30多亿年前的古老地层，37万平方公里的面积，使得这块土地如此神秘。

翻阅油气工艺研究院的所有资料，或者是和研究院的科研人员交谈，出现最多的字眼有两个：一是"低渗透"，二是"压裂技术"。局外人很难看出这两者有什么必然的联系，只有深入地了解之后，才能知道那其中非常深邃的奥秘。通俗地讲，假如打开一口低渗透的油井，只能抽出隐藏在地下的10%的石油，或者甚至根本不出油；而使用压裂技术之后，不但可以让地下的油气流出来，产量也可以成倍地提高。长庆油田的年产量从最初的100多万吨，提高至如今即将达到的4500多万吨，除了因为油井增加，也得益于压裂技术的普遍运用。这种技术不但使油田焕发了青春，还可以让每一口油井延年益寿。甚至，还有许多特低渗透的油井，如果没有压裂，就不可能抽出油气。可见"低渗透"和"压裂"这两个词有着多关键的内在联系，而压裂技术对长庆油田来说又是多么重要！

低渗透是亿万年前地壳运动的自然作用，而压裂技术则是现代人聪明才智的发挥和运用。在长庆油田，承担着这种高科技引进、研究、开发、施工工作的正是油气工艺研究院。当然，他们研究的课题还有很多，范围也很广，但是最先和我见面的几位专家都认为"压裂"是他们的重中之重，同时也是整个长庆油田的立身之本。

在油气工艺研究院的科室名单里，我发现了一个独特的现象：其他科室都是一个,只有压裂工艺研究室和采油工艺研究室分为一室、二室两个科室。这其中包含着怎样的奥秘?渐渐地,我才明白,由于老油井和新油井情况不同,采油工艺分成两个研究室更便于专业对口、分头攻关。至于压裂技术研究一室和二室,则分别主攻油井和气田的技术开发与运用。用专家的话说,其实工具技术研究室也可以称为压裂技术研究三室,因为几乎所有的工具研究,都是围绕着压裂工作而进行的。

"压裂"这个词对于许多人来说都很陌生。压裂技术究竟有怎样的作用?它的运用过程又是怎样一回事?请允许我暂且埋下一个伏笔,不妨让我们先弄清长庆油田究竟是怎么一种情况。

这块土地上,几多欢喜几多愁

我清楚地记得,1986年秋天,陕西省作家协会组织部分作家去陕北召开长篇小说研讨会。那个时候著名作家路遥先生还健在,他本来就是陕北人,当车子驶入陕北的地界时,他忽然高声说:"用不了多少年,陕北就是中国的科威特!"大家都知道科威特是一个盛产石油的国家,路遥把陕北比作科威特,可见他溢于言表的喜悦中,对陕北的未来有着多么美好的期盼和向往。然而,他只看到了美好的前景,却没有等到油井林立、场面壮观的今天,就过早地离开了人世。

其实,满怀自豪地开发石油的长庆人,又何尝没有几多的欢喜几多的忧愁呢?

20世纪70年代初,中国人终于又在鄂尔多斯盆地发现了一个大油田。在此之前,我对这个盆地一无所知,通过这次对长庆油田的采访,才获知了地质学上的理论。我只知道凡是称作盆地的地方就应该有"盆沿"和"盆底",可是鄂尔多斯盆地的"盆沿"和"盆底"是如何划分的呢?地质理论说,东起吕梁山,西至阴山,南起秦岭,北至贺兰山,这一地带就形成了盆地的地质地貌。我仍然百思不解:处于其中的很大一块区域,不就是著称于世的黄土高原吗?这样的盆地太过于凸凹不平了吧？

科学的论断自有科学的道理，这种可追溯到三叠纪、侏罗纪的地质变迁，是数亿年的漫长历程。相对来说，后来形成的黄土高原，就如刚呱呱坠地的孩童……诸如此类的高深命题，都不是我这个门外汉所能理解的。所以，还是让我们放下这些晦涩难懂的地质问题，去了解长庆人的喜和忧吧。

那天一见面，一位专家就用诙谐的语言问我："人类最大的难题是什么？"我沉思片刻，只能支吾着说："那就太多了。"

那位专家哈哈一笑，告诉我："人类最大的难题只有两个，一个是上天，一个是入地。"

我一下子哑然无语。虽然我知道他是三句话不离本行，但是这样的解释倒是难以反驳的。人类永远到达不了宇宙的边沿，地底下的事情也永远难以弄个明白。

又一天我在和压裂二室的一位专家交谈时，他的话似乎更带有职业性的困惑："入地比上天还要难！"

我附和说："你这样的话也不错，因为上天只是距离的遥远，好在还没有过多的阻碍，而入地却有太多的复杂问题。"我心里明白，石油人只和地球打交道，每每开口，入地的话题就会立即进入他们的脑海。

干什么想什么，这里有一种心理的焦灼，也是敬业精神之所在。

可是，在鄂尔多斯盆地 37 万平方公里的地面之下，究竟埋藏着怎样的忧愁呢？用长庆人的话说："井井有油，井井不流。"

过去，我只在电影和旅途中看到过那些不停地"磕头"的抽油机，对油田的一切认识都非常浮浅，经常在心里得出结论：地下的油田，除了深度不同之外，采油的过程大概都一样，只要是勘探出来的油田，可能都大同小异，就好像地下分布着一条条小河和溪流，然后聚集到勘探好的油井之中，再由抽油机抽出地面，最后提炼成各类油品。有这种荒唐想象的人，肯定绝不止我一个，任何没有深入了解油田的人，或许都会保持着这种懵懂。

我是把复杂的油田想象成家乡的水井,或者是村头的鱼塘和涝池了。错误!非常可笑的错误!

虽然油田的名称是相同的,但是每个油田都各有特点。特别是长庆油田的开采,在全世界看来都充满了难题。多年前,曾有几个来自不同国家的专家亲临现场视察后,都摇头说,这样的油田根本无法开采!本来是邀请他们指导,他们却给长庆油田"判了死刑"。他们看到了什么东西?为什么如此的无情和武断?

有一位专家是"老石油",一直与长庆油田荣辱与共,如今他与长庆油田已经一起走过了40年的历程,正好到了他退休的年龄。他退休前是油气工艺研究院的副总工程师,1970年参加工作,恰逢长庆油田开发。我问他:"既然长庆油田连外国专家都觉得无望,为什么当初就仓促地上马了?"他沉痛地说:"那时候中国太缺油了,经济上又受到全面封锁,所以有半点希望都不会放过啊。"我再问当初的开发情况,他感慨万端地告诉我,那真是不堪回首的一段岁月。

20世纪70年代的长庆,在中国石油的开发史上是走在前列的老资格,但是却一直挣扎在令人扼腕叹息的痛苦中。由于高新技术短缺,几乎是依靠运气在踽踽慢行,少数油井可以出一点油,大多数都是一眼一眼的黑洞洞。整个油田的年产量在一百多万吨的水平上徘徊了许多年。长庆的石油工人最艰辛,因为他们的油井都分布在黄土高原的沟沟壑壑中,勘探难,钻井难,更大的难题是明知道地下岩层中埋藏着石油,可它们就像顽皮的孩子,躲在深深的地下,无法被顺利地开采出来。

在长庆油田的展览馆里,讲解员非常形象地把他们的油层采样比作磨刀石。不管是在城市还是农村,人们对磨刀石都应该很熟悉,在那样的石头里压榨出石油的难度可想而知。可是,长庆人就是在那磨刀石般的岩层中寻找资源,而且还要把它们抽出地面。如果说在"磨刀石"里汲取石油在平常人看来是一桩神话,那么,油气工艺研究院的任务就是打破这一神话!

"井井有油,井井不流。"长庆人如是说。

面对这个艰难的课题,长庆人喊出了"磨刀石上闹革命,科学攻克低渗透"的雄壮口号。何为科学?谁来攻克?油气工艺研究院应运而生。多少年来,不管他们的机构如何变更,业务范围如何调整,领导班子如何改组,"击破磨刀石,攻克低渗透"的大方向一直没有改变,并且强化成一个锐利的武器。

压裂,在"磨刀石"里闹革命

现在,我想应该把压裂的过程简单地描述一下了。

既然长庆油田的资源都隐藏在一处处巨大的"磨刀石"里,那么就必须想尽办法向"磨刀石"要石油。其实,"磨刀石"的说法只是对地质构成的形象比喻,阅读长庆油田的资料,其中有这样的叙述:"鄂尔多斯盆地的油气资源丰富,但埋藏深,隐蔽性强,渗透率低,地层压力低,储量丰度低,单井产量低,地质情况非常复杂。加之地处黄土高原,戈壁沙漠,梁峁相间,沟壑纵横,自然环境艰苦,这就决定了在生产建设和技术突破上,必须超常规地打一场高科技的攻关战。"这样的描述中,除了资源丰富之外,全都是"低"和"难"的字眼啊!为了解决这些"低"和"难"的重大问题,整个油田都有分工合作,而落在油气工艺研究院肩头的主要任务,则是紧紧围绕"低渗透"油气井的技术支撑。何止是"低渗透",在长庆油田许许多多勘探出的油气井中,还出现了"特低渗透""超特低渗透",难怪长庆油田公司油气工艺研究院被定为中国特低渗透油气田勘探开发先导试验基地。

这是荣誉,更是压力!

说到从"磨刀石"里挤石油,这又回到"压裂"的话题了。所谓压裂,简单地说,首先得掌握油井的油层采样,经过细致地分析研究后,再由油气工艺研究院的技术人员制订压裂方案。实施压裂的过程,是一门非常复杂的现代技术，或是高压注水，或是化学腐蚀，用常人难以想象的强大压力，把坚硬的岩石撕裂出一条条缝隙，以使原油和岩层分离开来，然后汇成涓涓细流，最终成为人类的宝贝。

为了解开许多谜题，我向该院好几位专家都不时地提到这个话题。记得我曾经傻乎乎地提问："直筒筒的一眼油井，还能压裂出多大的面积？"专家们告诉我："现代技术的应用下早就不再是直筒筒的油井了，每口井钻探到一定的深度后，钻头就会慢慢地拐弯平面运行，最后就形成了一眼眼水平井。"钻井还可以拐弯？那可是非常坚硬的钢管连接着钢管啊！我更是难以想象钻头和钻杆怎么可以在地下平面运行。专家们对我解释说："这也是常人无法知道的秘密。比如说一栋摩天大楼是不是比那些钢管更加坚硬，更加结实？可是即便是用肉眼观察，它也看似会晃动。何况钻井的钢管在高速旋转和高温之中，就会变得像面条一样柔软，只要在钻头上加上改变方向的技术，它就会根据地面的控制，按照专家们的意志运行。"我又问："特殊的钻头可以说是你们的眼睛吗？"专家说："用眼睛作比喻还为时太早，因为钻头在高速运转中一切都会模糊难辨，你就是把高清晰的摄像头带入井下，同样也是徒劳。不过，数字化的普遍应用，也可以让我们逐步在地下那黑暗混沌的世界里测算出科学的数据，让地下的情况变得明晰起来。"

长庆油田的所有工人，都会顺嘴说出这样三句话："吃压裂饭，唱压裂歌，过压裂年。"当然，在油气工艺研究院的所有技术人员中，从事压裂技术研究的人员比其他科室人员之和还要多。在长庆公司的业务会议上，每次也必然会提到压裂的话题。

至此，我们完全可以得出这样的结论：没有油气工艺研究院，长庆油田的油气产量就不可能大幅度地攀升；没有油气工艺研究院，那些分布在整个鄂尔多斯盆地的油气田，绝大部分还会继续沉睡。当然，油气工艺研究院不仅仅解决了地下难题，在这些年喊得最响的安全、环保、低碳节能方面，他们也取得了令人鼓舞和欢欣的成就。

苏里格,美丽而又令人费解的称谓

在长庆油田的档案里,"苏里格"也是被提及最多的词之一。一开始我还以为这是一个技术环节的外文直译,往下阅读后才恍然大悟:那是位于内蒙古自治区的一块土地,蒙古文所说的"苏里格",翻译成汉语就是"半生不熟"的意思。

本来是非常好听的名字,为何是"半生不熟"呢?

油气工艺研究院有心的专家告诉我,那可以追溯到一个久远的传说:一代天骄成吉思汗带兵征战到这里,一边继续作战,一边煮肉犒赏将士。肉煮到半生不熟时,就取得了胜利。为了纪念这次战斗的胜利,就以"半生不熟"(苏里格)来命名此地了。

地名的来历是真是假已无法考证,令长庆人欢呼雀跃的是在这里又发现了一个储量非常丰富的特大气田。现在许多城市都用上了天然气,可有多少人知道,为此长庆人经历了多少困苦和艰难?别再出现和对油井的认识一样可笑的错误——以为从"磨刀石"里挤油难,凡是气体总是容易取出来吧?也许是上天的故意考验,埋藏在苏里格地下的气田是块难啃的硬骨头!虽然地质储量是中国第一,但是要把它抽取出来,还是面临着"低孔、低渗、低产、低丰度"的巨大难题。

我这才理解为什么油气工艺研究院两个主要科室都分为一室、二室,或者明确有着采油采气的独立划分,因为那是面临新任务新难题的进一步细化,油田和气田情况不同,技术攻关的手段也不同。

科研创新,打破神秘的利器

科学技术是第一生产力。正是由于这块土地如此神秘,科学技术更具有举足轻重的作用,该院的科研力量也才会越来越壮大,并且建立了不朽的功勋。多年来,油气工艺研究院不断地攀登一座又一座科学技术的高峰,依靠的就是创新精神。创新首先就是要转变观念,让科研思维在创新中前行。为此,他们先后举办了"提升创新能力知识"

"六种创新思维方法"等一系列培训与讲座,通过思维方式的转变推动创新实践。其次是发挥团队的聪明和智慧。该院对重点科研项目都组成了攻关领导小组,实行多专业、多学科的联合,以技术骨干为支撑,采用专业搭配、资源整合的模式,形成最具创新合力的攻关团队。再次,他们推行课题长负责制,选定组织能力强的技术人员担任课题组负责人,抽调室内研究、工具设计、工艺优化等部门的力量组成课题组,通过不断交流、磨合,显著地增强了创新能力。此外,人才团队的培养与建设也是创新的巨大动力。目前油气工艺研究院有 21 名来自集团公司的技术专家,还考核选聘了 18 名青年技术能手,拓宽了技术人员职业发展的通道。另外,他们在提升创新品位、放大创新价值上也下足了功夫。

当今世界,人类仍然面临众多的矛盾,尤其是对地下资源的争夺已经和战争紧密地相连了。一方面,地下资源都在锐减;另一方面,即便是已经探明的资源,也不能全部开采出来。比如就长庆油田来说,以前的采收率只能达到 15% 左右,经过这些年的技术攻关,目前已经达到 25% 以上。当然他们还有更高的目标,每增加一个百分点,无疑就是给国家增加一个新油田,无疑就是再创奇迹!

前事不忘,后事之师

和长庆油田亲密接触的第一天,我们就参观了长庆油田展览馆,后来又参观了他们的摄影展和科技馆。凡是展览,都会展示历史的沿革。我不想罗列几个展览馆的内容,只记得有两个相同的景象让我对长庆人进一步肃然起敬,同时心里也留下了久久不能消散的酸楚。让我产生如此心绪的是在展览馆里看到的一座雕塑,那是几个老一代石油工人在野外做饭的情景:周围是非常荒凉的山野,在他们中间是一口大锅,是用三块石头支起来的。不用问,这就是当初石油工人的生活状态。我原本以为这只是他们对当初艰苦经历的象征和借喻,可在摄影展上看到和那一情景一模一样的陈年照片时,才知道那是非常真实的。

所有的工程技术人员都是从那样的艰苦环境中走过来的。

本来我不想再提及枯燥的年份和数字，但是由于从这一代技术研究人员的身上看到了前几代石油工人的影子，觉得必须再简单地叙述一下。

1973年5月，长庆油田会战指挥部下设了一个规划设计研究院，在规划设计研究院内部又设了一个矿机研究所，这就是如今油气工艺研究院的前身。那时候，他们主要承担的只是设备改造、钻头研究和井下工具的研制。可以想象，所有事情都是多么简单，生活和办公条件又是多么简陋。1978年12月，规划设计研究院独立出来，在矿机研究所的基础上又组建了钻采工艺研究所，科研工作的重点是解决现场生产问题，主要围绕开发钻井工具、试采工具，提高机械使用寿命、计量精度等开展技术试验工作。1991年4月，该所更名为长庆石油勘探局钻采工艺研究院。由所改成院，我想人员也一定会慢慢增多，研究的课题和范围也应该大大地进了一步。1999年9月，随着企业重组改制，钻采工艺研究院又从长庆石油勘探局分离出来，隶属长庆油田公司，成为油气工艺研究所。2001年3月26日，更名为现在的名称——油气工艺研究院。

今天的油气工艺研究院才真正是鸟枪换炮了——设备先进，门类众多，各类高精尖人才汇聚一起。不管是研究的课题，还是已经达到的水准，都已迈入全国先进行列，甚至解决了全世界同行业的难题。

院里的领导班子换了一任又一任，知识和成果也在不断推陈出新，但是如今全院的每一个人都明白，优良传统和前辈的精神比新开发的矿藏更值得珍惜。只有沿着前人的足迹，才能继续寻找心灵的富矿。长庆油田油气当量突破第一个千万吨用了33年，而突破第二个千万吨只用了4年，随后又是两年一个千万吨的连续飞速腾跃。可见新技术有多么伟大！

请记住那张三块石头一口锅的照片，请把那些坎坷而泥泞的道路永远留在心里吧！

现代化、数字化的世界迎面而来，千万种新奇的事物似乎正在快速地取代过去的一切，但是绝不可小看前人的功绩，任何精神和物质上的进步都是人类的共同财富。油气工艺研究院的多次更名，实际上就是前人道路的拓展，实际上就是小溪汇成大河的必然。

心灵的相牵
——长庆油田巡礼之二

齿轮的原理，就是紧密相扣，缺失或松动都意味着停摆。

齿轮再多，也是为了时钟的准确

我以为发明钟表的人，首先必须懂得齿轮的原理。扩展到所有的机械，或多或少都要应用到齿轮的原理。长庆油田油气工艺研究院不断改革，不断细化，形象地说，好像是由过去的闹钟演变成现在的多功能手表，甚至是由过去的算盘发展成今天的电脑——一个点击，就能打开一个整体的链接。如今又进入数字化社会，油气工艺研究院的每一个科室就像是整个电脑程序中的必要环节，都有着紧密的联系。

现在，我必须再说说油气工艺研究院的主要技术环节，因为那就是推动其运转的齿轮。在长庆油田的文件汇编中，油气工艺研究院的机关科室仅有4个，而科研技术科室竟然达到14个。我不想把它们再罗列出来，在我粗浅的认识里，那是细化的必然结果，它们都是连接整体的齿轮。

油气工艺研究院编撰的一本书我特别感兴趣，书名叫《话说长庆四十年·璀璨的工艺谱新篇》，为此书撰稿的作者全部是油气工艺研究院的职工。

此书的序言中说："在这不平凡的历史进程中，油气工艺研究院的科研人员按照'自主创新、重点突破、开放研究、完善体制、整体推进'的总体原则,坚持'关键技术超前储备、瓶颈技术集中突破、成熟技术规模应用'的工作思路,以改造油气藏为己任,以提高单井产量为目标,潜心钻研、刻苦攻关,形成了一系列具有独立自主知识产权的核心工艺技术,在各个历史时期,为实现油气田的上产和稳产发挥了关键作用。"这是历史的经验,也是时代的号角。

此书的后记中说:"历史就是时间的沉淀。征文选集的作者,分布在全院的各个领域,担任不同的职务,承担不同的工作,具有比较广泛的代表性。"这足以说明院里的每一个部门、每一个岗位都是不可或缺的。在技术含量很高的单位,虽然机关人员都是从事后勤保障、形象宣传、行政事务等服务性工作,但是他们同样是一部乐章的音节,是连接各个环节的平台。

何以见得油气工艺研究院各个技术科室的设置能够体现齿轮运作原理?我们就以一个科室为例,来说说各科室的有机联系吧。比如说压裂室是油气高产的重中之重,但是压裂室的科研人员根据地质的变化,首先对工具有不同的要求。这就要求这个齿轮必须和工具研究室的齿轮相衔接。工具室也不是独立运转的,需要内部试验、现场试验,有时候还需要借助社会的力量,最后才能得到满意的结果。当然还有诸如油气化学和防腐、注水的力度和实验室的总体试验等一系列科学生产和研发环节,都是缺一不可的技术工艺,具体负责这些环节的各个部门都是整个研究院这架机器上必不可少的齿轮。至此,我们都应该大致明白了,昔日的矿机研究所发展成今天的油气工艺研究院,实在是一个巨大的进步。

科学里有美学,科学也就进入了艺术的范畴。我们是从黄牛拉犁的时代过来的,黄牛拉犁只是一种古朴的劳动,而"收割碾打一条龙"则是一种工艺流程。油气工艺研究院把所有工作概括成"工艺"二字,实际上就是走向了科学的严密和高度。在我看来,这甚至也是一种艺术的创造,足以在长庆油田这个大舞台上占据非常显赫的位置。

拉动长庆油田连年高产的动力是什么?他们总结说是"三驾马

车"。进一步诠释,就是"苏里格、低渗透、数字化"。这样的解释外人还是听不懂,但是我明白了其中的奥秘:一是苏里格大气田的发现和开采,使得长庆人扬眉吐气;二是在低渗透问题上的奋力突破,使油气田产量齐增长;三是用数字化统领一切,全面进入网络时代。

也许不能说这"三驾马车"的缰绳都牵在某一个部门手里,但是起码可以说,油气工艺研究院是一个强有力的动力源,没有各部门的通力合作,高效和高产是绝不可能的事情。

压裂现场——宏大的场面

在长庆油田公司的摄影展中,我看到了一幅宏大的画面:在黄土高原的一个山峁上,停放着许多红色的车辆,这些车辆整齐地分成两排,每一辆车下边都伸出一根长管子,在油井的部位连接成一条总管子。在那些红色车辆的一侧,又有一排白色的罐状物体,还有穿着红色衣服、头戴安全帽的人。我一下子被这样的场面震撼了,再看摄影说明,才知道这就是压裂的工序和现场。

陪我参观的一位专家介绍说,在长庆油田,最宏大的场景,一是钻井平台,二就是他们的压裂现场了。如果说钻井平台只是打出了一口油井,那么压裂的过程才是真正出油的工艺技术。那些红色车辆都带着压力泵,附属的罐状物体里边都装满了砂、水和化学原料。用高压技术处理之后,才能把地下的油气提出井外,最终成为石油或者天然气。

已经没有必要再叙述压裂的具体操作细节,面对如此画面,完全可以得出这样的结论:钻井技术只是打开了油气的通道,只有经过压裂才能把油气更充分地汲取出来。多台高压泵的合力施压,据说可以把任何坚硬的石头击穿;如果再在注入的水中加进一些化学物品,就可以让含油的石层渐渐裂变,从而加快低渗透的速度,汇成油气的溪流。

我又向技术人员讨教一些"难解之谜":"那种高压的力量到底有

多大？真能摧毁'磨刀石'吗？"

"你知道水力切割机吗？巨大的水力可以削铁如泥。"

"但是离开了压裂车，裂开的岩层是不是又会重新合拢？"

"所以要在注入的水中加进特殊的砂砾，让它们支撑起岩层的缝隙。"

"请你说得再形象一些。"

"你知道一种新的心血管手术吗？用高压给压裂后的油层缝隙里注入特殊的砂砾，就好像是给堵塞的血管里装上了支架。"

"还会有其他科室会同'作战'吧？"

"请你看看我们长庆油田第一口超深的油井的压裂过程吧。"

照片上的施工现场已经成为过往，我没有机会亲临现场观看那么一种宏大壮观的压裂过程，也不能体验到他们夜以继日的通力合作，但是听着他们的描述，就已经激动不已了。2004年5月，长庆油田第一口超深井完钻了。历时9个多月，钻井深度达到4747米。这样的深度，在长庆油田的历史上还是第一次。为了摸清该井的地质情况，油气工艺研究院的有关科室实际上已经和钻探队伍同期入驻了。用他们的术语说，那都是压裂过程的前期行动，通过钻井、录井、电测，首先抓住压裂的"目的层"。然后再对资料进行深入分析，并综合考虑深井油管的承压能力、压裂液性能、压裂钻具的选择，以及排液过程中可能突然出现的各种问题，以确保压裂施工方案的万无一失。

这就如同我们平时喊惯了的各种预案，需要各个部门的共同参与。总体思路明确之后，还要在室内的试验室选取地层的岩芯进行试验和论证；液体组开展配方试验，耐心地找到最适合深井耐高温的交联剂体系；井下工具研发无疑就是工具研究室的任务了。压裂技术研究室一位专家撰写的一篇文章，不但打开了我的眼界，而且纠正了我的误解：我原以为压裂程序可以通用，现在才知道各个油气井因为地质构造不同，必须制订不同的预案。地处甘肃省镇原县境内的那口超深油井，仅仅是压裂方案的最后拍板就用了半年多的时间。

万事俱备，大队人马开到井场，压裂的过程就简单了吧？

别忙，如果说前期准备是在沙盘上推演战略战术，那么队伍开到现场就是拉开了战斗的序幕。通井，洗井，试压，油管传输，负压射孔，再向井下传入耐高压、耐高温的压裂钻具，这些我听不明白的工艺流程还要经过接近 20 天的时间才能完成。然后，随着各种大型机械和液氮车、高强度陶粒的到位，现场的总指挥一声令下，正式的"战斗"才打响。然而，真正实施压裂的过程似乎并不用太长的时间，一个小时就可以停泵。

此次超深油井的压裂，在全国来说都是一次高难度的演练，对长庆油田来说，更会载入史册。压裂过程是圆满完成了，效果究竟如何呢？"振奋人心的好消息是数日之后才传来的，无阻流量超过 6 万方。"对此我们应该大致能明白：所谓的"无阻"，就是用压裂技术击碎了千层万层的"磨刀石"；所谓的"流量"，也就是油气滚滚而出的量了。

这是一次辉煌，也是一个标志，因为这是对第一口超深井进行的压裂技术的运用，也是对油气工艺研究院的全面检验，为后来长庆油气田超深井压裂设计与施工积累了非常丰富的经验。

后来，长庆油田公司又有了 6000 米、7000 米的超深井，并且还会向地球的更深处要石油！

共和国总理的欣慰

2012 年春节，时任国务院总理温家宝和长庆油田职工一起吃饭的镜头，让无数国人记忆犹新，更让所有长庆人欢欣鼓舞。至于油气工艺研究院，总理看到了他们的什么呢？工具研究室的专家告诉我，在总理视察之前，公司领导就着手在总理停留的庆阳市布置了展室，那其中就有他们的高端技术和先进工具的研制流程。

在长庆油田的科技馆里，油气工艺研究院的展室理所当然地占很大的比重，尤其是那些采油工具和压裂设施，无疑又是最显眼的尖端

"武器"。还没走到那些"武器"跟前,我就惊讶地问:"那些导弹模样的东西是什么呢?"听了讲解员的讲解,我才知道那些东西就是最先进的压裂和采油工具。面对那些"长枪短炮",我当然弄不清它们先进在哪里,只是从那些奇形怪状的钻头中,渐渐得知为什么能打出平面井,为什么可以耐高压、耐高温,为什么可以依照人们的意志要直行就直行,要拐弯就拐弯。然后我又参观了工具研究室的试验室。试验室就坐落在油气工艺研究院大院一侧,宽大而又高耸的屋子里,设有钻井的模拟钻机,许多采油采气器械都是在这儿最后定型,然后才走向广阔的天地。我在这里还看到了齿轮效应。每一个环节不都是齿轮的互相推进吗?

我记不清是该院哪一个中层领导对我说过这么一段话了:"很早以前打一眼深井,光是更换钻头就需要 10 多次,每一次更换都是非常费时费力的过程。自从研制出经久耐用的先进钻头,稍浅的油井可以一钻到底,超深的油井也只需要更换两三次就可以了。"很早之前,石油工人王进喜有一句非常著名的口号:"宁可少活几十年,也要拿下大油田!"现在随着时代的变迁,这样的口号可以更换了:"运用先进的生产力,十天的活儿一天完!"

那天我还参观了该院的实验室,那里应该也是齿轮效应的结合点。实验室的专家指着面前的四层楼说:"在这个院子里,我们室的摊子最大。虽然对外只是一个实验室,但是内部又分成好多实验小组。可以说是室内有室,门类细得很呢!"整个四层楼都是他们实验室的地盘,可见这一部门要和多少"齿轮"相连接。这里的科研人员都穿着白大褂,不急不躁的神态,就好像会诊的医生。当我进入屋子时,却立即闻到和医院完全不同的特殊气味。医院里是来苏水的气味,这里是石油的气味。那位专家从一个女士手里拿来一块坚硬的石头递给我,我立即认出那就是他们所说的"磨刀石"——表面光滑,分量沉重,密度甚高。用鼻子闻一闻,才知道原来就是在这样的石头里隐藏着石油和天然气。

与实验室衔接的"齿轮",无疑就是数以万计的油气井。从油气井送来的标本经过实验室的试验分析,再把理论和力量传送给其他科室。油气田中的压裂、采油、采气都要在这里经过实验和模拟的程序。脚步不出门,便知油田事,这群默默无闻的人,用心灵走遍了37万平方公里的土地!

当然,还有多少牺牲为之奠基。老一代的石油工人,恨不得把自己的血液变成石油;而新一代的石油工人,却已经懂得高科技可以把一个油田变成两个、十个大油田!

怎么又是"三驾马车"

我们已经知道长庆油田公司的"三驾马车"是"苏里格、低渗透、数字化",但是采油一室的郭主任告诉我,他们油气工艺研究院也有自己的"三驾马车"。

"这是不是对公司意志的贯彻和落实?"我问。

"有同有异,主要是根据我们研究院的实际情况提出来的。"专家说。

"有意思!怎么就'小马车'跟着'大马车'了?"我追问道。

"多采油多采气是全公司的大方向。围绕这个大方向,油气工艺研究院的领导班子提出了我们的'三驾马车'。"

油气工艺研究院的"三驾马车"是:压裂、采油和采气。沉思片刻,我不禁连连叫好,这样的"三驾马车"确实是很精准的提法。正如我判断的那样,这和长庆公司有着对应的关系。油气工艺研究院内设的压裂技术研究室,就是为整个长庆油气田解决低渗透的科研难题,而采油和采气又是长庆油田公司展翅腾飞的两翼,由此可见这三个门类设置的重要性。其实我的理解并不全面,为了对应油田和气田的不同,他们的几个主要技术科室又分别划分成两个,让每一个技术人才一心一意地解决属于自己的问题。

让我们避开那些复杂的专业科室划分,回归到最终的目的吧。

从那些专业技术人员的叙述中,我还听到了"油气工艺研究院还担当着医生责任"的新说法。他们说的医生不治病救人,而是治病救井。不管是新井处还是老井处,都会出现他们的身影。对于新井,他们就如同面对难产孕妇的接生员;对于老井,他们则是呼啸而来的救护车。

有的人生病需要打点滴,有的井生病则需要注水。用他们生动的语言来说,那样的工作叫"水赶油"。但是从油井中直接下管子,只会把原油赶到别处去;只有从油层后面"扬鞭子",才能让原油按照人们的意志流出来。这就需要在一个准确的方位将水打进注水井,才能实现"水赶油"的工艺流程。据说有时一口注水井可以对应 8 口油井,他们把那样的油井布局叫作"丛式井",这是 20 世纪 90 年代之后的创新和发明。那是何等的严密计划和高端技术的应用啊!

这里的石油人还算出了一个让我非常吃惊的数字——他们中有人一年工作 1800 天以上。这是什么算法?每年不就只有 365 天吗?他们神秘地笑着说,如果在井场,就必须 24 小时坚守岗位,第一线的工人还可以三班倒,而他们的技术人员有时候也就一两个人,一是没有人换班,二是随时随地都要监控情况的变化,工作时间能不成倍地增加吗?实在困得不行了,就只能靠在机器上打个盹,吃饭也是不变样的开水冲泡方便面。我一下子领悟了油气工艺研究院的"三驾马车"之说,作为重中之重部门的成员,就是奔走最多、吃苦最多的人!

提着"心电图",推倒计量间

所谓的"心电图",其实是专家们怕我弄不明白相关技术术语,才形象地借用了医学器械名词。准确地说,他们的那个科研产品叫作"功图计产工况论断器"。也就是说,只要把那个非常简便的仪器连接在抽油管道上,10 分钟就可以给一口油井做完"体检",然后排查出哪一口井运行健康,哪一口井出了故障,再将出现"病态"的井交由井上的工程技术人员对症下药,快速治疗就行了。这样的科研产品不但简便易行，而且节约了一条管线，省去了原来每口井都必须设有的计量间。

这样的新技术新产品，其实也是数字化普遍应用的成果。此项技术已经成为他们的专利产品，还被中国石油协会评为科技发明二等奖。人们常说十年磨一剑，油气工艺研究院这一科研产品，从研究到推广正好也是十年的时间。为此专家们还有一首打油诗：

十年练得工图法，

汗水泪水净抛洒。

数字化油田立新功，

专家员工都在夸！

可爱的长庆人，北京向你们致敬

2008年8月，北京奥运会的火炬点燃仪式让全世界的目光聚集在北京，而让长庆人振奋的是，奥运火炬赖以燃烧的天然气正是由长庆油田公司提供的。油气工艺研究院地面工艺研究室的杨主任这样描述："陕京一线输气管道1991年7月10日开始踏勘，1997年9月10日正式投产，从此长庆就和北京紧密相连了。"此后又铺设了陕京二线、陕京三线输气管道，不但让北京树更绿、天更蓝，而且给北京市民的生活带来了极大的方便。

应该向长庆人致敬的当然不仅仅是北京人，还有很多很多其他城市的人。

我们只知道啪地拧动开关，天然气就会变成蓝色的火焰，而不知道长庆人为此奋战了多少年。苏里格特大气田的开发史，也是油气工艺研究院科技人员的攻关史。从1994年开始，一批又一批攻关者在苏里格留下了艰辛的足迹，在众多难题的攻克上，有多少人前赴后继地把满腔热血抛洒在苏里格！

陕京管道的铺设，井下节流的突破，钻井速度的提升，水平井攻关中的曲折经历，泡沫压裂的横空出世，变粘酸的来龙去脉，油气田化学防腐的技术应用,安全环保的步步紧跟……这一个又一个技术环节,让我似乎又看到了齿轮紧紧相扣的合作效应。对于这些,普通老百姓并不需要全部弄清楚,只需要知道石油、天然气给我们带来了全新的生活方式,而创新的源头来自哪里就行了。其实,任何荣誉都不只是一张奖状或一块奖牌,也不只是社会的赞赏和承认,永不磨灭的荣誉应该写在心灵中,应该和这块土地一起永存!

阳光和月亮的记忆

——长庆油田巡礼之三

石油人工作的地点大部分都是荒山大漠、丘陵沟壑，他们时而要顶着炎炎烈日，时而又要冒着飞沙走石。油气工艺研究院的科技人员，同样经常奔波在风霜雨雪中。他们中有的人已经走完了青春，更多的人还在青春中行进。这其中动人的故事似乎比科技成果更宝贵……

今夜的月亮为什么这样圆

这又是多少个夜以继日的井场攻关？听着那正常运转的机械轰鸣声，几位专家都很短暂地笑了几声，竟然都没有力气再说话了。五天五夜连续工作，实在瞌睡得不行了，就轮换着靠在车里稍稍地养一会儿精神。现在终于完成了任务，才一下子觉得全身发软，头脑里也一片空白，恨不得倒在地上先睡一觉。

苏里格的阳历9月，太阳高照的大白天就已经有了嗖嗖的寒意。现在又是深夜时分，冷气和疲劳侵袭着每一个人。

"没事了，没事了，你们都撤吧！"还必须坚守阵地的采气工人催促他们说。

他们打起精神，又走到气井旁静静地听了一会儿，才放心地撤离了。车子上路后，有两个技术人员很快就倒在车里睡着了，可是还有一个专家知道自己不能睡，因为他是带队的领导，道路不好，又是夜晚，他的责任不仅是带领大家进行技术攻关，还必须保证"战友"的安全。

"哎呀！今夜的月亮为什么这样圆？"为了保持头脑的清醒，带队的专家桂主任打开车窗，在野外的冷风吹拂中，他突然看见了非常迷人的月亮。

司机扭头看了他一眼，有点不相信地问："你难道不知道今天是什么日子吗？"

"你没看见他们都累成什么了，谁还能记着今天的日子？"

司机这才感动地说："今天是农历八月十五，中国传统的中秋节呢！"

经这一提醒，桂主任的心情才有点激动。中秋节也叫团圆节，可是他们不但不能和家人团聚，而且好几天都没有电话联系了。但是一想起他们终于试验成功的新技术，又感到莫大的欣慰。无论如何也该跟家人联系一下，一是报个平安，二是向他们表示节日的祝福。可是打开手机，这里连信号都没有。

车子又行进了好一会儿，到一片空旷的草原才离开了手机信号盲区。桂主任让司机停下车，然后把两个"战友"叫醒。他们一同坐在草地上，先给家人报了平安，自己也过了个特殊的中秋节。这里没有月饼，没有酒，每人只能将矿泉水瓶碰在一起，最后又各自点燃一支烟，提提精神又上路了。

暴风骤雨中的艰难行进

那场沙尘暴已经是好几年前的事情了，至今马女士叙述起来仍然记忆犹新。现在马女士担任着压裂技术研究二室的党支部书记兼副主任。可以看出，她的身体还是很单薄，听说她年轻时就是这个样子。

普通的日子容易忘记，艰难的经历却会永远留在脑海中。那天下午，他们一行四人从陕北定边县出发前往内蒙古乌审旗，第二天必须进行一口气井的压裂。本来道路就坑洼难行，快天黑时，一场大雨又突然降临。头顶是令人恐怖的电闪雷鸣，前边的雨幕也几乎挡住了司机的视线，不一会儿车子就陷入泥泞的土路里不能动了。

怎么办？退却不是石油人的行事风格，前行又会面临更大的危险。只能原地等待，等待暴雨稍小一些，再把汽车推出来。除了司机，他们四个人是两男两女。听见外边的雨声停了，天也彻底黑了下来。立即推车！这时候两位男士已经顾不上照顾女士，两位女士也好像忘记了自己的性别。好不容易把车弄出来，因为道路冲垮又需要他们轮番在前边指引。在车灯的照耀下，他们这才看清每个人都从头到脚糊成了泥人，根本分不清谁是谁了。

当他们赶到井场时已经是后半夜，没有衣服可换，也没有时间清洗身上的污泥，甚至都不能休息一会儿，就必须为翌日早上的压裂工作做准备了。

沙漠上的天气真是变幻多端，那场大雨带来的湿润半天工夫就被蒸发掉了，难以预料的沙尘暴很快就铺天盖地而来。他们的压裂工序进行了八天八夜，其间刮来的沙尘暴就有十六次。有时候连井场上也看不清人，只能用喊声来判断每个人所在的方位。轮换着进入简易的工棚吃饭时，工棚里也照样飞扬着沙子，别说碗里落满了沙子，就是锅里也早就是沙拌饭了。但是那时候能赶紧吃下一口热饭就已经觉得是一种福气了，谁还能等到沙尘暴过去？谁还能顾及用什么东西遮挡呢？

隔空喊话，用手机指挥"战斗"

只会用双腿奔波，那就不能担负起科技研究部门的全部工作。如今的长庆油田，油气井数量早就突破了两万口，而油气工艺研究院不过300人。用老百姓的一句话说，哪怕一个人浑身都是铁，又能打多少颗钉子呢？所以，数字化、信息化不但是他们的目标，而且早已运用于实践中，且有许多的"战例"了。在油气工艺研究院的部门设置中，我还看到了两个中心：一个是信息中心，一个是新技术推广中心。这真是具备了前瞻性的头脑，进一步向科学化和现代化迈进了。

让我挖掘一个故事，继续追溯阳光和月亮下的记忆吧！

2008年7月23日，对普通人来说肯定只是一个平常的日子，但是对油气工艺研究院钻井工程设计室的技术人员来说，这一天发生了令他们难以忘怀的感人之事。

那天下午，天空中骤然间布满了乌云，黑压压的云层越积越厚，一会儿，连黄昏的晚霞都被遮盖了。这样的气象变化，发生在一个名叫元城的地方。我没有查考元城是一个县还是一个镇，但可能和一口油井的距离并不遥远。

天和人，是故事中的两个对立面；元城和油井，又形成了故事结构的一条主线。在风云突变的天空下，油气工艺研究院钻井工程设计室的工程师李先生刚刚从井场上返回不久。当一声闷雷从窗外传来时，还没有顾上吃饭的他马上就又坐不住了。紧接着天空就好像撕开了一道口子，大雨倾盆而下，一时间整个元城都变成了一片汪洋。

正在这时，李工程师的手机响了，电话是从油井上打来的。

"喂，怎么样？"他紧张地问。

对方的声音几次被雷鸣打断，这让李工程师更加着急。

"喂，镇静！镇静！你们只说井场上发生了什么事情。"他首先稳住自己的情绪。

"我们有一口油井漏失严重，失返……失返……"对方的声音仍然是断断续续的。

什么是"漏失严重"？什么是"失返"？石油技术行当的专用技术名词我总是弄不懂，可是李工程师没有听完就准备投入战斗了。

"我离你们不远，马上赶到！"李工程师快速穿好石油工人的红工衣，不顾一切地走进密集的雨幕中。街道上水流成河，头顶的大雨也没有停下的意思。为了尽快掌握情况，李工程师把手机藏在帽子里，一边奔走一边继续和井场保持着通话。

"现在钻到哪个层位了？漏失情况到底如何？你们有没有进行测算？钻井队准备了什么材料？"李工程师边赶路边问。

油气工艺研究院的专家们就好像是钻井队的灵魂，工人们听说李工程师已经在赶来的路上，情绪也都稳定下来，持续而又准确地回答着李工程师的问题。

"李工……李工，你怎么不说话了？"有几次电话里都传来这样的呼叫，那是李工程师几次摔倒了。那么大的雨，那么湿滑的道路，有时候必须用双手抓着高坡才能往上爬，一只肩膀又必须紧紧地顶住耳朵边的手机，心里还要琢磨和计算井场传来的数据，怎么会不摔倒呢？

即使是在这样艰难的行进中，通过电话这位工程师也已经基本掌握了井场的情况，并且做出了初步的分析：在钻机进至 518 米处，接单根后，井口钻井液不返，随即出现了特大型裂缝性井漏。而井队在堵漏没有达到要求效果时，就继续抢钻到井深 1676 米，从而造成裂缝继续扩大，漏失更加严重。写到这里，我几乎拍案称奇了，也难怪此事令该院的许多领导和专家至今记忆犹新，且在院内传为佳话——这位可敬可爱的工程师又是根据什么在那样艰难的行进中，做出了如此准确的判定的？

这可能就是数据库的神奇，由于平时的积累，油气工艺研究院那些技术专家满脑子都是数据，再凭着丰富的经验，许多技术和事故都在他们的掌控之中。李工程师只是一个身体力行的代表，换作其他人，也会同样如此。

李工程师初步估算了漏失层段，又考虑到多次堵漏效果不佳，渗漏严重，心里就已经有了解决问题的最新方案。

他继续用电话指挥："雨这么大，拉水补充液量非常困难。"李工程师首先排除了惯用的办法。

那边的工人失望地问："那怎么办？"

李工程师果断地说："得用随钻堵漏钻井液的技术。"

说话间天已漆黑，李工程师摸黑赶到了井场。工人们见他的衣服已经湿透，人也累得气喘吁吁，连忙让他赶快休息，吃碗热饭，让他在屋子里指挥就行了。可是他说啥也不进屋，一直在现场指挥"战斗"。

夜已经很深了，看着开泵后钻井液返出正常，钻井循环恢复正常，李工程师这才累倒在屋子里站不起来了。此时他才意识到自己8个小时都没有吃饭喝水了。

请为我唱一首爱的颂歌！

别说在整个长庆油田公司，就是在油气工艺研究院，你也能发现许多家庭都是由石油职工组成的。有的甚至是几代人接踵而来，组成了一个石油职工的小集体。父母、儿女、夫妻都是石油人，在外人看来可能其乐融融，但是只有他们自己知道，那其中有多少惦念和担心、牵挂和煎熬。

平时全家人聚少离多，这样的生活他们早已习以为常。遇到重要的节日，离别的思念会格外揪心！

——窗外的雪，在西安凤城的路灯下翩翩起舞，城里人都已经全家团聚了。圣诞之夜的雪花给多少人带来了吉祥和温馨。但是，油气工艺研究院工具研究室的技术人员李女士却没有半点欣喜和轻松，因为爱人在井区还没有回来，更让人着急的是，连一句节日的问候也没收到。她打了几次电话，电话里总是重复着一句："您所拨打的电话不在服务区。"虽然这样的事情说不清以前发生了多少次，可今天是圣诞之夜啊！她可以理解石油人的艰辛，她的期望仅仅是送去妻子的祝福和获悉爱人的平安。而且她还知道，这几天他的感冒发烧还没好，他那厚重的鼻音和连声的咳嗽已无法隐瞒这样的事实了。她不能用妻子的柔情服侍爱人打针吃药，只能每天几次地用电话提醒他一定要保重身体。可是现在连电话也打不通了，究竟发生了什么事？也不知挨了多长时间，她才欣喜地听到电话里传来的声音。"你在哪里？你在哪里？"她一连声地问。可是电话里的声音断断续续——不用再问了，他们的抢险车一定是又陷入了深山低洼处。从西方传入的这个节日——圣诞夜，也叫平安夜，可是这个石油家庭的两颗心却一刻也不得安宁……

——妻子身怀六甲，这不但是亲人喜悦的期盼，还必须精心守护。可因为他们全家都是石油人，她只能自己照顾自己。这是油气工艺研究院钻井工程设计室另一个技术人员白女士的经历。事情已经过去了许多年，对自己的艰辛，她已渐渐淡忘，不能忘记的是这个大家庭中石油人的相互帮助和相互温暖。当时，她的父母在银川，爱人在陕北靖边的采油第一线，而她却作为留守人员住在甘肃庆阳待产。回首这段时光，她说她终生都会感谢沈大姐，感谢同宿舍的姐妹们。那时沈大姐下班回来就会立即给她变着花样做饭，同宿舍的姐妹们也会围着她有说有笑。那也是石油人解除寂寞和孤独的一种方式。亲人和爱人不在身边，大家就用共同的温暖伴随她度过了那一段难忘的岁月……

我之所以要采撷这朵爱的浪花，因为我觉得它是爱的女声小合唱。

——石油家庭都有遗憾的往事，可是油气工艺研究院的副总工程师黄先生，从一开始就心甘情愿要和石油女子结合。现在说起这段经历，也不失为一桩美谈。黄先生是20世纪80年代初参加工作的，找对象对于当时的石油工人还是很困难的事情。所以，各部门领导曾经给他们青年工人提出过这样的口号："恋爱工作两不误，快速组建小家庭！"有一天，黄先生下楼正要去上班，忽然看见后边一个姑娘跟随着他走来。楼上楼下住了多少年，双方的父母不但同是石油人，而且也是很好的朋友；他和她也都是长庆油田的新工人，互相之间也都了解。这……这不就是未来的媳妇吗？想到这些，黄先生眼睛一亮，就动起了心思。但是那时青年还没有现在这样开放，心里想着嘴里却一直不敢说。憋了好多天，终于天赐良机。那天黄先生从庆阳去西安出差，坐在邻座的正好是那个姑娘的母亲。一路上他们先从石油谈起，然后又说到许多新技术的研究和应用，越说越投机。"你小子是咱们长庆油田未来的希望啊！"有了这样的赞许，黄先生的心里就有底了。快到西安时，他才斗胆提出了两家结亲的问题。"好啊！"未来的岳母大人脱口答应后，却又摇头笑着说，"但是现在可不是包办婚姻的年代，我只能说我这一关没问题，最重要的是你要找我家姑娘谈一谈。"有如此开明的母亲，从西安回来，黄先生就主动出击，没想到竟然一拍即合，很快他们就结婚了。黄先生和妻子都是"长庆第二代"，他们的孩子现在正在乌克兰留学，尽管学的是地质专业，但是和石油勘探开采也对口。所以，黄先生又有了新的希望：实现三代石油人的大合唱！

桃李不言，下自成蹊

  油气工艺研究院是高素质人才聚集的地方，在这里，我听到的都是些非常高深的技术话题，而没有听到对个人得失的议论。长庆人从不看重个人得失，从我接触过的所有人口中，还没有听到一句埋怨的话。诸如职务升迁的问题，或是论资排辈的心结，似乎在油气工艺研究院都不存在。即使有人说起某位院领导过去曾经是他的下属，也都是心服口服地尊敬，绝没有任何不屑。我甚至还有过这样的提醒："某某某当时还是一个小青年，可以说也是你的徒弟吧？"被询问者总是坦诚地回答："在我们这个用技术说话的单位，真正的老师是知识，真正的师傅是技术，至于其他的谁也不会计较。"

  具有如此胸怀的人，让我一次一次感动和钦敬！

  官场的是是非非，官场的嫉妒和忌恨，在这里是没有的。听说已经有几个30多岁的年轻人被提拔为科室副主任了。我问过许多年龄偏大的技术人员，面对此类状况，会不会觉得尴尬。他们只是露出轻松的笑容说，在我们这样的技术单位，职务的提升才真正是给他们压担子，除了多费心、多干活、多去艰苦的第一线，此外没有任何特权。

  他们注重以长庆文化熏陶员工，注重精诚团结，选用青年骨干，以此加快人才培养步伐，打造创新型科研团队，推动员工队伍整体素质的大幅度提升。

  何为力量？团结就是力量！

  何谓前途？青年就是前途！

满池荡春波

冬日何处可赏春？朋友邀约华清池。

珍馐百吃不厌，美景百看不烦。虽然我已经多次去过华清池，可是在严寒的冬天游赏还是第一次。为此，我为华清池留下了一幅墨迹，云："华清池畔三冬暖，骊山脚下四季春。"这样的墨迹和语句谈不上多么风雅，只是一个凡夫俗子心境的写照。现在的人们都喜欢旅游，对于众多的景点，有的印象深刻，有的却很快淡忘，有的甚至还会发出"上当受骗"的叹息。只有留在心里、梦里的景致，才可以让人记忆犹新，永远留恋。

秦始皇把他的陵墓建在临潼，伴随他灵魂的是轰动世界的兵马俑；唐玄宗在临潼留下了华清宫，同时还留下了他和杨贵妃的逍遥和陶醉。历史有时会让后人觉得有许多滑稽可笑之处——讲究风水的陵墓和逍遥的建筑，竟然选择在同一块地域中。我一直没有弄清楚，秦朝有没有发现骊山脚下的温泉呢？这一次重游华清池，身为华清池管理者的朋友介绍说，骊山温泉在唐朝之前就已经发现了，可能也曾经有帝王巡幸过，只是他们没有留下多少豪华的建筑，或者说完全被盛唐的大气魄所覆盖了。

数千年来的历史已经很难考证它的真实性，如今的华清池也早就不是盛唐时期的面貌了。唯一可以认定的是，从骊山底下涌出的温泉水是任何人都无法复制的，这是自然的恩赐，这是上苍赐予的资源。

近些年来，被称作温泉、称作汤浴的地方越来越多，据说华清池的温泉似乎日渐枯竭，其温度也大不如前了。

昔日的华清池，本来就是以"汤浴"闻名于世，现在它急需为以往的辉煌正名。

这一次寒冬时节的前往，使我终于得到了那样的欣慰。

华清池的管理者在华清池内部修建起庭院式的宾馆，虽说宾馆的外形都是大同小异，但房间里的设置却颇具匠心。他们把各式各样或大或小的温泉池子搬进了房间，让客人足不出户就可以过一把帝王般的"沐浴瘾"。四合院式的庭院中央，还修建着一座颇为壮观的露天汤池，众多人躺在不断流动的温泉活水中，抬头可见满天的星斗，低头可见氤氲的雾霭。假若当夜飘起雪花，假若当夜月光清澈，假若雨滴和温泉相融，那无疑又是别样的享受，会让人有神仙的感觉。白天又是另一种景况，骊山的翠绿，缆车的穿梭，烽火台的遗址，都会涌入沐浴者的眼帘，映入露天池水中。俯仰之间大自然与人文美景的交相辉映，很容易勾起人思古之幽情。

步出庭院中的露天汤池，我们回到温暖的房间，裹着睡衣围坐在一起。有人突然发出这样的忧思：这山，这水，还能留存多少年？久久地沉默之后，每个人依然哑然无言。人类对自己的事情都琢磨不透，又怎能预知天地间的无穷变化呢！

那就重回露天汤池，让我们在现实的快乐中摆脱因难以预知而生的烦躁吧！

2014 年 12 月 25 日记于惠园

宿营雪野

正值隆冬腊月，我们却要进行一次野营拉练。

贺兰山区的气温已经是零下 20 多摄氏度，而且纷纷扬扬的大雪即将覆盖满山遍野。晚饭之后，驻扎在山沟里的整个军营都在进行誓师动员。虽然我所在的单位是团司令部机关，但同样要走进冰天雪地。这是 1970 年之初的岁月，我那时是刚刚步入军营的新兵。由于中国和苏联在珍宝岛早已交火，所以自从我们入伍，不管是心理上还是行动上，一天都没有安宁过。嘴上天天说打仗，在行动上一切也都为打仗准备着。

那时候，部队的装备都非常简陋，我们那个团总共只有两辆车：一辆是吉普车，平时当然归团里的主要首长乘坐；一辆是大卡车，平时由后勤部管理。但是这次要野营拉练，连那两辆汽车也不能使用，按照实战的要求，除了团首长们可以骑马，其余的干部和战士都要徒步而行。

机关的战士本来就不多——一个炊事班，一个勤务班，一个饲养班，所以动员会开得很简单。我们部门叫管理股，平时负责所有机关干部的日常生活。现在要出去野营拉练，最苦的是炊事班和饲养班，炊事班要在野外做饭，饲养班的战士每人都要牵着一匹马，分头跟随着各位团首长。而我这个勤务兵，一下子还想不到在路上能有什么差事。动员会之后，炊事班和饲养班就开始忙活了，而我们几个勤务兵只准备自己的东西。勤务班说是一个班，实际上只有四个战士：文书、司号员、保管员和我这个勤务员。勤务班没有班长，文书就是勤务班的领导。正当我们三个小不点儿嘻嘻哈哈地打闹成一团时，文书从外边进来说，军营里要有留守人员，他和保管员都要留守在军营。这样，勤务班参加野营拉练的人就只有我和司号员了。

"为什么单单挑选了我们俩？"我的脸上顿时挂上了忧愁。

"你是新兵蛋子，需要锻炼！——出去后最重要的就是司号员，这还需要解释吗？"文书说。

司号员是有两年军龄的老兵了，他敢质问文书："但是你为什么不去呢？"

文书说："这你还看不出来？很可能等不到年底我就要复员，一个半个身子已经迈出军营的老兵油子，还让我出去跑什么！"文书说着，还把他经常挎在身上的那个棕红色的文件包递给我："股长和协理员刚才都交代了，你还要背着这个包呢！"

接过那个包时，我的心为之一振。虽然股长和协理员还没有明确地和我谈，但是那个包就是一种预示和象征：在机关战士的队伍里，背着那个包的人就应该履行代理文书的职责。那个包是纯牛皮质地，里边有好几道夹层，在各个夹层中可以放入地图、文件、钢笔和笔记本。瞬间，我的脸色就变得庄重、严肃起来，甚至还有些许羞涩和矫情，不敢打开看看，只能悄悄地向文书讨教还要在包里装什么东西。文书倒很坦然地说，该有的里边都有了，其实也许根本就用不上。他的话我当然明白，这就好像连队战士配发的枪支一样，除了平时训练打靶，拉练时就只能扛在肩上，连一粒子弹都不能上膛。

天还没亮，一阵紧急集合的号声就把我从睡梦中惊醒。我爬出被窝刚要去摸电灯绳，文书躺着未动说，紧急集合不许拉灯！我一边摸黑忙活，一边埋怨司号员说，紧急集合你也不提前透露一声！司号员叠着被褥说，全团的紧急集合都是司号长发号施令，司号长是干部，编制也在团司令部的通信股，哪能让他知道呀。文书又严厉地提醒，紧急集合也不能说话！

贺兰山区全年干旱，而这场大雪却下个不停。当我们背着沉重的行李跑到院子里时，远远近近的山峁早已是白茫茫一片，细密的雪花仍然布满天空。站在亮如白昼的院子里，我兴奋地看着机关兵这支"异类"的队伍：炊事班的战士除了背着自己的背包，每个人在背包上还捆绑着铝锅及各种厨具；饲养班的战士尽管牵着战马，但他们的背包还必须背在自己身上。那时候，北方的军人都是这样的装束：身上是一套棉衣，脚上是非常笨重的皮棉鞋，头上是颜色不尽统一的羊皮帽，帽子的护耳上还隐藏着一块枣核形的皮挂件，它可以从这边的耳朵挂到那边的耳朵上，用途就是保护鼻子免受冻伤；另外还有一副黑色的风镜，用来防止长期在雪地里行走而可能导致的雪盲症。捆扎在背包里的东西有：一条羊毛毡，一条褥子，一条床单，一条被子，一件厚重的羊皮大衣。这些就是平时睡觉用的全部用品。除此之外，背包上还塞着一双黄胶鞋，饭碗和洗漱用具则全都装在挎包里了。总之，这就是当时北方军人的全部家当，现在整个都在自己背上。好在机关兵没有枪支，比起连队战士，身上也就少了许多重量。

说起来很复杂，其实从紧急集合到出发也就一分多钟。

出发的号令一下达，队伍就立即跑步前进。既然一切都按打仗的要求来，队伍就不能在道路上行走。离开军营，冲入一条山沟后，我们这支队伍的人员就越来越少了。团首长们也有分工，有的要去前沿指挥，有的要深入连队，和我们同行的团首长和参谋干事只剩下了五六个人。我们班的司号员也跟随着司号长走了。那时候统一用军号发号施令，司号长必须和团长寸步不离。假如司号长牺牲了，机关的司号员就成了代替者。至此我才明白团部的勤务班为什么还要保留一个司号员。

全身重负的急行军，一会儿就让人大汗淋漓。我刚打开挎着的军用水壶想喝一口水，就招来了股长的训斥。股长说，抓一把雪就可以解渴，哪能先喝水壶里的水呀！我摇晃着没有响声的水壶说，股长，水壶里的水好像已经冻住了。股长仍然严肃地说，就是冻住了也还是水，战场上的一壶水不知道要值多少钱呢！说话间，已经有好些人抓起地上的雪往嘴里填，我也抓了一把塞进嘴里。这一年，我还不到18岁，心里还存留着孩子的玩心，竟然又悄悄抓了一大把雪，用两只手揉成雪团，一边走一边用牙齿啃，心里想着就好像啃着馒头或苹果，由此我还想起了望梅解渴的故事。出发前没有吃饭，现在已经是中午时分，还不知道什么时候才能安营扎寨呢。

据炊事班的老兵讲，野营拉练的首日都是急行军，所以根本不要指望停下吃饭；聊以充饥的是前一天晚上配发的半包压缩饼干，饼干也得边走边吃。就着雪水，吃着饼干，我们就这样不知不觉地走出了山谷。在雪地中行军，本来就是深一脚浅一脚地摸索着前进，何况还背负着几十斤重的东西。到最后阶段，团首长们已经骑在马上，其余的人也都疲惫至极。队伍中谁也没有力气说话，能听见的只是咯吱咯吱的踏雪声。

前边就是浩瀚的沙漠或者内蒙古草原了，因为全都被一望无际的白雪覆盖，所以很难辨别出白雪下是荒草还是沙粒。不管怎么说，队伍总算走出了山谷，估摸着也该到宿营的时候了。可是突然有通信兵飞马奔来，传令说要队伍返回山谷。包括跟随着我们这支队伍的团政委，都必须听从来自前沿总指挥的命令。

回到山谷中后，远处传来军号声。熟悉军号声含义的老兵告诉我们几个新兵，这是原地宿营的号声，今天晚上就要在这片山坳里宿营了。炊事班的战士刨开山坡上的积雪架锅盘灶，其他人就满山坡寻找柴火。架锅盘灶也有技巧，别的无须多说，最关键的是不能让浓烟暴露军情。这就要在锅灶后边挖出三道排烟地沟，再往上，三道就变成了六道，形成网络状的排烟工程。排烟的地沟还要用石片覆盖，石片上再用泥土填埋，这样才能形成烟道的抽动力。网络状的排烟地沟会使一股股浓烟化为轻淡的雾气，这无疑是战争年代的创造发明。野营中的伙食越简单越好，听说揪面片是最普遍的，因为简单到甚至不需要案板——先在大锅里揉好面团,把一大锅水烧开后,大家就围成一圈,每个人手中抻一团面,揪成片状扔进锅里,等到锅里的面片煮熟后,再倒入现成的肉品罐头就可以开吃了。

在雪地里野营也有诸多好处:不用寻找水源,煮饭的水是用雪融化的,洗脸擦脚的水同样随处可取。接下来就是睡觉了:挑选一块平地,用树枝把地上的积雪清扫掉,打开背包,在最下边铺上羊毛毡,在羊毛毡上铺上褥子和床单,然后拉开被子,被子上再盖上羊皮大衣。躺在被窝里,头上的皮帽子也不能摘,甚至还要把风镜、护耳护鼻的帽帘统统系结实。即使这样,许多人也会被刺骨的寒风冻醒好几次。行军时盼望着宿营,宿营时又盼望着赶紧行军,走着很劳累,睡着很难熬,这就是我终生最难忘的三个昼夜的历练。

疲惫和寒冷使我忘记了那个文件包的精神意义,在我的印象中,它几乎没有派上什么用场,无非是我在里边的笔记本上写下了几天的行军日记。晚上睡觉时,我就把它当成了枕头,赋予了它最实在的用途……

2017 年 1 月 13 日于惠园

第二辑 心的惆怅

归根到底,这就是一种心境的变化,由以往的繁乱和充满重压,而渐渐地归于沉静和从容了。天平只有在称物品的时候指针才会摆动;如果秤盘上永远放着东西,那就失去了天平的意义。心境与天平同出一理,永远静怡虚无,就无法长进,也很难感觉到生命的重量;永不停息地思考,就会心浮气躁,也很难享受到人生的幸福和愉悦。

窗外青藤

我们家居住的这座楼房,坐北向南,楼高六层。它的造型并不是和竖起的火柴盒一样,而是在我们这个单元呈前凹后凸状,所以在我的书房那儿正好形成了一个夹角的形状。在那样的夹角,尽管可以充分享受东来的阳光,但是当太阳慢慢偏西时,阴暗也会早一点来临。

人生往往如此,失去阳光的阴暗虽然稍稍早了一点,得到的却是心理上那哪怕稍纵即逝的安宁。我们家在三层,窗外就是整个小区的必经之道,每当天亮,很快就会人来人往,车辆轰鸣;如今的人也喜欢养宠物,所以间或还夹杂着狗的嘶叫。而那夹角处的一面墙壁,会把那些杂乱的声音隔离片刻。片刻平静过后,又是片刻嘈杂。对于如此往复循环的嘈杂和平静,有人也许觉得更加难受,实际上,久而久之,习惯都会成为一种自然。比如说夫妻间的呼噜声,刚开始可能忍无可忍,只要彼此的感情历久弥坚,后来就会变成心心相印的催眠曲。如果本来就是同床异梦,轻微的转身也会触发无端的怨恨。

在这样的世态中,片刻的安宁都是一种庆幸。

三年前的夏天,我的窗前又突然冒出了一丛绿,那一丛赏心悦目的绿色,让我的心情犹如迎来了一位婀娜的女郎,欢欣,激动,甚至是心系一处,心无旁骛。那是从地面攀爬而上的一缕青藤,一直顺着墙壁的夹角最终来到了我的窗外。至今我也弄不清那是什么植物,俗名和学名都不知道。只看清它的长藤和葡萄蔓差不多,叶子却像中国槐的模样。这株植物从地面爬到三楼，不知道已经生长了多少年，那么以前我就应该对她有所察觉、有所发现吧？没有。确实没有。因为楼下的道路旁早先搭建了一个车棚，车棚的屋脊几乎和我的窗户平行，每每我从外边进小区，那个简陋的车棚就会挡住我的视线。对于那个遮挡视线的车棚，我有过多次的埋怨，可是后来又一想，它虽让我的眼界变得短浅，但同时也减弱了外边的噪声，照样还是得失的平衡呀！

那是我留在五月的记忆。期盼已久的一场细雨，在我的书桌上也扑溅起一层潮气，当我凝神静思时，忽然听到雨滴打在树叶上的声音。而且，那声音距离很近，几乎就在我的耳旁。我拉开了平时总是半开的窗帘，那一丛绿，那一丛嫩黄的树叶，立即就让我欢喜万分。她和我只是一窗之隔，可是多少年过去了，我竟然不知道她的存在。或者，她只是刚刚向我攀爬而来，借助淅淅沥沥的细雨，让我倾听她亲切的呼唤。我一下子推开了靠西边的那扇窗，侧身望去，发现她果然是今年才爬上来的。我伸出因激动而有点颤抖的双手，轻轻抖落叶面上的雨滴，然后轻轻把她拉过来，让她和我靠近，再靠近。她似乎也懂得我的心，几天过后，那一丛绿，那一枝嫩黄，不但依旧如初，而且还横向向我的窗前生长过来，每天都滋润着我的心泽。

现在，不管是走在街道上还是步入某个小区，繁多的花草和树木比比皆是，可是在哪儿能找到如此清洁静谧的一丛绿色？况且，她又不是一株盆景，完全是根植在坚实的土地上，并不在乎世人的观赏，只凭借自己的生命力奋发向上。三年之后，尽管她的主干早已爬上了楼顶，但是这一丛绿色仍然一如既往地与我相伴，与我相亲相依地融合。

相逢在小麦飘香的季节

——《麦田：生命的守望》创作感言

自从人类发现了粮食的种植和培育方法，才渐渐结束了蛮荒时代的围猎和杀戮。可是时至今天，粮食安全、粮食危机仍然是全世界共同的担心和忧虑！其实，不管是远古时代还是在近代和现代的历史进程中，粮食都是一种锐利的武器，有时候看不见炮火硝烟，就可以让一个国家一个民族不战而降。

在中国的春秋战国时期，就曾经出现过"以粮食制诸国"的战例。当时的齐国本是一个海边小国，封地面积仅方圆百里，而且大部分土地是不适宜种植粮食的盐碱地。精明的宰相管仲看出这个巨大的隐患后，就悄悄和国君齐桓公制定了一个长远的战略：由国君带头穿戴起丝织服饰，并且暗示整个齐国的官员和百姓效仿。一时间，齐国的丝织品价格飞涨。与齐国相邻的鲁国和梁国似乎看到了发财的商机，他们的国君就号召老百姓放弃粮食生产，几乎是倾国植桑养蚕，再把丝织品卖给齐国。管仲和齐王见时机成熟，命令全国上下开始改穿自产的布料衣服，同时下令关闭了买卖丝织品的商业通道，绝不允许输出一粒粮食。服饰可以当即更换，而由桑田改种粮食却不可能一蹴而就。"鲁、梁之民饿馁相及"，甚至连粮食种子都吃掉了。于是，鲁、梁二国粮价飞涨，国力不济，军心不稳，民心大乱，而齐国却囤积了大量的粮食，只以粮食为武器就轻而易举地让鲁、梁二国归顺了齐国。

后来，管仲和齐桓公又用大同小异的办法"买鹿制楚""买狐降代"，让楚国和代国大上其当，又吞并了他们大片领土。一而再，再而三的骗局怎么就唤不来楚国和代国的聪明和警惕？唯一的结论是，那些昏庸的君王都太注重眼前的利益，只知道蚕丝、活鹿和狐皮可以赚大钱，有钱照样可以买粮食，而没有想到别人一旦掐断粮食的来源，柜子里的金钱就形同石头了。

以史为鉴，如果说那是古代人的迟钝和愚昧，抑或还有消息闭塞的极大限制，那么纵观世界近代和现代的战争史，说到底还是对土地的争夺。

人类赖以生存的几大要素主要是太阳、空气、水源和粮食。太阳和空气与世长存，只有水源和粮食掌握在人类自己手中。美国政治家基辛格曾经说过："谁控制了石油，谁就控制了所有的国家；谁控制了粮食，谁就控制了所有的人。"这样的话，并不能算作多么深刻的智慧和高论，早在两千多年前的中国古代，管仲和齐桓公不但有了这样的认知，而且早已经付诸实践了。当然，那时候还不存在石油这个香饽饽，不过，现有的能源枯竭了，还会创造出新的能源，唯有粮食将伴随着人类的整个生存过程。有一句戏言说，若干年后，即使没有了任何能源，还可以重新套起马拉车，播种和耕耘也可以重新使用黄牛。但是那样的前提是，人类还必须保有足够种植满足需要粮食的土地。由此可见，对土地的争夺仍然是关于粮食的战争。

民以食为天，国以粮为本——这样的名言警句实在是历朝历代以至全人类用鲜血和生命换得的经验和教训。中国是人口大国、农业大国，新中国的历代领导人都紧紧握着农业问题和粮食问题这个接力棒，强烈的忧患意识使他们牢记和紧抓"三农问题"，从而也解决了13亿人口的温饱，这在全世界都堪称奇迹。

党的十八大以来，习近平总书记关于"三农问题"发表了一系列重要论述，反复强调要从治国安邦的高度认识粮食安全的极端重要性。明确指出，保障国家粮食安全是一个永恒的课题！永恒就是没有时间的限度，永恒就是没有乐观松懈的理由，永恒就是对世世代代的警钟长鸣。不能今天温饱无虞，就忘记了昨天饥饿的滋味；不能因为粮食连年增产，就看不到今后粮食安全的难度和压力。"中国人的饭碗任何时候都要牢牢端在自己手上，我们的饭碗应该主要装中国粮。十几亿中国人不能靠买饭吃、找饭吃过日子，不能把粮食安全的保障寄托在国际市场上。否则，一有风吹草动，有钱也买不来粮食，就要陷入被动。"这是习近平总书记对中华民族语重心长的警示，同时他还再三强调说，解决粮食安全问题的根本出路是，加快现代化的进程，依靠科学技术的支撑。

人类的文明史上最先出现的就是农业上的发明和创造，为什么在数千年之后，农业和粮食问题仍然是全世界的深重忧患？现在，就我们中国而言，每天酒足饭饱，甚至把吃饭看作累赘的人不在少数，由此也造成了极大的挥霍和浪费。就全世界来说，身患肥胖症的人有 10 亿之众，可是每天忍饥挨饿的人也有 10 亿之多。贫富之间的巨大差距，愚昧和落后的恶性循环，技术和资本市场的垄断和封锁，土地的大量流失和污染……如果说这些都是局部的失衡和灾难，那么世界人口的高速增长又把这个难题推向危机的高峰。科学技术就是生产力，土地越来越少，人口越来越多，人们只能对土地提出更高的要求：多一些，再多一些！粮食多了还有要求：好一些，再好一些！

这就是农业科学家的责任。

当今的农业科学家犹如天上的星辰，在各自的领域放射着光芒，令人敬仰。那是一支庞大的队伍，他们都是解决粮食危机，保障粮食安全的战士。而我要走近的主人公，却在被人戏称为"一个人的村庄"中坚守了半个多世纪。当我渐渐靠近小麦育种专家赵瑜，甚至是迂回地了解了他的点点滴滴时，他就变成了一块"磁石"，变成了一股精神的引力。

小麦育种专家赵瑜的精神，首先吸引的是数不清的农民群众。最让我感动的不是他有多少光环和头衔，而是许多村庄都把他看作"荣誉村民"，还有人称他是"财神爷"。对这样一个永远"接地气"的农业专家，我想每个走近他、了解他的人都会为之动容，深感钦敬。

20世纪50年代初，赵瑜就立志于农业科研。那时候的中国，才刚刚开始疗治战争的创伤，当然还远远谈不上"粮食危机""粮食安全"这些高深的话题。他只是受到农业先驱的精神感染，记住了"民以食为天"的古训。结果，这个事业就成为他终生的定位，形成了他那常人难以复制的人生轨迹。赵瑜的故事，就是粮食的故事。从赵瑜的生命历程中，我们可以听到为此而践行的脚步声……

趾甲的轮回

形容人的生命，有说漫长的，有说短暂的，不同的说法取决于不同的心境。

我想说一个关于趾甲盖的故事。那是 2012 年 7 月间，我和一个朋友去秦岭山区消凉避暑，发现了距离公路不远的一条小河。河水清澈见底，自南向北哗哗地流淌。现在想寻找一个既幽静又清凉的去处已经很难了，在这儿泡泡脚也算不虚此行。我脱下鞋袜，正要向河中心的一块大石头走去，左脚的大拇指就被一块翻滚的圆石头砸中了。

不偏不倚，受伤的正好是左脚大拇指的趾甲。

那种突如其来的痛苦，其实一瞬间就过去了。我之所以记忆犹新，是对那个趾甲的生长过程感到好奇。当时从趾甲缝里出了血，渐渐地，又从趾甲顶端往下一点一点变成了青色。两天之后，整个趾甲盖完全被一通到底的黑色所覆盖了。

我觉得，这同样是一次继往开来，同样是一次新陈代谢。

老一代的趾甲盖，倏忽之间就失去了生命力；新一代的趾甲盖，不知何年何月才可以"羽翼丰满"呢？人的思虑中有理所当然的愿望，也有过分的贪欲。我对我那个趾甲盖仔细观察，也只是看着它顺其自然地成长，绝没有贪图它能在一夜之间"焕然一新"。因为我知道，人身上的东西只有指甲和头发才可以生生不息，当然特殊的病患者除外。所以我总是不急不躁地期待着，并且坚信它一定会"弃旧履新"。

失去的感觉非常短暂，期待的感觉却非常漫长。这也考验着我的耐心。在最初的那些日子里，它始终保持着黑色的沉静。大约一个月过去了，我才看到那个趾甲盖重生的迹象。所谓的迹象，也就是在黑色的下边顶出了一线白，顶出了若隐若现的新趾甲。尽管它那么的细微，但它就是初升的太阳，就是种子的胚芽，就是新生的希望！

又一个月过去，新长出来的趾甲盖已经显而易见了。但仍然是那么的缓慢，就像是一条细线变成了一条粗线，或者是由一根头发丝变成两根头发丝那般细微。即使如此的变化，还是让我非常欣喜。人常说有苗不愁长，树苗已经顶出了地皮，还愁它长不成参天大树吗？我不能为它施肥浇水，吃任何补药也毫无用处，凡是有生命的东西，都有它自己的轮回，我能做的只是及时地修剪趾甲，就好像为新生代减轻压力。

现在，我那个黑白分明的趾甲盖，和去年的今天相比，竟然完全颠倒过来了——黑的部分仅剩下一条黑边，而白的部分即将全部取而代之。我敢肯定，再过一个月，也就是到了那个趾甲的"受难"之日——2013 年 7 月间，它就可以焕然一新了。

一个大拇指的趾甲盖，正好需要一年的生长过程。

我的胡思乱想仍然没有停息：一个大拇指的趾甲，由损毁到新生需要一年的轮回，那么人生的长度，也就是七八十个趾甲盖的距离呀！当然这些都是很可笑的联想和比喻，人生不是趾甲盖，趾甲盖和人生也没有必然的联系。

我为什么对一个趾甲盖如此关注呢？这几乎是一个无聊透顶的话题。究其原因，大概有二：其一，开始注意养生，临睡前都要泡脚，每每看到那一个醒目的黑趾甲，就有了一日接一日的观察和期待；其二，唯有刻骨铭心，才能引以为戒，有道是吃一堑才会长一智，在美好的诱惑面前要想到突然的绊脚石。

归根到底，这就是一种心境的变化，由以往的繁乱和充满重压，而渐渐地归于沉静和从容了。天平只有在称物品的时候指针才会摆动；

如果秤盘上永远放着东西,那就失去了天平的意义。心境与天平同出一理,永远静怡虚无,就无法长进,也很难感觉到生命的重量;永不停息地思考,就会心浮气躁,也很难享受到人生的幸福和愉悦。

  人间细微的东西,只有心境怡和的人才体察得到。

我的读书经历

我是1980年开始文学创作的,在此之前读书不多。我出生在穷乡僻壤,刚踏入初级中学的大门不久就遇上了"文化大革命",不但从此中断了学业,而且那十年凡是和文学沾边儿的书,大都成为禁书,成为被封杀的对象,还能阅读什么呢?

1984年秋天,我终于等到了一次集中阅读的机会。这时候,我已经在全国各地的报刊上发表了几十篇小说和散文,虽然进入了青年作家的队伍,但是我的心里却经常发虚:缺乏厚实的文学功底,只凭借寻找生活的原生态,是无法在文学的道路上走得沉稳、走得长久的,更无法奢谈艺术的创新和创造。那时候的青年作家大概都存在阅读量严重不足的问题,所以陕西省作家协会就对症下药地开办了读书班。

我还清楚地记得,我们那一期读书班从8月开始,到年底结束,历时四个月之久。除了开班第一天省作协的领导举行了简短的开班仪式之外,剩余的日子就全部用来读书。20世纪80年代初期的省作协,所有办公室还都是古式房屋,大院的东侧还连接着一个小院子,我们的读书和起居活动都完全在那个小院里。院内我们每个人居住一间屋子,作协机关上班之后,通往小院的门也会关闭上锁。在开班仪式上,省作协的领导胡采、王汶石、杜鹏程等老一代作家还一再告诫大家说,读书就是读书,不要急于写稿子;在最后阶段,可以给大家留出一点时间,如果那时再去写稿件,绝对会有茅塞顿开之感。

省作协的前院就有自己的图书室，我们就是从那里借阅书籍的。里边的藏书量虽然不能和别处的图书馆相比，但是中外经典文学名著肯定不会比别处少。时间有了，书籍有了，该从哪一本书开始阅读呢？当时的《延河》编辑部有一位资深的编辑叫张沼清，他多次编发过我的小说，又是韩城人，跟我算是渭南老乡，所以我早把他看作良师益友。他知道我在这一期读书班，就细心地分析了我的情况，认为中国的古典名著以后阅读的机会很多，现在有这样集中的时间，还是先从外国的古典名著读起吧。他甚至点出法国作家福楼拜的《包法利夫人》，说小说首先是语言艺术，而福楼拜对语言最为讲究；小说还必须重视细节描写和故事结构，在许多方面《包法利夫人》都堪称经典的范本。在他的推荐下，《包法利夫人》成为我接触西方文学的第一本书，我不但逐字逐句地阅读，而且做了阅读笔记。至今，当我拿出当时的笔记，仍然能回想起阅读的快感和那种庄重的感觉。

然后，我又阅读了《复活》《巴黎圣母院》《茶花女》《静静的顿河》《巴黎的秘密》《大城市》《海狼》《变形记》等西方以及苏俄、日本作家的共计30多部作品。在读书班结业前的最后一周，我还写了短篇小说《在阳台上》，交给《延河》杂志后，很快就在头条的位置刊发了。张沼清老师高兴地找到我说，我对语言和人物的刻画都越发准确和细腻，尤其在叙述方式上，也有了新的角度和技巧，可见阅读量的增加对于文学创作是多么重要啊！在那篇小说发表后，我和编辑部还收到了很多读者来信，从而又验证了读书的功效。如今整整30年过去了，我仍然把那次读书的经历看作我文学创作的分水岭——由创作初期的混沌状态逐渐走向自己的文学世界。在以后的岁月中，我读过的书已经计算不清有多少本，可是那一次集中阅读却一直让我记忆犹新。

患得患失的悲哀

2013年陕西的高考作文题中讲了这么一个故事：一位商人买下了一块晶莹剔透、大如蛋黄的钻石。他请专家检验，专家大加赞赏，但为钻石中有道裂纹表示惋惜，并说："如果从裂缝处将钻石切成两块，就能使钻石增值。只是一旦失败，损失就大了。"怎样切割这块钻石呢？商人咨询了很多切割师，他们都不愿动手，说风险太大。后来，一位技艺高超的老切割师答应试试。他设计了周密的切割方案，然后指导年轻的徒弟动手操作。当着商人的面，徒弟一下子就把钻石切成了两块。商人捧起两块钻石，十分感慨。老切割师说："要有经验、技术，但更要有勇气。不去想价值的事，手就不会发抖。"

这个故事并不复杂，复杂的是那些宝石工匠的心态。说到底，也就是患得患失的悲哀。

由此，我突然想到了发明无线电的先驱马可尼。1895年，马可尼只有21岁。可是年轻的马可尼，却早已经着手研制无线电装置了。在一个秋高气爽的日子，他忽然觉得自己的创造发明已经接近成功。可没有人相信他，甚至连同龄的青年也都以为他是一个贪玩的人。没办法，他只得叫上比他更加年幼的弟弟——马可尼背着发报机，他弟弟背着接收机——两个人就这样跑去进行试验了。马可尼操作发报机，他弟弟操作接收机，他们之间隔着一座高高的山头，成功的信号是他弟弟在山那边端起猎枪朝山顶开枪。

那一声枪响，无疑是人类信息时代最初的声音。可是这个伟大的发明却受到马可尼的祖国——意大利政府的冷落，甚至被视为儿戏。马可尼的母亲是英国人，她建议马可尼再向英国政府申请专利，但是英国政府同样置之不理。最后，还是一家邮局首先认可、接纳了他的发明创造。昔日单一的邮政业务从此插上了电信的翅膀。

马可尼的故事似乎和那块宝石切割的故事风马牛不相及，但是我以为他们其中的难题都一样：推广者和切割者都曾遇到患得患失的悲哀。无线电的发明一时无法推广，是因为企业家的肤浅和无知，或者是害怕自己的投资打了水漂。那块宝石一时无人敢于动手切割，除了担心要赔偿之外，我想最主要的问题还在于那些老师傅都把自己的名声看得太重。切好了，别人会说："我们本来就是这么想的，这也没有什么新花样啊！"切得一般，别人会说："喊——你怎么还是老一套啊？！"切坏了，就更会留下长久的笑柄。总之是干好干坏都无人称赞，都要承担巨大的风险。只有那个年轻的后生，心里没有那么多负重感。切好了，别人会说："这小子厉害啊！"切得一般，别人也会说："不容易！也真是难为他了。"切坏了，别人可能只会说："他本来就是个'二百五'，敢下手就是一种勇气。"总之干好干坏都可以得到宽容。

任何事情都有个参照，参照物不同，赢得的评价也就不一样。我想那个年轻工匠的切割方法，也许老师傅们都有同样甚至更好的设计，只是同行们的目光让他们恐慌和退缩。

在赞许那个年轻工匠的同时，我以为那个商人更应该被赞许。因为那个年轻工匠敢于动手，首先就是因为取得了那个商人的信任和鼓励。没有那个商人力排众议，没有那个商人为他提供用武之地，年轻的工匠仍然是无名之辈。马可尼是由一家邮局起家的，那个年轻的工匠则因那个商人而出名。所以说，成功也来自信任的动力。

萝卜青菜，各有所爱

前些年，中国文坛忽然旗帜林立了。有些旗帜是作家自己扛在肩膀上的，有些旗帜是评论家为其编织的，还有些旗帜是一些杂志插在那儿用来招兵买马的。曾经大一统的文坛一下子变得熙熙攘攘，人头攒动，热闹非凡。这种现象也可以叫作抢占山头。中国土地紧缺，文坛也十分拥挤，大山头、小山头只要占一个就是一路诸侯，就可以扬眉吐气。为此，"各门各派"也搬出了十八般兵器，古典的、现代的、中国的、外国的，应有尽有，让人眼花缭乱。

何止文坛，各个领域可能都是一样的，专家学者们把这种现象称为"多元"。

我细心地研读过好些作家的作品，能同时站在几个"元"里的作家为数不多，大都是站在一个"元"里种着自己的"责任田"，或是"青菜"，或是"萝卜"，但都属于自己的收获。

有一阵子，我曾经也有过犹豫和彷徨，不是对文学本身失去了热情，而是被那些迎面而来的旗帜扑打得心慌意乱。公正地说，大多数旗帜都曾经给文坛带来过清新的气息。但是有的旗帜却是十分吓人的，旗帜上的宣言似乎要代替洛书，代替《易经》，代替八卦图，甚至比这些还要神秘而令人费解。这样就出现了名噪一时而又訇然倒下的旗帜。比如当初出现过的意识流，比如当初出现过的寻根文学和先锋文学，后来好像都渐渐地偃旗息鼓了。

其实，文学本来没有那么神秘。用一句老话说，文学就是人学。不管你从头上写还是从脚上写，最后都要进入人的心里。只写一件衣服或者一根汗毛，那是收藏家和科学家的事情，我们不应该跟他们抢饭吃。但是必须承认，文学在我们这个国度越来越深化了，不断地回归到文学的本来意义。有初搞文学的朋友问我，小说究竟应该怎么写？我无法回答，也回答不了，于是用一句俗话开了个玩笑："萝卜青菜，各有所爱。"后来静想起来也不无道理。正经地说，我觉得人类无非生活在两个世界里，一个是外部世界，一个是心灵世界，这两个世界的相互制约、相互撞击和由此派生的各种矛盾、各种苦累，包括喜悦和兴奋，都是文学的根本来源。你可以撕碎再拼贴，但你离不了这些根本的东西；至于你选取哪些来进行文学创作，又用什么方式来创作，那就真是"萝卜青菜，各有所爱"了。

当前文学面临的就是这样的情况：一方面，许多人都在大声疾呼文学走入了难以走出的低谷；另一方面，搞文学的人却越来越多。出书变得非常容易，网络上的写手也大量涌现。从见证国民素质的提高的角度来说，这无疑是令人欣喜的事情，但是如果用文学的元素来要求，我就会觉得"路漫漫其修远兮"！当然，我知道许多人都只是把写作当作修心养性的一种方式，以便自己和自己或者自己和朋友进行心灵的交谈和倾诉。在这里，我只想对那些真正立志于走文学道路的朋友说，文学还是要循序渐进，首先要通过语言文字关，然后要注重文章的结构和意境——尤其是小说作品，结构不好就会显得杂乱无章，没有意境就会显得缺失了非常必要的思想性。

虽然文学并不神秘，但她毕竟是神圣的事业！

雄鸡伴我童年路

每逢鸡年，我都会想起我的童年。那是一段特殊的岁月，那是一段特殊的回忆。对鸡年，对雄鸡报晓，也就有了特殊的感情。

我出生在20世纪50年代初期，幼年和少年时代都生活在秦岭脚下一个偏僻的乡村。那时候，普通农家都没有闹钟或者手表。虽然父亲在外地工作，但是微薄的工资还不能给家里添置此类奢侈品。我开始上学读书，每天早晨要早早踏上前往学堂的路，就完全依靠雄鸡的报晓来唤我起床了。从那时候起，我渐渐了解了雄鸡的习性。每天拂晓，公鸡都会鸣叫三次。前两次鸣叫，孩子们仍然在沉沉的睡梦中。就算最后一次司晨，保持警觉的也只有母亲。母亲听到雄鸡司晨，就立即摇醒我说："起来吧，我娃洗一洗就该上学了。"少年时，我还有过三更奔波的远行经历。那时家里缺做饭的柴火，伯父就和我提前相约："记得鸡叫二遍就起来，进深山三十多里路呢！"在那些日复一日的岁月中，雄鸡就是无数个普通农家的时钟，陪伴着我们生活，催促着我们的行程。现在，所谓的雄鸡报晓，更多的怕是精神上的意义了！

在又一个鸡年来临之际，我宁愿回归自然，回归雄鸡报晓的岁月。那样的鸣叫，同样是一种天籁之音。倾听着天籁之音从睡眠中苏醒，该是多么怡然的情景！

难忘的岁月

我是20世纪80年代初开始文学创作的,至今已有30多年了。之所以走上文学这条道路,和我以前的经历有很大关系。

1969年冬天,我以17岁的年纪应征入伍,当了5年半兵,又回到农村。那时候,不管你的军龄超期了多少年,结果仍然是从哪里来回哪里去。幸运的是,我后来在一家商业公司当了临时工,准确的名称叫"亦工亦农副业工"。这个名称实在有点拗口,干的是工人的事情,身份却仍然是农民,而且是搞副业的人。可是我的运气一直不错,因为会写文章,很快就调到了公司的政工组(后来改称办公室)。这样,除了名字照样被列入另册外,我穿上了四个兜的中山装,去上级部门或者友邻单位参加活动,别人都以为我是干部呢。

公司的党委会、经理办公会以及各种大会小会,我必须参加做记录。久而久之,连公司的各个领导也往往忘记了我副业工的身份。当然这绝不是给我面子,而仅仅是一时的忘却。这对于我来说,肯定不会记恨终生。问题是,有多次会议的内容就是要收拾处理某一个副业工。只要是单位,任何时候都会发生处罚和处理的事情,可是那样的发言实在太刺耳,甚至是对人格的污辱。比如有人说:"啥球货!也不尿泡尿照照自己,把自己是个副业工都忘了!"又有人接着说:"端了个'泥饭碗'还不好好干?滚,让他赶紧滚蛋吧!"其实,即将受到处理的那些副业工也只是多请了两天假,要不就是和顾客发生了口角。这时候，我做记录的手就会剧烈地抖动，心里总是想：泥饭碗？泥饭碗是人端的吗？这简直是连乞丐都不如了！

这就是我从事文学创作的力量之源。

人是需要一点奢望的。那时候，我的奢望非常简单朴素，只希望把自己的"泥饭碗"换成"铁饭碗"，觉得文学可以成为敲门砖，成为向蔑视者反攻的锐利武器，说不定还会给自己的头上罩上虚假的尊严感。

我虽然身为副业工，可是因为担当着文书秘书的工作，白天很难找出一点空闲时间。但这并不能阻挡我的决心。白天完成了必须干好的工作，晚饭后，我就坚决地把自己关进屋子里，把窗帘拉得严严实实，排除一切外在的干扰，就好像把自己抛进了砖瓦窑，心中燃烧起熊熊火焰——"泥饭碗"肯定烧不成"铁饭碗"，只希望"泥饭碗"可以变得和砖一样结实。你可以一脚将碗踢翻，但碗不至于重新变成尘埃。

命运之神还真的开始青睐于我了。我的小说竟然在《陕西日报》的副刊上发表了，接着又上了《延河》《长安》以及外省的几个杂志。那时候文学正处于高温时期，我终于看到了许多双眼睛对我投来惊奇的目光，连登门"取经"的人都接踵而来。但是在我的单位，领导们却个个阴沉着脸，没有喜悦，没有祝贺，我知道他们在背后还会骂我不务正业。之所以还没有对我做出处理决定，是因为我从来没有耽误单位的工作。由我写出的经验材料、总结报告，同样为单位争得了许多荣誉，会议室里的奖牌也是日益增多嘛！

"泥饭碗"还是"泥饭碗"，但是确实烧制得比别人的结实了一点。

到了1984年4月24日，我欣喜地接到一纸通知，陕西省作家协会让我去西安参加农村题材文学创作座谈会。我心想我已经给单位争得了那么多面子，他们也该给我一点面子吧？可是拿着通知去请假，却没有一个人批准。最后，我和单位的最高领导（书记兼经理）发生了争吵。他开始还耐着性子说："商业部要咱们的经验材料，4月底必须交上去,你想想还有几天时间,这样的事情谁敢耽搁?"我请求先让我参加省作协的会议,哪怕提前回来也不会耽误单位的工作。他见我非常固执,态度就变得恶劣起来,说:"我们公司与文学有什么狗屁关系?!"我甩门而出,说:"那你们就看着办吧!"他在后边又甩了几句话:"第一,路费不报;第二,工资扣发;第三,那份经验材料如果耽误了,你就想好你的出路吧!"我回头说:"那你们就提前把人物色好,我回来后就交工作!"

对此情此景,我只有伤心,但绝不落泪。我大概是一生都是很少哭泣的人。可是到了西安的那个晚上,我却几度哽咽难语。刚刚住下来,忽然有人推门说,领导们来看望大家了。那时候我还不认识任何人,只见一个老人最先走进屋子,问:"你就是李康美?"我恭敬地站起来说:"是,我是李康美。"那老人对后边进来的人说:"老胡,老王,他就是李康美,我的乡党呢!"随着继续介绍,我才知道率先走入的人是杜鹏程,其他几位则是胡采、王汶石、李若冰等。简单地问候后,他们又要到别的屋子去。当时的省作协主席胡采却对副主席杜鹏程开玩笑说:"渭南的乡党嘛,你可以和康美多坐坐。"杜老真的就不走了,开始询问我的工作情况和生活处境。

我把我此行的委屈倒了出来,说话间已眼睛潮湿。

杜老久久沉默不语,突然颤巍巍地走了出去。不多久来了一个办公人员。进屋时,他手里拿着一沓子钱,然后就一项一项地分着钱,说:"几位主席商量了一下,一是退回你每天 5 角钱的伙食费,二是你来回的路费也如数发给你,三是听说你每个月的工资是 39.88 元,这里发给你 40 元。"那时候 40 多元不是小数目,但是我的失声哭泣绝不是因为得到了这么多钱。以后的每次会议间歇,杜老都会走到我身旁,或是无言地拍拍我的肩膀,或是叮咛我一定不要放弃文学创作。

会议的时间是 7 天,我必须提前赶回,因为在我的人生准则里,绝不愿在工作中留下过失,因而要提前回去把单位的经验材料完成。回到单位已经是晚上,我和任何人都没有见面,熬了整整一夜。翌日上午临近上班时,我才走进单位最高领导的屋子,说:"材料写完了,你先看看。"他愕然地看着我,好像想问我是什么时候回来的,但是似乎很快又想起了我临行前对他的不恭,和他的争吵,马上又虎不失威地说:"我不看!县上说让宣传部把关,行不行你直接送给宣传部看!"

面对这样的态度,我当即坚定了彻底丢掉"泥饭碗"的决心。

因为一夜无眠,我是步履踉跄地去了县委宣传部。县委宣传部的领导和那些"秀才"们以前就多次看过我写的材料,再加上我的文学创作已经被许多人知晓,这可能给我罩上了足可信任的光环吧,他们竟然说我写的材料可以免检。

回到单位,我又走进最高领导的屋子,说:"明天就进入5月份了,我不会再领单位的工资了,所以我的工作也必须今天移交结束!"他一时瞠目结舌,支吾了半天,又说他管不了那么具体。我马上去找我的直接领导(政工组长),直接领导倒是劝我冷静考虑。我只咬定:"为了不对单位的工作造成影响,你们赶紧找人吧。"直接领导不敢做主,也不敢向最高领导汇报。我再次走进最高领导的屋子。最高领导的虎脾气又来了:"喂,我可告诉你,中国什么都缺,就是人不缺!"我也继续犯着牛脾气,只问了一句话:"谁来接替我?"

牛和虎斗,牛自然不会有好结果。我的工作除了写材料,还有文书档案、印件管理,总以为即使移交完了,也还可以在我那间屋子再住几天。没想到最高领导一直不找移交人,用更狠的话逼我就范,逼我反悔。他说:"搞文秘工作的可都是住单独的屋子,你愿意马上腾出屋子吗?"我连话都不说,推开自己的屋门,先在院子里铺了几张旧报纸,然后抱出了自己的被褥和日用品……

在1984年4月的最后一天,我把自己的泥饭碗摔成了碎片,又把自己变回纯粹的农民。感谢那个时代的文学热,10天没过,县上领导就派县文化馆的领导找到了我,甚至告诉我,文化馆已经为我腾出了一间屋子。从此,我成为了专业的创作者。在以后的岁月中,单位几经变化，时间也过去了将近 30 载，文学创作仍然是我铁定的职业。陈忠实先生曾经撰文《渭南有个李康美》，他在文章中戏言："……此处不留爷，自有留爷处，留爷之处在文坛了。"他借助民间俚语道出了一个人的努力和改变。

我的小说集《月上高楼》的序言，是我的女儿为我写的一篇文章。把女儿的文章作为序言，在我看来也是一种鞭策。新生代已经长大成人，我们如果再不赶紧跑两步，就只能躺在摇椅上吃老本了，吃老本就意味着消沉或者衰退。所以，女儿的文章也包含着这样的警示。

2008 年 8 月 16 日于惠园

喧嚣的终结

我一直喜欢安静,却经历过好几个月的终日喧嚣。

那是在 20 世纪 70 年代中期,准确地说是 1975 年 6 月初。自部队复员后,我先是回农村当了两个多月的农民,经过了一个繁忙的夏收,紧接着就被公社推荐为"亦工亦农副业工"进城了。所谓"亦工亦农",就是半是农民半是工人。所谓"副业工",就是以农民的身份给生产队搞副业,但每月的口粮都要用家里的粮食兑换成粮票,然后交到单位的灶上换成饭票。每月的工资是 39.88 元,必须给生产队交出 18 元,这才能保证一年一度续订合同书。其实这就和现在的农民出外打工差不多,所不同的是那需要县上下达指标,还要处处受生产队的制约。

那个企业是一家燃料公司,有两大商品,一是煤炭,二是石油。我被分到石油库。石油库的业务是从铁路的油罐车上把石油卸下来,再批发、零售出去。那样的油罐车叫油槽车,因此用我们的行话说,卸火车的工作就叫"卸槽"。石油库和火车站的货运场隔着一条街道,说是"卸槽",实际上完全依靠地下的管道抽出和输入。货运场的一旁设有油泵站,把油泵的管子和油槽车的阀门连接好,然后启动油泵就开始工作了。这样的工作,听起来好像非常简单,实际上却非常劳累和危险。除了防火这个第一要务,还必须用人力推槽车。一个槽车卸完了,要用撬杠先把空槽车推走,再把另一辆重槽车推移过来。铁路上的油槽车,每一辆都是100吨左右,依靠四五个人的肩膀肯定是寸步难行。只能是每个人手持一根撬杠,从四边把撬杠塞入油槽车的铁轮下边,一个人喊口令,大家一齐使劲地压动撬杠,就那样一寸一寸地把油槽车推移到油泵站的方位。卸槽的工作都是在夜晚,因为白天行人太多,稍有疏忽就会酿成大祸。

石油库的职工有30多个,像我这样的副业工有七八个。因为铁路上的油槽车每周才来一次,所以卸槽组的人员都是兼职。我记得基本固定的5个人是石油库主任、副主任,两个消防员,还有一个就是我。这样说似乎对我有点抬高了,初来乍到的一个副业工,怎么就和两个主任走在一起了?其实,我还有另外一个职务——食堂的管理员。清早起来就要出去买菜,吃饭时还要帮助唯一的伙夫打菜收饭票。除此之外,我算是一个相对清闲的人,再把我划分到卸槽组,显然并不是一种荣幸。

虽然身兼两职,但是我比别的职工还是自由许多。

晚上熬夜卸槽,白天当二伙夫,这些都可以忍受,只是整个院子里终日的嘈杂声却一直让我很头疼。那时候的石油库不比现在的加油站,凡是购买石油的顾客都是用大铁桶一次买很多,拉回去后再慢慢地使用。何况主要的顾客还是各个乡镇的拖拉机站,而那时候农村的运输工具又以手扶拖拉机居多,还没等到早上8点开门营业,大门外的街道上,各式拖拉机就排成了长龙。他们排着队也不熄火,就好像合伙示威说,我们都从几十里外赶来了,你们怎么还不开门呀?我们的主任又是个急性子,每每听见外边的轰鸣声,就会下令提前开门。

这一下,满院的轰鸣声就会一直持续到天黑。那时候,整个县上也就这一个石油经营单位,面向乡镇大宗地批发,面向城市车辆小宗地零售,乡镇和城市的顾客全都会拥到这儿来。尽管那时候石油的用量不大,但是那种繁忙的景象,今天的人们甚至都无法想象。石油库是一个狭长的院落,又从中间用围墙隔成了两个部分。后边的部分架设着10多个油罐,分别存放几种不同型号的汽油和柴油;前边的部分则是对外营业的场地。起初我一直困惑不解：明明是一个石油销售单位，为什么叫作石油库呢？

后来我才知道，这个石油库看起来一切都是那么的简陋和落后，实际上资格却很老，建立于1949年初，以前归地区管属，前几年地区又建起大油库，才把这个老库划归县上了。县上也没有更改名字，仍然沿用它的旧称。我还知道，除了我们几个由县上新招的副业工，其他人都是从地区石油公司留用的。虽然工作没变，工资未减，但是那些人一肚子的怨气，就好像失去了"地区人"的荣光，就好像"凤凰落架不如鸡"了。

这样喧嚣的院子里，还经常会出现人与人的争吵声。

石油库的主任叫张云安，家乡在西安市长安县，他也是从地区留用的。听说他以前只是一个搬运工，由于吃苦耐劳、尽职尽责，石油库的归属改变之后，县上就让他当了最高领导。搬运工成了领导者，张云安就更加任劳任怨。可是那些人不但不买张云安的账，还动不动就和张云安争吵。张云安下令提前打开大门，遵从指示的只是我们这几个副业工。可是副业工不能在重要的岗位上，开票、收款、过秤的正式职工那会儿都还不会过来。张云安先是耐着性子喊他们，后来就忍不住出言不恭了。这就必然招来几个人的围攻，张云安又只得求饶说，好、好、上班，先上班，我这张脸不值钱，可是不能耽误顾客的时间呀！副主任叫王生华，倒是有一点文化。王生华和张云安的策略不同，他首先让那些担任警戒工作的副业工各就各位，维持各种车辆的秩序，然后自己打开营业室让顾客们排队开票，开始第一道工序，这就把混乱的局面渐渐稳住了。

白天发生了争吵，张云安就觉得应该利用下班后的时间开会学习。但是那样的场面往往比争吵还让人难受。有的女工说，她还要安顿孩子睡觉呢！有的女工说，丈夫来接她回家。还能把两个人都缠住？男职工也各有各的理由，尤其是那两个消防员总是说，他们都要去后边的院子巡逻，石油库的安全比任何事情都要紧！会场上经常就只剩下我们这些副业工和老实巴交的搬运工了。失去了整顿的对象,张云安又要跳起来骂娘。最后还是王生华为他出谋划策说,中国缺的东西太多,最不缺的就是人!只要我们在每个关键的岗位上都把接替的人手配好,担心的就是那些捣蛋的人了!

王生华的招数果然奏效了,那些喜欢闹事的人一下子收敛了许多。当然从中受惠的有几个副业工,他们时而也会享受开票、收款、过秤或者掌管消防器材的"荣耀"。而最苦的还是张云安,文字和账目的细活他干不了,每天就只是满场子跑,有时候还会帮助顾客搬大油桶装车呢。即使晚上卸槽熬到天亮,我也从来没有看见他能进屋子补一觉。他的妻子和孩子都在老家没有带出来,担心单位出事,该休假时他也不敢回去探亲。

从"地区人"转变成"县上人",使那些老职工产生了失落感;而有些副业工竟然成了开票收款的预备人员,使我心里也不平衡了。可是副业工绝没有挑肥拣瘦的资格,我只能把那样的苦楚压在肚子里。6个月过去了,到了年底,张云安突然对我说,公司要各单位写总结报告,石油库的材料就交给你。副业工在单位没有档案,他只是在平时的言谈议论中知道我在部队当过文书。

谁也难以预料,短短的几页纸,短短的两天时间,嫉妒和眼红又来了一次大颠倒。当天晚上我就把石油库的年终总结写好了。燃料公司和石油库在一条街道上,距离有三里路。第二天早上,张云安让我买菜时顺便把总结送到公司。我骑着自行车,自行车的后架外侧挂着一只笼子,要进公司的大门时,还受到了看门人的阻拦。看门人问我要干什么,我说我是石油库的伙房管理员,过来只是顺便送一份材料。看门人说,办公室还没有上班呢,你不想等,把材料留在门卫房就行了。我巴不得有人接转,把总结材料交给门卫房的人,就赶紧去菜市场买菜了。

下午快下班时,张云安忧心忡忡地找到我说,哎,公司打电话让你马上过去呢!我问,啥事情?张云安说,人家先是问咱们的总结是谁写的，我说了你的名字，一会儿又来电话让你过去呢。我判断说，也许是总结写得不好，人家让我修改吧。张云安再三叮咛，好着呢，好着呢，还是要把成绩写透，至于矛盾，尽量不要让公司那边知道。我忧心忡忡地到了公司，政工组的人立即把我带进公司董经理的办公室，董经理手里正拿着我写的那份总结报告。他首先证实报告是不是出自我之手，然后又询问我以前的经历，最后拍板说，你马上过去办手续，明天就到公司的政工组报到！我半是欣喜半是惶恐地说，董经理，可我的身份还是副业工。董经理惊愕了许久，说，过来，先过来！这个公司刚刚组建，从外边很难挖到人，还能把身边的人才埋没了？

返回石油库，我只能如实地转达了公司最高领导的指示。张云安大张的嘴几乎能塞进一个拳头，他苦苦地想了很久，才把王生华叫来说，没办法，董经理这是催命呢，怎么就把基层的领导不当领导了？他们商量了一阵，一下子也想不到一个合适的接替人选，因为伙房的管理员一要勤快，二要和钱财打交道，说什么也得谨慎物色。可是公司政工组又来了电话，再次说让我明天上午就必须彻底搬过去。无奈之下，张云安只得让王生华暂时兼做伙房的管理员了。

到公司政工组上班后，我就成了文书兼秘书。由于要写公司的年终总结和各种材料，好些日子都没有去石油库看看大家。一天早上，久违了的喧嚣又把我从沉睡中惊醒了——整个公司院子都在为昨天晚上的一场噩耗而大呼小叫。噩耗就来自石油库，石油库在昨天晚上卸槽时发生了火灾，严重受伤的张云安已被送往西安抢救。半上午，董经理才满面愁容地回到公司。他走进我的屋子，说，看来那个老实人的生命很危险了。我问，怎么就发生了火灾？他说，火灾是在车站货运场的油泵房里发生的，使用了许多年的老设备可能在运转的过程中产生静电起火了。我问，受伤的还有谁？他说其他人都在外边巡查，守在屋子里看管油泵的只张云安一个人。起火时他也没有跑出来，两个消防员从外边举着灭火器冲进去时，张云安全身都冒着火苗，据说他手里还拿着扑火的石棉毡,就那样直挺挺地匍匐在火源上……

5天后,张云安永远离开了人世。我因为要向上级写事故报告,那一天又去了石油库,忽然发现以往经常和张云安发生争吵的那些人心情都非常沉痛,有的甚至失声痛哭,愧悔地说着张云安的种种好处,都认定张云安是石油库最劳累的人。刚刚升任石油库主任的王生华告诉我,自从张主任离开大家后,每个人工作起来都非常自觉,再也没有什么失落感,似乎对一切都不在乎了。我的调离,是我的荣幸;那些人的变化,则是由一个生命换来的清醒。石油库的院落里,汽车和拖拉机的轰鸣声一如既往,人和人的争吵声却似乎越来越少了。

两把椅子

每个家庭的椅子,大都成双成对。而在我家的老宅里,却有过两把单独的椅子。何为单独?就是式样和木质完全没有相同之处,甚至是诞生于两个朝代。

我家的老宅本来就风雨飘摇,经历了整整50年的沧桑岁月后,终于在今年秋天的一场暴风骤雨中坍塌了。拆旧翻新非常简单。最让我伤心的是那两把椅子只剩下一把,另一把竟然不知去向了。

丢失的那把椅子,可是我亲手制造的,它诞生于"文革"时期。1966年6月"文革"开始时,我是初中一年级学生,年龄也只有14岁。就是这么一个懵懂的少年,却经历了多次长途跋涉的大串联。最后一次从北京串联回来后,"文革"进入了炮火硝烟的武斗阶段。这时候,我也不敢再出门,仅在初中读了大半年书就回农村当了农民。虽然年纪不大,我想我还是志存高远:读书上学的梦想已经破灭,在漫漫的人生旅途中,总该有一门手艺作为立身之本吧?

木匠就是我最初的选择。

我们生产队有两个木匠世家,那两家正好住对门。那时候,木匠也必须下地劳动,只有在下雪天和阴雨天或者年关来临时,才能听见他们院子里响起锯子、刨子、凿子的操作声。村里人闲得无聊,也会到那两个院子里喝茶水、凑热闹。开始我只是凑热闹的一员,后来渐渐对木匠的手艺产生了兴趣。当然,一切都是用心琢磨,并没有提出拜师学艺。闲着也是闲着，经常喝人家的免费茶水也过意不去，有时候我就帮他们推刨子、扯锯子。一来二去，那位我称为五爷的木匠就主动地询问我，也想当木匠？我没有承认也没有否认，只是苦恼地说，看样子上学是没有指望了。五爷痛惜地说，就算只在初中念了半年多，你也算是知识人。进城工作没有指望，以后还能当村干部。别，别别，你千万不要想着下这样的苦啊！虽然五爷委婉地否定了我的本意，但是送了我几件木匠的工具，一把锯子，一把刨子，一把凿子。我问五爷，您这是啥意思？五爷的回答简明扼要，闲时收拾忙时用，谁家也离不开修修补补的活路吧！

　　有了那三样简单的工具，我又在镇上买了一把木匠专用的斧头，就在家里悄悄地操练开了。两年前，我们和伯父分家后才刚刚搬进新庄基新屋子，屋里的家具奇缺，尤其是只有一把椅子，放在桌子一边，太不配套了。我想着第一个活路就是打一把椅子，不敢奢求美感，起码也要和那把椅子成双成对。家里没有像样的木材，能找到的只是盖房子留下的废木料。制作椅子需要图纸，或者需要一个照猫画虎的参照物，可是现有的那把椅子又是古老的工艺，每个部件都无法模仿。既然是悄悄操练，我也不好意思向五爷讨教。好在我以前在五爷身边留了心，知道先要把对等的部件截成同样的长短，用刨子刨成同样的尺寸，然后用尺子和铅笔划好凿卯的方位。我现在已经想不起制作那把椅子花了多长时间，总之还是比较顺利地完成了。

　　从此我家的老宅里就多了一件家具，同时也给所有的亲戚朋友留下了一桩笑料。那把椅子应该是我人生的第一个杰作，为什么反而让许多人笑话呢？一是它的样子实在丑陋，比如说椅子的靠背就显得既低矮又没有后仰的弧度，就像一个人没有脖子，头颅也短粗得不合比例。二是一直没有上漆，少了油漆的覆盖，大家一眼就可以看出来各个部件竟然都是不同的材质——我记得有白椿木、红椿木，还有槐木和桐木。各种材质的大杂烩，滑稽的样子就可想而知了。许多年后，当我给身边的朋友讲起那把椅子的故事时，有人还提出要花钱把它买下来，说再留下一篇文章，若干年后它也会变成文物呢。

可惜那把椅子现在找不到了。我想我的家人都不会把它劈成柴烧，但全家人都搬进城里时，它肯定不是必须带走的东西。那么它究竟消失在何处了呢？我百思不得其解，只能做出这样的判断：我家的老屋坍塌拆除时，是用铲车连同屋顶墙壁一起推倒的，那一天我又没在现场提前清理屋子里的物品，帮忙的村里人可能觉得那样的椅子实在无用，就没有把它拿出来。我家的老屋又都是土坯墙，那把椅子很可能随同倒塌的墙壁粉身碎骨埋在地下了。

如今的老宅又盖起了三间简易的平房，剩下的另一把椅子就成了唯一值得珍惜的家具。对这把椅子，我之前一直没有追问过它的来历，而现在它就摆放在空空荡荡的院子里，我才不由得对它细加察看，细加琢磨：黑色的漆皮已经陈旧，却越发增添了古典的味道；只有靠背，没有扶手；四条腿上镌刻着整齐的条纹；说不清多少年过去了，它仍然是那么坚固，每一个榫卯的地方，别说没有丝毫的松动，甚至连榫卯的痕迹都看不出来，方形的椅面镶嵌在四边框架的条缝中，同样看不到一丝一毫的裂纹。我暗自惊呼：说不定这把椅子就是真正的文物！

我问母亲，这把椅子从何而来？母亲说，那还是解放初分的地主家的财产。我又问，为什么只分了一把椅子？母亲说，村里还是穷人多地主少，平均分配的东西还能挑三拣四？还能想要几把就要几把吗？我询问和我家配对的那把椅子分给谁家了。母亲记忆清晰，说分给东巷子某某某那家人了，她早些年还曾经和那家人商量过，心想花点钱把那把椅子买过来，毕竟椅子都是成双成对的嘛。起先是那家人不敢卖，担心地说，白白拿别人的东西，说不定有一天又要给人家退回去。后来因为有了我打造的那把椅子，母亲对椅子的事情就再也不关心不过问了。我急切地说，那家还有人吗？现在把那把椅子买过来也不迟！母亲说，那家的前两代人都已经过世了，孙子辈的人也出外打工多年不回来，你现在又能找谁呢？我说，如果年代久远，那就是宝贝！如果又是昂贵的木材所造，那就更是宝中之宝！母亲笑着说，那家地主还有后代，知根知底的是他们，如果分出去的两把椅子果真是宝贝，还能等到今天吗？我也失望地想，当初分财东家的财产时，肯定也有能人仔细地鉴定过，真是价值不菲的好东西，还能轻易地流落到民间吗？

两把椅子都成了我对故乡老宅的记忆和念想。

外婆的堡子

外婆生活的村子叫毛家堡，按照村里人的习惯，又可称为毛堡子。

毛堡子是一个很小的村子，三面环沟，南边有唯一一条与外界连接的通道，通道两边也是沟。所以说这个小村如同孤堡，几乎全部被周围的深沟包围着。据说很早以前，在通道入口处还有一座高大的门楼。尽管那个门楼早已拆除，我还是可以想象到毛堡子村那种城堡般的闭塞状态。平时他们犹如隐藏在世外桃源，每到晚上，门楼下的大门关闭，就彻底与世隔绝了。整个毛堡子只有十几户人家，除了嫁入的女人之外，这里的村民都姓毛。显而易见，这儿原本应该是一个家族。毛堡子人何时迁入的，又是在哪个朝代从哪个地方迁徙而来的呢？从我记事起，外婆那一代已经是最老的一辈人，我只听外婆时常念叨说，人老几代都是平头百姓，谁还能弄清先人的事情？但是我总是觉得，毛堡子人肯定也有过自己的辉煌和得意，要不然怎么会选择一个独特的堡子来安居乐业，独善其身？如果没有生财的门路，他们的日子何以过得那么滋润？就是在20世纪50年代，毛堡子也是富人多穷人少，尤其是许多家庭都有在外工作的人。可是毛堡子人总是诙谐地说，湖南韶山的村名没有"毛"字，可是全世界都知道；毛家堡的村名把"毛"字顶在头上，走出五里地，也没有几个人能知道。也就是说，毛堡子的来历已经成为飘落的灰尘，无人考证，也无从考证了。

我们村叫谷李村，和毛家堡村相距二三里地，以前是同一个生产大队的，后来又是同一个村委会的。20世纪50年代初，母亲嫁给谷李村的李姓人，从出生到成长，我也就成为毛堡子的常客。我从未见过我的外爷，母亲说，在她很小的时候，我的外爷就去世了。听说外婆守寡时才30多岁，可她去世后仍然埋葬在毛堡子的土地上。虽然外婆晚年一直跟随着我们家生活，可她92岁无疾而终时，还非常清醒地告诉我的母亲，她要回毛堡子了！她要回毛堡子了！

一座孤堡似的小村，却始终牵系着外婆的灵魂。

外婆有三个子女：我的姨妈、我的母亲和我的舅舅。三个子女都出生于1949年以前。外婆年纪尚轻就守寡，一是因为那个年代本身固有的精神樊篱，二是因为外婆早就习惯了毛家堡那天然的宁静——天然的宁静很容易让人心如止水。我的姨妈和我的母亲出嫁的村子都不远，可是外婆唯一的儿子——我的舅舅在省城读完书后，却被分配到遥远的外地工作了。

年轻守寡的外婆，后来也长期过着独居生活。

别看毛堡子只有十几户人家，新中国成立初期可是"高成分"居多。现在我还记得有一户地主、一户富农，其他的也基本是上中农和中农成分。像外婆家一样的贫农只有两三户，他们就是村里的骨干力量。1964年，外婆已经60多岁，可是大队书记和县上来的工作组还坚决要求她必须加入党组织。这一年，我正好上了高级小学。虽然谷李村也算大村，可是我们村的学校只设置到小学四年级，到了"高小"五年级和六年级，我就要去另一个更大的村子上学了。那个名叫屯张的村子距离毛堡子稍近一些，母亲就让我住在外婆身边。有一天放学回来，外婆愁眉苦脸地对我说，她现在已经是共产党员了，不认得几个字，以后可怎么学习文件呢？我奇怪地问，你这么大年纪怎么还要入党呢？外婆说，全国都在进行"社教运动"，咱们村大队部也入驻了工作组，工作组听说毛堡子村只有两个党员，连一个党小组都不能成立，还怎么在毛堡子村发挥积极带头作用？所以大队书记带着工作组一天往毛堡子跑三趟，很快就把外婆拉进党的队伍了。

外婆成了党的人，我也为外婆感到高兴。那时候小学生没有多少课外作业，下午放学回到外婆身边，吃完饭我就教外婆认字。外婆的教科书就是我的语文课本。外婆曾经几次推开我的语文课本，说大队书记给她送来了学习材料和文件，让我帮助她把那些学习材料背熟认全就行了。我拿过那些学习材料，对外婆说，这上边的许多字我也不认得，意思更加不明白，如果闹成了反动话，受连累的就不只外婆你一个人了。外婆再也不敢言语，只能跟着我从"上下，左右，大小，多少……"学起幼儿的知识和文字。像外婆那般的年纪，学习就如同猴子掰棒子，掰一路扔一路，最后还是两手空空。

我给外婆当老师，只持续了三个多月的时间。有一天放学回家，晚饭后我照常给外婆摊开新的课程，外婆忽然轻松地说，不学了，不学了。我问外婆发生了什么事。外婆这才详细地告诉我，"社教运动"工作组还是觉得毛家堡生产队的积极分子力量太薄弱，现在决定从谷李村那边给毛家堡生产队迁入三户贫农，每户贫农三四口人，一下子就多了十多个依靠对象、积极分子，这样外婆就不用再担心了。

外婆的话，我似懂非懂。很快我又从父亲和母亲的嘴里学到一个新名词——这是工作组要给毛家堡生产队"掺沙子"。

迁入毛堡子的三户人家很快就划了庄基，圈院子盖房。平时寂静的毛堡子很是热闹了一阵子，在那段日子，每天都是人来人往。他们的施工人员都是从谷李村那边叫来的，根本就没指望毛堡子人帮忙。毛堡子人显然也有很大的抵触情绪，都闭门不出，表示无声的愤怒和抗议。这时候外婆积极带头，她先把烧好的茶水端到工地上，然后挨门齐家劝说毛堡子的人，这才使毛堡子村民愿意出门帮忙。

毛堡子来了外来户，从此小小的村子就没有安宁过。毛堡子的人骂自己的孩子，外来户就说他们是指桑骂槐。紧接着，在工作组和大队书记亲自坐镇下，毛堡子的生产队长、会计和贫协主任也都由那些外来户担任。这时候我考上了初级中学，要住校读书。曾经喜欢独居、喜欢安静的外婆，就以帮助我母亲带孩子为由时常住在我们家了。当然，毛堡子还是外婆的根，那里还有外爷的坟茔。每到星期天，外婆就让我陪她去毛堡子住一夜。回到毛堡子，外婆也从不串门找人聊天，她只是对着外爷的遗像喃喃自语，老头子，原谅我不能时常陪你了，毛堡子不是以前的毛堡子了！

　　后来，随着父亲工作调动，我们全家搬进了县城，也带着外婆。我知道外婆的身体一直非常硬朗，可是一旦她独自坐在那里，神情却是恍惚的。我问外婆，你又想啥呢？外婆就唉声叹气说，唉，也不知道毛堡子变成啥样子了！

　　外婆是1992年去世的，我们回到毛堡子为外婆举办葬礼时，发现毛氏家族在村里竟然已经没有几个人了。那排本来已经摇摇欲坠的老宅没有翻新和加固，有几户的房子已经垮塌成一片杂草丛生的黄土堆。迁入毛堡子的那三户人家，看守门户的也只剩几个衰弱的老人。毛堡子几乎成了空村，青壮年都出外谋生活了。留守的几个老人已经淡忘了过去的争斗，只是冲着我们这些孝子不停地埋怨说，当初怎么就稀里糊涂地听了工作组的话，就想着到这边还能当领导。唉，你们看看，现在我们就像是毛堡子的守墓人，平日也就是和鬼打交道呢！

　　毛堡子人的坟地都在村外，所以外婆的遗体在那个形同孤堡的村子里停放了三天后，被从唯一的那个通道抬出来。外婆彻底离开了毛堡子，我们也彻底离开了那个闭塞的世界。逢年过节，我们还要到外婆的墓地上坟，上坟也无须再进村子。更何况，听说迁入的那三户人家也都离开了毛堡子村，重新回到那边的大村了。外婆的毛堡子，现在变成了一处遗址。

作文趣事

大凡作家，学生时代的作文应该都有过人之处，不管是精彩也好，笑料也好，说到底都是与众不同的。可以说写作文是文学创作的最初阶段，或者说是为之后从事文学事业奠定基础。当然，文学创作和小时候的作文肯定存在很大的差异，先不说更深层的东西，就是仅仅从运用成语上说，也几乎是完全不同的两种笔墨。语文老师大都提倡多用成语，而一旦进入文学创作领域，成语泛滥又成了作家的一种忌讳。

我还清楚地记得我小学时写作文的趣事。

那时候，许多边远的农村还没有学校，我们的村子虽然还算个大村，但是也仅有一座只有一至四年级的初级小学，等到我要上五年级和六年级的高级小学时，就必须到一个镇上去了。这样，我就遇上了一位可爱的语文老师。那位老师名叫牛永发，个头很高，人长得非常精瘦，尤其是脖子很长，而他走路时又总是高昂着头，所以我就在背后给他起了个外号叫"顶破天"。同学们哈哈笑着，也就叫开了。时间长了，牛老师也知道了这样的外号，不过他并没有追查这个外号的源头。有一天他竟然在课堂上说："顶破天——非常精妙的外号啊！不过，这样的外号应该写在作家的文章里，比如赵树理的小说就给许多人物都起了绰号或者也叫外号。但是你们还是从多用成语开始吧。"然后他又讲到，凡是成语都会有一个经典的故事，由此也能懂得越来越多的历史知识，何乐而不为呢？最后，他还让我们根据他的长相说一些成语。

课堂上顿时就炸了锅，有人说"威风凛凛"，有人说"顶天立地"，有人说"玉树临风"，有人说"鹤立鸡群"……甚至还有"虎背熊腰""电线杆子""饿虎下山"等嘲讽牛老师的怪话。可是牛老师没有发火，课堂上安静下来后，他就一个个地讲解哪一个成语基本可以用，哪一个成语太牵强；至于那些怪话，他甚至也给予了肯定，说："作家们有时候也会故意反讽，如果运用得恰当，也可以取得幽默的效果。"

自从牛老师上了这堂特殊的课之后，我们不但没有轻视他，反而对他格外尊敬了。后来我们还知道，牛老师本来是在县城的一个初级中学当语文教师，而且还在省上的文学刊物上发表过小说和散文。由于他的妻子一直在故乡农村，再加上父母都年迈多病，他就主动申请调到乡下的高级小学来了。当时在那个学校中，他是唯一的大学本科生。

因为牛老师那个外号是我最先叫出来的，所以我每每见到牛老师都会远远避开，总是觉得很不好意思。牛老师可能已经看出来了，有一天，他把我叫到办公室，说："其实能给别人起外号的人，也是有文学天赋的。"我连忙说："牛老师，对不起，我知道你这是在批评我。"牛老师诚恳地笑了，说："不不，我真的没有批评的意思——当然了，在生活中，起外号也是不尊重别人——啊，我发现你的作文一直不错，那么你就在全班做个榜样，如果下节课我再出个作文题，你就尽量多用成语，哪怕成语堆叠也可以。"

那时候农村的麦收季节，学校要放麦收假。收假之后，牛老师就给我们布置了一道作文题——《收麦子》。我还记着牛老师对我"多用成语"的期望，所以对这篇作文就真是挖空心思，把能用的成语都用上了。因为是几十年前的事情了，整篇作文的内容我已经想不起来了，但是还能粗略地想起确实用了很多成语。在一开始我就写道："赤日炎炎，骄阳似火，在这个欢呼雀跃、万众欢腾的季节，望眼欲穿的农民伯伯，还有兴高采烈的男女老少，经过了青黄不接的苦煎苦熬，终于盼来了麦浪滚滚、波涛汹涌的丰硕成果……"在后文中，似乎还用到了"摩拳擦掌""争先恐后""你追我赶""汗流浃背""夜以继日"等成语词汇。大约是五百字的一篇作文，其中的成语可能就有三四十个。

现在说起来，这无疑是非常可笑的事情，但是牛老师却对我的此篇作文大加赞赏，他在我们班朗读之后，还拿到其他班去朗读。几天之内，我就成为我们学校的小名人，走在校园里，同学们还喊我"成语大王"。

从这个学校毕业以后，我就考上了初级中学，离开了牛老师。一个周末的下午，我刚刚从学校回到家，就发现家里坐着两个小学生，他们一见我，就恭恭敬敬地站起来说，他们是牛老师派来找我的。几句交谈后，我才弄清楚，牛老师让他们把我的作文本借回去，给下边的学生当范文使用。为此，牛老师还亲自写了借条，在借条上说，他会很快把我的一些优秀作文刻印出来，然后再把我的作文本归还给我。这是1966年春天的事情。很快"文化大革命"就开始了，各个学校都停课"闹革命"。我自己不能上学了，也就忘记了牛老师拿走的那些作文本。不久，我听说牛老师也受到了严重的冲击，先是在那个高级小学遭到批斗，后来又被县城他原先任教的学校拉回去继续批斗。其"罪行"就是他在省上的刊物上发表过文学作品，属于"反动学术权威"，在教学上也经常给学生灌输名利思想。其他老师则批判他"自视清高，目中无人"。

许多年过去了，当我真正成为专业作家后，牛老师已经是白发苍苍的老人了。那一年我专程去看他，一见面他就拉着我的手说："对不起呀，我把你的作文本都弄丢了。"我说："那本来就是破纸一堆，你对我们的文学启蒙才是最珍贵的啊！"

第三辑 心的感怀

在去西安的路上，我的心一刻也不能平静——不是激动，而是窘迫中带着某种忐忑。因为在我看来，这不仅仅是去修改一篇生死未卜的稿件，而是要踏进一座神秘的圣殿！虽然那时我已经在报纸和外地的刊物上发表了10多篇文学作品，但是名扬全国的《延河》，在我心目中仍然是难以企及的一个高度。

神秘的院落

我和陕西省作家协会结缘是从1983年8月开始的，至今正好30年了。在那之前，我从来不敢奢望能走进那个神秘的院落。那时候我还是一个企业的临时工，虽然已经在几个报刊上发表了小说，但是还没有在《延河》上发表过作品。有一天，我忽然接到《延河》编辑部的来信，说我的小说需要修改，让我尽快赶过去。

那时候修改作品的情况很多，大部分只是用信件联系，而让作者亲自去编辑部，就无疑是对此篇作品的重视了。我记得那是我向《延河》杂志投的第二篇稿件，第一篇作了退稿。所以，尽管接到编辑部的来信，我心里仍然是忧心忡忡、忐忑不安。

我知道《延河》杂志是陕西省作家协会主办的刊物，当时在全国都叫得很响。能去《延河》杂志社，也就是终于能够走进那个神秘的院落了。那时候交通非常不便，我天不亮就从渭南起程，走进省作协的大门时，已经是上午10点多钟了。我首先打听的是张沼清老师，因为据说张老师不但是属于渭南地区的韩城人，而且还在渭南下放过几年，凡是渭南的文学作者都和他建立了联系。百闻不如一见，真正和张老师坐在一起，我才知道他是多么和善的一个老编辑。张老师热情地为我倒了一杯水，可是我竟然拘谨得连杯子都没有动一下。

"别紧张。编辑部能把你叫来修改，就说明你的小说已经基本可以采用了。"张沼清老师宽慰我说。

"可我……还是害怕改不好。"我心里仍然没底。

"走，我先带你见得理和鸿均，然后把你的住处安排下来。"张老师说着就把我领进对面的屋子。

当时我真是觉得既陌生又新奇，甚至弄不清张老师带我去见的人都是谁。进了那间办公室，我才知道张老师说的得理和鸿均其实就是《延河》杂志的两位副主编董得理和贺鸿均。副主编算是杂志社的领导，张老师怎么会直呼其名，而且还亲切地略去了姓氏呢？很久之后，我才知道这是那时候省作协的一种习惯，凡是同辈人都是那样直呼其名，就是对像胡采、王汶石、杜鹏程等省作协的领导，也都是直称姓名，或者叫他们老胡、老王、老杜。

那一天我并没有见到贺鸿均老师，只有董得理老师和我交谈了几句，就让张沼清老师先带我去招待所。所谓的招待所，其实就是作协大门靠北的那几间屋子。（如今那排屋子还在，只是早已改变了用途，好像是封堵了院子里的门，再在街道上把墙壁打开，全部租赁给几家商户了。）张老师拿着一把钥匙，帮我打开最南边的那间屋子——那里和现在的收发室紧邻，坐在窗前的桌子旁，对每一个出出进进的人都可以隔窗看得清楚。张老师还帮我提来一个暖水瓶，然后就让我先休息，说修改稿子的事情不要着急，首先在心里消化一下，等到想明白了再动笔。由于很快就要下班，下班之后就要吃中午饭，张老师又带我到街道上认了几个小饭馆，并且歉疚地说，他的爱人是个病人，要不然可以在他家吃饭。我不敢询问张老师爱人的病情如何，只是感动地说："我一个大小伙儿，还能找不到吃饭的地方吗？张老师，那你就赶快回家吧，其他事情不用你操心了。"

张沼清老师离开后，我一直站在窗前发愣，一是对修改作品的事情总也吃不透，二是对这个院落仍然感到神秘、心存敬畏。在这个院落里，每一栋屋子都是古建筑，刚才走进的两个屋子还铺着木地板，这还是我平生第一次踏在那样的地面上。这个院子里的人，许多都是享誉中外文坛的大人物。正是下班的时候，里边的人都在陆陆续续往出走，本来我还想仅凭自己的想象认出他们都是谁，可是没有张老师的指点和壮胆，我不但不敢再往外看，甚至胆怯到赶紧把门悄悄地闭合，人也坐在椅子上不敢动了。至今想起来都觉得可笑：身处那样的氛围中，我为什么就那么胆小呢？

等到院子里阒无人迹，我才去了街道上。吃过饭，还一下子买了10个馒头，准备把自己关在屋子里不再出来了。下午上班时，张老师又进了我的屋子，他还用信封装了一些茶叶，说："今天晚上要熬夜了，困了就沏一杯茶水提提神。"我说："张老师，我还是不知道具体应该怎么修改，改不好就又弄砸了。"张老师这才如实告诉我，现在这稿子发出去也没有大问题，编辑部三审看过，都觉得应该发头条，准备发头条的稿子就必须要求更严格一些。他还翻着稿子说，其实大部分情节都无须改动，问题只在最后一节，人物的转变有些生硬，所以需要再铺垫一点东西，让整个作品浑然一体就行了。说实话，那时候我还不知道头条作品有多么重要，心想能发表就行，还在乎发排在什么位置吗？有了张老师透露的这个底，我的心里也有了底气，同时也明白了头条的意义。

我又把稿子认真地看了一遍，也发现需要润色、需要充实的地方很多。正当我铺开稿纸准备从头修改时，董得理老师就敲开了房门。发现是董老师亲自过来，我一时间又不知所措，诚惶诚恐地让进董老师，说："董老师，您……您这阵儿不忙了？"董老师一进门就倚靠在床上的被子上，说："怎么样，沼清都给你讲明白了吗？"我老实地说："他说只是后边的部分有点问题，我尽量往好里改。"董老师点燃一支烟坐了起来，说："角度，角度问题！"接着他又问我看没看过《创业史》。我说看过，而且看过好几遍。董老师就以《创业史》为例证，描述了主要人物怎么出场，以及任何事物都不能离开那个人物的视角，如果某个情节偏离了人物的视角，也就把作品的主线搞乱了。我一下子茅塞顿开，但是绝没有表现出彻底领会的兴奋，仍然有点木讷地告诉董老师："董老师，我……我现在好像……知道问题出在哪里了。"董老师起身说:"好!明天是礼拜六,后天是休息天,只要你赶下周一早上把稿子改好就来得及。"

那时候,每周还只是休息一天,也就是说星期六还要照常上班。董老师离开后,我才真正开始了工作。这时候已经是下午4点多,晚饭时间我没有出去,饿了就左手拿着一个冷馒头,右手还不敢停下手中的笔。一万两千多字的稿子,我真是逐句地往下修改。赶天亮时,我就把稿子改完了。清早的饭我也没有出去吃,我疲惫得实在不想动弹了。

又到上班时间了,我还不敢把修改过的稿子送给董老师或者张老师,担心的是,董老师说的期限是下周一,而我现在只用了一个晚上,是不是会落下应付差事的嫌疑?张老师以为我在睡觉,上午也没有过来看我。一直到上午下班时张老师才路过,轻轻推开房门说:"康美,开始动笔了吗?"我仍然没有说出实情,只是非常含糊地说:"动了。"张老师也没有多问。可是当他要出门时,我又鼓足勇气说:"张老师,我已经改得差不多了,等你下午上班时,我先交给你好吗?"张老师很干脆地说:"好!"

下午两点钟,张老师准时从家属院那边过来了。我这才把放了半天的稿子交给张老师,而且再三恳求:"你一个人先看,不行我再改。这……这是不是有点仓促了?所以,你先不要告诉别人。"张老师也好像发现了什么秘密,嘻嘻地笑着说:"你肯定是一个晚上都没有睡觉。改完就改完了,这样的事情还需要保密吗?"也许他已经看出了我的窘迫,说着话就把稿子拿走了。交了稿子,我还是没有一点儿睡意,甚至有点儿如坐针毡,既盼望张老师尽快过来,又害怕他把稿子原封交给我。这天是周末,作协大院的人下班不再像前一天那样一齐往出走。我猜测人可能已经快走完了,董老师和张老师才同时进了我的屋子。我紧张得不知道该说什么好。董老师首先发话:"不错,很不错。比我想象的还要好。"我这才放下心来说:"如果哪儿不行,我接着改。"张老师说:"已经确定发表在十一期的头条了,现在你可以好好休息了。"那篇小说原来的题目是《遥远的追悔》，发表出来的题目是《寻找》。

当天晚上，本来我可以一身轻松地去街道上转一转，可是刚刚吃饭回来，有几个真正的大人物又把我"堵"在屋子里不敢出门了。我还没有拉亮灯，就听见院子里传来说话声，从他们的称呼中，我才弄清他们都是谁。先是从招待所另一间屋子里走出一个人，站在我的门前说："哎呀，老胡，你怎么知道我住在这里？"

从大门进来的人接话说："不是汶石告诉我，我还不知道你阎纲到西安了。"

我屏声敛气地听着，很快明白"老胡"就是省作协的胡采主席，阎纲无疑就是人在北京、籍贯在陕西的评论家。可是让我惊讶的是，大名鼎鼎的阎纲怎么也住进了省作协的招待所？要知道，那时候的省作协招待所是简陋的屋子硬板床，甚至还不如街道上最普通的旅社。胡采和阎纲没有坐在屋子里说话，而是拉出了两张椅子，就坐在秋高气爽的院子里聊天。他们先是议论王汶石、杜鹏程的身体情况，后来又说到李若冰、陈忠实、贾平凹、路遥等陕西作家。正当他们谈到中国文学的走向时，我听见阎纲又喊着新的来人说："哎哎，丕祥和维新也来了。"接着又是开门搬动椅子的声音……

一个来了一个走，阎纲和他们的聊天到很晚才结束。我没有出门，也没有拉亮灯，一直静静地坐在门边的椅子上听他们说话。直至阎纲送别了最后一个人，院子里彻底寂静无声了，我才悄悄拉开门，急匆匆地向远处的厕所跑去。

第二天早上，张沼清老师又敲开了我的门。八月的清晨，他却戴着一个大口罩，我这才知道他的气管炎很严重。他说他要陪我去城墙上走一走，我过意不去地说，你身体不好就别出去了。他坚持说，修改稿子的事情都会让人产生紧张感，尤其是下边来的作者，甚至都羞涩得不敢见人。现在稿子通过了，就应该彻底放松放松。路上，我把前一天晚上的见闻告诉张老师，张老师说："那你怎么不出去认识一下他们？"我说："他们都是大人物，我出去能说啥呀！"张老师说："以后你慢慢就知道了，省作协那个院子其实没有一点神秘感，在生活中，他们都和平常人一样。"

整整 30 年过去了，尽管后来我和那天晚上只闻其声未见其面的人都很熟悉了，尽管其中许多人已经离开了人世，但是现在想起来，依然是那么记忆犹新，依然保持着最初的神秘感。好在省作协的前院作为文物保存无损，一切都保留着原来的样子，所以我每每走进那个院落，又觉得由神秘而变得亲切了。

华山春来早

——在华阴市作家协会成立大会上的致辞

各位代表、各位来宾：

这是春天的邀约，这是华山的邀约。华阴市作家协会的成立，无疑具有多重意义。这是华阴市文学界的一件盛事，也是华阴市广大文学爱好者的一件喜事。在这里，我代表渭南市作家协会，对华阴市作家协会的成立表示热烈的祝贺！

我对华阴市文联的成立仍然存有深刻的印象。那还是在去年的深秋季节，漫山遍野飘落着色彩斑斓的树叶，让我的心里也充满了五彩缤纷的感受。那次会议我亲临现场，并且给会议题词："华山青松迎远客，天池化雨润心泽。朝登巅峰观东海，晚归三河觅霞色。"半年之后，我又有幸和华阴市的文学队伍相聚一堂，由此，我也看到了华阴市党政领导对整个文艺事业的关怀和重视。秋天是收获的季节，春天又播种着希望。收获，播种，播种，收获，人类以此构筑着幸福和梦想！

名山西岳坐落在华阴，是上苍馈赠给华阴人民的最珍贵、最永恒的礼物。但是在我们为之感到荣幸和骄傲的同时，也不能忘记对大自然恩赐的回赠。作为文学工作者，最可靠、最真诚的回赠，无疑就是我们的作品。

人以山而自豪，山以人而美好，往复循环，相辅相成。自古以来，不但是华阴的文化先贤，就是距离华阴非常遥远的文化圣贤们，也为华山和华阴留下了许许多多壮美清秀的诗篇。那是华阴人民的精神遗产，更应该是华阴文学后继者的精神财富。

华阴市作家协会的成立，正是这种精神的接力和传承。据我所知，随着新中国的前进步伐，尤其是改革开放新时期以来，华阴市早已形成了数量可观的文学队伍，有的是身在外地，不忘乡情；有的是籍在外地，可是长期在华阴工作；当然更多的还是故土难离的文学同仁们。文学本来就没有国界、地域的划分，只要能走到一起，就是一种缘分。如今又有了华阴作协这个机构，那就是兄弟姐妹一家人。在华阴市作协筹备小组的报告中，我想可能只会举出一个群体的力量，所以，请允许我在这里就不反客为主，不再一一提及这个文学群体的代表了。

借这个机会，我只想以文学同仁的身份，对华阴作协的建设和文学创作谈几点看法：

一、树华山风骨。一方水土养一方人，我们生长和生存在华山脚下，就应该把华山的坚毅和险峻化为我们的精神力量。柳青说："文学是愚人的事业。"陈忠实说："文学依然神圣。"铁凝说："作家其实是一份责任。"每个人都可以将文学仅仅作为一种爱好，可你一旦从事文学事业，那你就必须做好吃苦的准备。以前上华山的人很多，但是许多人只能走到"回心石"。"回心石"只是一条深沟的尽头，是对体力、对精神的考验，在那里还看不到"无限风光在险峰"。凡是在"回心石"前止步的人，不能说每个人都是懦夫，起码能证明一部分人缺失耐力，缺失毅力，缺失继续攀登高峰的勇气。我以为以此来比喻文学创作的过程最为贴切，因为搞文学除了要有天赋之外，剩下的就是长久的坚持了。

二、融"三河"情怀。外地人只知道华山，实际上华阴市境内的三河口也是具有寓意和象征的一处景观。用在文学创作上，那就是融会贯通，就是互相交流和借鉴。尽管各个作家的创作门类不同，但是文学就是人学，从而就形成了殊途同归的意义。离开这个寓意和象征的话题，其实我要说的是——团结！没有渭河和洛河的融汇注入，也就没有黄河的壮大和继续汹涌澎湃。另外，现在的文学还提倡多元化，所以我也希望华阴的作家队伍也要像这三条河流融在一起一样，树立大境界、大情怀。

三、挖文化意蕴。我突然还想起了西岳庙、玉泉院，想起华山开了一条新索道。久远的历史中深藏着祖先的故事，今天的人们却打破了"自古华山一条道"的古训。南方的一个作家朋友曾经对我说，来到陕西，拾一块砖头都是一本书。今天我站在华山脚下，想借用他的话说：生活在华山脚下，传奇多得能把人绊倒，而你们就是抒写传奇的人！

最后，我深切地祝愿大会圆满成功！并祝福大家万事如意、心想事成！

感念编辑情

每一个作家都会有许多难以忘记的编辑朋友，我在从事文学创作的几十年中，已经说不清和多少编辑有过联系，这使得几个清晰的名字永远留存在我的脑海中。我之所以用"名字"而不用"身影"，是因为有的人我终生都没有见过。

一

1981年春天，我还在一个商业企业当临时工。那时候到处都是文学热，我也悄悄地写起小说了。写好一篇五六千字的小说，一下子却不知道往哪里投。有一天翻阅《陕西日报》，发现上面也有文学副刊，马上就把那篇题为《鱼塘纪事》的小说投寄出去了。

过了十多天的时间，我就接到了《陕西日报》副刊编辑的回信，那封回信是用毛笔写成的，署名是吕震岳。尽管同时寄来的还有我的稿子，但是编辑能亲自署名写信，这已经让我非常兴奋。吕震岳老师的来信很长，详细地谈了他关于小说的修改意见，而且让我修改后再直接寄给他本人。

作为初次涉猎文学创作的业余作者，我对架构小说的许多要领还弄不懂，吕震岳老师的修改意见又都是小说创作的基本要素问题，我琢磨了几天也没有想明白。硬着头皮修改了一遍，我又把修改稿寄给了吕老师。这次只过了一周左右,吕老师又附着自己的修改意见把稿子退回来了。我看见那个厚厚的信封,就清楚稿子还是不能通过,这次当然再没有兴奋,只是为继续修改而犯愁了。

马上就要到收麦子的季节,身为临时工,农村还有我的土地,每年秋夏我都要请假回去播种和收获。而这部小说稿又是我改变命运的希望,同样不能有半点懈怠。我两个晚上都没有睡觉,几乎把那篇稿子打乱重写,写完寄出去就回家收麦子了。十多天后回到单位,我又看到了那个熟悉的信封,以及装在信封里的退稿和来信。

三次寄出,三次退回,我的兴奋已经变成了扫兴和沮丧。不过这之外还有对吕震岳老师对稿件的严格把关,对作者循循善诱、不厌其烦的态度的感动和敬佩。这一次我没有再修改,而是进入了苦闷的反思。最后得出的结论是,我对所谓的鱼塘生活根本不熟悉,和养鱼人也没有打过交道,怎么刻画人物的性格?包括鱼塘,我也没有见过,只是对村子周围的水库很熟悉,以为水库里也有鱼,和鱼塘差不多。凭空臆造的东西,出现虚假是必然的。放下那篇稿子,我又写了一个短篇小说《俩邻居》。把这篇新创作的小说寄给吕老师时,我附信如实说明了原委。吕老师很快又来信了,这一次的信封很薄,不用拆开信封,我的心就狂跳不已。吕老师没有把稿子退回来,是不是就可以留用,不用修改了?没错,吕老师这一次的来信很短,只是简略地肯定了我对文学的领悟,然后就说《俩邻居》非常不错,副刊部已经终审通过,刊发后他会给我把报纸寄过来。

《俩邻居》刊发在《陕西日报》当年 10 月 26 日的《秦岭副刊》上,几乎占据了一整个版面。这就是我的小说处女作,在那个"文学热"的年代,立即引起了很大的反响。渭南城内的文学爱好者中,不时有来拜访我的了。正是因为这篇小说,我受到当时渭南县委县政府领导的重视。几年之后,我又发表了一些作品,就被安排在文化部门工作,从此成为了专业作家。这不但改变了我的命运,以后的前景也是一片光明。

对吕震岳老师,我一直非常感念,心想着一定要尽快拜见他,亲眼看一看他到底是怎样一个人。可是在我的临时工身份没有改变之前，平时不能请假，节假日又要回农村忙活。第二年夏收时，我把心里的惦念告诉了家里人，全家人都催促说，趁着麦收放假你就赶紧去看吕老师吧，麦子已经收回来，碾打你就别管了。

　　第二天早上，我从集镇上顺道买了一袋核桃，几次倒车向西安进发。赶到报社时已经是午休时间，我打听到吕震岳老师的宿舍，那是两排非常低矮陈旧的房子，中间一条窄狭的过道上摆满了锅碗瓢盆。正好一个女人从过道走来，我问吕震岳老师在哪间屋子，吕老师闻声就出来了。原来他是一个低矮的老人，虽然已经谢顶了，不过人看起来很精神，尤其是那双睿智而又和善的眼睛，具有一种让人觉得既亲切又敬畏的力量。他把我让进屋子才问道，你是谁呀？我说出我的名字，吕老师赶紧起身跟我握手说，啊，李康美，你是来西安办事的吧？我说我是专程来看他的。吕老师面露愠色说，这么远的路，没有必要吧！我说了我的感激之情，还说了我创作的新情况。吕老师说，凡是立志搞文学的人，都应该走出报纸，在文学刊物上发表作品，那才能真正成为作家。临别时，吕老师看见我放在桌子上的核桃，说，我这里可不能收礼品啊！我说我是从老家赶来的，家乡的特产本来就不成敬意啊。三番五次推让后，吕老师才把那袋核桃留下了。送我出门时，吕老师轻声一笑说，他也是快退休的人了，和作家打交道的机会越来越少了。我听出那是对编辑事业和文学事业的深切留恋。多年后，我看到过陈忠实老师写下纪念吕震岳先生的文章。谈及吕老师，陈老师同样感慨地说，多么好的一个编辑呀！吕震岳先生对文学非常有见地，对许多作家都有过耐心诚恳的帮助。

二

　　20世纪80年代初，陕西有两家面向全国的文学刊物，一个是《延河》，一个是《长安》。《延河》由陕西省作家协会主办，《长安》由西安市文联主办。虽然《长安》后来改刊为专发散文的《美文》了,但是《长安》杂志一个特殊的编辑却永远留在我的记忆中。

何谓特殊?一是几十年过去,我现在已经忘记了那个编辑的名字,找到那份刊物寻查,我发表的那篇小说后边也没有标明责任编辑的姓名。二是我看望那个编辑也颇费周折,找到她时,她已经离开了编辑部,而且离开的原因令我痛惜。所以,我现在只能称那位编辑为"编外编辑"了。

我在《陕西日报》上发表了小说处女作后,以为《延河》的门槛太高,就把新写的一个短篇小说《一束山花》投给了《长安》杂志编辑部。这次投稿顺利通过,我接到的只是一封用稿通知,那封信就是那位"编外编辑"写来的。后来她又几次写信向我约稿,每一次来信都是那么谦逊和中肯,我也对她心存敬意。那时候我对她的一切情况都还不知道,只是从名字上判断,可能是一位非常敬业的女编辑。

一直到 1987 年 9 月,我考入西北大学作家班学习,因为班上也有从西安市文联来的同学朋友,我这才动了拜见那个责任编辑的念头。结果连西安市文联的朋友也不认识她。我仍不甘心,就把那个编辑的名字写给他(当时我对那位编辑的名字还记得很清楚),让他一定要仔细询问。第二天,这位朋友告诉我,你找的那个人已经离开了杂志社,现在住在西安市植物园,具体的情况你去打听吧。

我终于还是找到了她,这时候我才弄清她的心酸经历。她现在住的是女儿的房子,年近六十岁的她多年前就失去了丈夫。她说她也是很早的文科大学生,后来丈夫被划为"右派",她就随同丈夫离开了城市,在很远的农村接受教育和改造。终于盼到为丈夫改正摘帽时,丈夫却已经一病不起,留下她和女儿相依为命。她由于年纪偏大,再也找不到一个稳定正当的工作。在几个朋友的帮助下,她才进入《长安》杂志社,当起一名编外编辑。虽然只能得到一点微薄的报酬,但她还是经常加班加点看稿子。沉浸在小说作品的人物命运里,她就忘记了自己的苦痛。可是现在编辑部改革,她就只能离开了。她说她还保存着许多文学作者的来信，有时闲下来，还会经常拿出来看一看。阅读那些信件，就好像成了她精神上的一种依托。想到此，她就非常感谢那几年的编外编辑生涯。好在她已经有了外孙，每天把外孙送到学校，剩下的时间就可以安心看书了。

人生有多少遗憾啊！

三

那些年我的写作量很大，投稿的范围也非常宽广。由于考虑到小说语言和小说故事的地域特色，且在我模糊的认知中，以为南方沿海地区已经快速地和世界接轨了，所以就很少给改革开放的前沿城市投稿。1985年夏天，我又写出了一个短篇小说《床上世界》。这篇比较短小的小说显然带有意识流的味道，写完之后，我立即觉得，这样的小说应该向代表新潮流的地方走一走吧？我就把它投寄给《广州文艺》杂志了。结果半个月之后，我接到署名吴幼坚的编辑来信，来信说《床上世界》已经被留用，初步拟定在十月号的刊物上发表。

我如期接到了由责任编辑吴幼坚寄来的样刊，更可喜的是在小说的后边，还配发了一篇评论文章，赞赏了这篇小说的构思精妙和创新精神。

1985年年底，中国作家协会和团中央要在北京召开"全国青年文学创作大会"，陕西代表团团长是贾平凹，副团长是时任《延河》主编的白描，我也是代表团成员之一。会议在北京京西宾馆召开，下午报到完毕，吃过晚饭，楼道上就人来人往开始串门了。陕西作家都比较自卑，我们除了互相走动，还不敢出去访友寻亲。忽然，有人敲响了我的房门，我打开一看，敲门的是一位瘦瘦高高的女士。我迟疑地看着她，她也迟疑地看着我。我以为她敲错了门，不好意思地憨笑说："您找谁？"她后退了一步说："李康美不是住在这个屋子吗？"我这才热情地说："对呀，我就是李康美。"她哈哈一笑说："李康美原来是个汉子啊。我还以为你是女性呢。"我窘迫地说:"那么您是谁?"她说:"广州来的吴幼坚,以后你就叫我阿坚吧。"我同样释疑地说:"快进屋快进屋,我还以为您是个男编辑呢。"坐在屋子里,我和吴幼坚还是不断地笑出声来。她说他们编辑部都认为我是女作家,还有人为此互相打赌。我向吴幼坚解释说,我以前叫李抗美,担心同名同姓的人太多,就非常简单地改了中间一个字。这样的误会已经发生过多次,最初参加省上的文学座谈会,主办方还把我和女性作家安排在一个房间呢。在我接到的读者来信中,有人称我是姐姐,有人称我是阿姨。吴幼坚说她的名字尽管没有闹出多大的笑话,但是没有见过面的人也会一下子分不清男女的。我说:"简称为阿坚,倒是对女性的昵称了。"

四

早些年,我认识的河南省作家最多,这是因为我首次获奖的小说就是发表在河南省《奔流》杂志上的。1984年8月,《奔流》杂志发表了我的短篇小说《陷车纪事》。说实话,把稿子投出去,我觉得只要能发表就行了,完全想不到能产生多大的影响。可是责任编辑刘锡安来信说,他们整个编辑部都对这篇小说大力肯定和称赞。紧接着,刘锡安又来信说,当时在全国影响力非常大的《小说月报》马上就要转载这篇小说了。当我也拿到《小说月报》时,这才如同从梦里醒来。那时候的《小说月报》,听说每年发行量都在数百万份,这就意味着我的小说又上了一个新台阶。在那几个月里,我经常会接到刘锡安的来信,有的来信是告诉我,他们编辑部收到了多少读者来信,读者们都有什么反应。其中有一封信让我非常意外,刘锡安在信上说,那天上午,他们省委第一书记刘建勋派人来,专门取走了刊载我的短篇小说《陷车纪事》的那期刊物,并且点名要看我的那篇小说。那时候省委第一书记的设置还没有撤销,第一书记无疑就是省委最高领导。河南省的最高领导为什么对一个短篇小说也有那么大的兴趣,对我来说至今仍然是不解之谜。

1985年春天,刘锡安又来信了,他在信中告诉我获奖的消息,而且还附有出席颁奖仪式的正式通知。那次去郑州领奖,颁奖后还有参观访问的安排,在那六天里,我结识了河南省的许多作家和编辑。我和刘锡安成为很好的朋友,但是我们再一次见面,却是十多年以后的事情了,那时候《奔流》杂志早已经和《莽原》杂志合并。有一天刘锡安又来信说,他想和另一个编辑朋友上华山,如果我没有外出就可以见一面。我赶紧电话相约,确定好日期,我提前在华山脚下的火车站接站。

那次陪同刘锡安等两位朋友上华山,还留下一个大笑话。他们自带了傻瓜相机,在山上留下许多镜头,可是下山后,刘锡安老兄却突然把照相机的后盖打开了。我惊叫:完了完了!这下全部曝光了!刘锡安说,不会吧?胶卷卷得那么样紧,还能全都曝光了?我说我前些年也玩过照相机,后盖哪怕有一丝缝隙,就一张照片都看不到了。和刘锡安一同旅游的张虹先生惋惜地说,你打开后盖干啥呢?刘锡安捶胸顿足地说,我想看看还能照几张,咋能犯这样的错误!为了证实那种后果的严重性,我们立即找了一家照相馆,想把胶卷先冲洗出来。可是照相馆的人听说后,非常肯定地说,那就别再花这个冤枉钱了!

回到郑州,刘锡安还是不甘心,冲洗出来的胶卷果真是一条"黑腰带"。他给我写信说,什么是书呆子?这就叫书呆子!

五

文学刊物和文学编辑大都是守着穷地盘,端着穷饭碗。只有进入影视圈的人,不能说每个人都会一夜暴富,但起码可以脱贫了。1996年之后,我也在影视圈混过几年。但是看多了影视圈的尔虞我诈,没有几个真实的朋友,我就很快和影视圈渐行渐远了。当然,正规的影视部门做事还比较靠谱。那一年是我的幸运年,和王三毛合作的两部电视连续剧已经接连开拍,我的一部中篇小说又给我带来了好运。

我的中篇小说《赴任》首先发表在《人民文学》杂志上,很快又被《中篇小说选刊》转载。我清楚地记得,有几天我家的电话真是应接不暇,弄不清他们从哪儿知道了我家的电话。先是海南电视台提出要买断我的版权,由他们改编为电视剧。紧接着又有两家省级电视台和三家广播电台也要把小说改编成电视剧和广播剧。那时候我学会了砍价,学会了货比三家,看谁家的条件更加体面,更加优厚。和各家的电话谈判还没有最终确定下来,中央电视台影视剧制作中心也来电话了。打电话的是一位女士,她说她叫韩素贞,领导已经确定由她担任《赴任》电视剧的剧本编辑,所以她就打听到我的电话,要把此事赶紧定下来。我尽管心中大喜,但是又不得不如实地说出我现在面临的选择和苦恼,而且那几家电视台还真是等着我尽快回话呢。韩素贞女士温和地说,《人民文学》杂志是"国字号",中央电视台也是"国字号",她觉得这样的荣誉比其他事情更重要。我立即做出决定:那就什么都不说了,你现在就可以和领导敲定,其他人我都拒绝吧。韩女士这才说他们的稿酬确实不高,然后说出每集的酬金。我说我现在不计较别的什么了,你明天就把合同寄过来吧。她说他们的合同都是制式合同,下来的事情就是编剧问题。我说我刚刚完成了两部电视剧,而且都已经开始拍摄,这部中篇小说,你们只要求改编成上下集的剧本,我想我自己出任编剧你们也应该信得过。她说,那就非常好,事情就变得很简单了。

我很快就收到了合同,并且立即着手写剧本。剧本寄出去,韩素贞没有再回信。央视确实讲究效率,很快韩素贞一个电话打过来,说剧本基本没有大问题,让我第二天就乘飞机赶往北京,一是和导演见个面,二是按照导演的意见把剧本再修改一下。她说她已经把房子登记好了,下飞机后坐出租车,直接去总参招待所。一切都安顿停当,韩素贞还开玩笑说,我在客房部和餐厅部都押了支票,不管剧本修改几天,你在北京还可以玩一玩,所有的花销你都不用操心的。下午导演过来和我见面。导演是高群书,那时候他还是三十岁出头的小年轻,后来成为影视大腕级的导演,由他导演的《东京审判》等诸多影视剧被广大观众所熟知。高群书拿着剧本对我说,其实要改的地方也不多,叫你来也就是认识一下,这也是对编剧的尊重。我用一天的时间就把剧本改完了,高导他们也一致认可。第二天,韩素贞可能是先去了餐厅,然后才过来,开玩笑说,你每天吃饭那么简单,可别给我们央视电视剧制作中心节约了。我突然想起我在《人民文学》的责任编辑宁小龄,以前我们没有见过面,现在到了北京,改编的小说也是由他在自由来稿中发现的作品,说什么也应该认识一下,当面感谢啊。所以我对韩素贞说,那我就要在这儿请客了。韩素贞说没问题,你就随便叫朋友吧。宁小龄也想见见我,当天晚上就愉快地赴约了。宁小龄在饭桌上告诉我,这些日子他也是我的中转站。对我的《赴任》,有的报纸要连载,有的刊物要选载,包括几家电视台要改编,都是首先从他那儿打听我的联系方式。而且我的另一部中篇小说《女县长》也将刊用了。

  我在北京住了五天,韩素贞还领我拜见了央视电视剧制作中心的几位领导。在我离开北京的前一天晚上,韩素贞说她爱人和女儿也要和我吃一顿饭。她爱人是总参的军官,女儿正在初中读书。以家庭的名义就是他们自掏腰包,当然也要离开我住的宾馆了。我终生都会珍惜这样的友谊。

  第二年,我的剧本获得中央电视台的优秀剧本奖。在颁奖之后的宴会上,我真是让自己喝醉了。自从我进入影视圈,这是一次毫无遗憾、毫无委屈的真诚合作,包括普普通通的责任编辑也给我留下了非常好的印象。

  …………

  岁月催人老,现在许多编辑朋友已经离开了工作岗位。每每想起遥远的往事,我都会觉得弥足珍贵,永生难忘!

我与《渭南日报》

转眼之间,《渭南日报》已经复刊 30 年了。其实我并不知道《渭南日报》还有创刊和复刊的曲折,甚至以为她是 1984 年才开办的。究其原因,我只能归于年龄和阅历的局限。现在《渭南日报》要筹办复刊 30 周年的纪念活动,而且让我写一篇纪念文章。思索良久,我也只能讲一段我和复刊之后的《渭南日报》的故事:

我清楚地记得,那是 1985 年的事情。那时候好像还叫《渭南报》,也不是每天都会见到,报纸好像还是小开张。大概是 1985 年上半年的某一天,我从河南郑州市领奖归来不久,当时《渭南报》的两个记者就登门对我进行了采访。也就是在这一年元月,我被调入当时的渭南地区文艺创作研究室,成为专业的创作人员了。

这两个记者,一个是徐喆,一个是党宏,据说他们都是从复刊之初就受聘成为报社第一批记者的。虽然他们后来离开了报社,但是我和《渭南日报》的最初结缘必须遵从故事的真实性。他们都从事诗歌创作,所以早就相识了。寒暄片刻,他们就直奔主题,要对我进行采访和报道。那时候,我仍然把自己归于文学青年的行列,对他们的来意只能诚惶诚恐地说:"不敢不敢,你们能写我什么呢?"他们却清晰地点出了我在多家刊物上发表的小说作品,比如在《延河》杂志上连续在头版位置发表的小说《寻找》《在阳台上》,在《长安》杂志上发表的小说《一束山花》,等等。我说,渭南的好几位作者都在某些报刊上发表了小说，单单写我还是不好。他们又说我刚刚获得河南省《奔流》杂志的最佳小说奖，并且有两篇小说同时被国家级的两个选刊所转载，这种不多见的现象当然就是渭南的新闻了。盛情难却，我甚至对他们如此留心留意深怀感激，这才大体说了我的创作情况和成果。

那是"文学热"的年代，许多刊物发行量都很大，大凡有点成就的作家，他们的名字都能很快被同路人所熟悉。

后来，他们写的关于我的报道就见诸《渭南报》，我还记得标题是《重塑一个我》，副标题是"记青年作家李康美"。大致的内容，除了罗列我的作品，还有对我人生磨砺的记叙和描述。

我仍然弄不清《渭南报》是哪年哪月改为《渭南日报》的，只觉得她走过了三个阶段：一是复刊后的创业期，二是改为大报后的成熟期，三是近年来的辉煌期。作为一份市级报纸，现在的《渭南日报》，无论是尺寸和版面，都可以和许多大报相媲美。当然，我是搞文学创作的人，关注的更多还是文学副刊的版面，随着《渭南日报》副刊的增加和正常化，我和报纸的联系也就越来越频繁。除了自己时而写一篇小文章，还想发现同仁，尤其是新作者的名字也在副刊上出现。

近年来，《渭南日报》还有一项让我十分欣喜的举措：在许多街道两旁都设置了自己的阅报栏。我因为多在家中写作，以前对任何报纸都难得一见。有了阅报栏，出门散步就可以不间断地看到完整的报纸内容了。说实话，由于阅报栏的吸引，我甚至养成了每天定时散步的习惯。这真是一举两得的事情。如果还要感谢《渭南日报》，那就感谢她多年来一直给予我的诸多支持和关照，不仅仅是发表文章，也包括对我们作家协会的宣传报道。

《老渭南》：珍贵的记忆

曾几何时，渭南古城还是满目沧桑，现在已是高楼林立、繁花似锦。发生巨变的何止老城，如今的农村也正在发生变革，维系农民生活的风俗习惯，有的渐渐走向消亡。所以必须承认，当时代快速地更迭时，许多文化设施、文化符号也会渐渐丢失。渭南是这样，别的地方也会是这样。如何才能让那些看似普通，实则属于精神文化的东西，留存在我们的记忆之中呢？由渭南市临渭区政协组织编写的《老渭南》一书，显然就是这个课题令人欣慰的答案。此书真实地记述了老渭南的往昔岁月，把历史和现在连接起来：感受过往的源远流长，才能体会到这座城市文化底蕴的深厚；回味生活的爪鳞碎片，才能感受到这块土地的情怀和灵气。

如果说最初拿到书稿，我只是有点喜悦之情，那么仔细地阅读后，我为之而惊讶了。因为论年纪和籍贯，我自己也算是"老渭南"之一员，可是书稿中的大量篇章，连我都觉得非常新鲜。早已尘封的物事，现在竟然能激起我的阅读快感，这大概就是化腐朽为神奇的力量吧。在和该书的主编权佩亮先生交谈时，他不时说起《老渭南》编辑过程的艰辛。既然要突出渭南的"老"，而且必须和地方志的定位不同，那就要具有民间性、群众性、真实性。而民间性往往又会和真实性发生矛盾，民间性总会带有传说的印痕，真实性才经得起历史的检验。为了把这二者完美地结合，群众性就成了纽带和桥梁。他们首先在浩如烟海的史料中寻找一些有用的东西，然后进入民间深入挖掘。有时候，他们几位编辑分头在渭南城区的各个广场调查走访，由此还发现了几位"老渭南"的"老写手"，进而组成了一支以"老"为主的写作队伍。

《老渭南》最终成书，是编撰者心血和心智的体现。从书稿的体例特色、分辑编排等诸多方面，我都觉得这是一本难得的好书。全书大约有40万字，分为"老城史话""渭北往事""南塬记忆""岁月回顾""史海钩沉""人物轶闻"六个部分。尤其是配置于其中的许多老照片，让古城旧影、乡土情趣清晰灵动地重现在我们面前。纵观全书，我以为还有以下几点值得称道：

首先是编撰者的文化良知。文化良知就是对历史的尊重，就是肩负着人文关怀的责任。人类文明始于远古，不管在哪里出现断层和空白，都会留下巨大的缺憾，都是那块土地后来者的失职。所以，我以为《老渭南》也是渭南文化的一座界碑，衔接着过往和未来。实际上，这类书籍也是对传统志书的有力填补，有了这类书籍的存在，这座城市、这块土地的整个文化脉搏能够承前启后，就有了浑然一体的力量。《老渭南》集纳了一群有心人，据说有些作者已老迈，他们在有生之年留下的文化记叙，也会成为一份珍贵的遗产。

其次是在格局和格调上注重全面。这部书的编撰也存在不断扩充、不断完善的过程。起初，编撰者只是把目光放在渭南城区，也就是放在渭南老城区的前世今生，在征求多方面的意见之后，又把整个临渭区的地域囊括进来，力求有一个整体的呈现。格局的放大增强了《老渭南》的厚重感。临渭区的版图，南北长，东西短，所以他们就以"老城史话"为开端，以"渭北往事"和"南塬记忆"为轴线，三点连一线，就勾画出这块地域民风民俗变迁的轮廓。我是南塬人，可是分辑"南塬记忆"中的许多篇章，我都是第一次听闻，我想其他许多人也是这样。该书语言朴素，文字简洁，非常注重故事的质感和动感，有些篇目又不失风趣诙谐，就像一部通俗易懂的文学作品，增添了阅读的轻松感和趣味性。

再次是走出了"本我"的局限。阅读《老渭南》，我还发现了编撰者的胸怀和眼光。他们虽然着眼于"老渭南"，但是目光又不是那么短浅和狭隘，凡是对"老渭南"有过重大影响的重要人物和重大事件，也都收入了《老渭南》中。比如其中的篇目《华州大地震中的渭南城》，再比如《西安事变中的渭南城》，都可以说明编撰者的用心良苦。因为那场灾难和那个事件，都波及了老渭南城。另外还有《忆习仲勋同志两次来双王视察》《斯诺访双王》《鲁迅与渭南的祈雨风俗》等篇目，也都给这块土地留下了值得珍视的记忆。当然，该书的每一个篇目都是编撰者精心选编出来的，都有它们的价值，我只是谈谈自己的感想感悟，还望读者见仁见智吧。

打开《老渭南》，这便是沧海桑田的浓缩；阅读《老渭南》，你便可以浮想联翩，你便可以咀嚼出"老有老的味道"。

文学创作访谈录

师铤：李老师，我是《渭南日报》的记者。首先恭喜您的散文集《俯仰之间》获得中国冰心散文奖。这是渭南建市以来，生活、工作在这块土地上的作家在文学创作领域获得的最高荣誉。请您简单介绍一下这部获奖作品。

李康美：据我所知，在此届中国冰心散文奖之前，已有渭南籍作家荣获过此奖项，只是有些人的工作单位在外地。即便在一直工作、生活在渭南的作家中，我也不是第一个获奖者。比如柏峰先生已经是第二次获此殊荣，虽然他两次获奖的篇目都是散文评论，但是应该也属于文学创作的范畴。

中国冰心散文奖设有"散文集""单篇散文""散文评论"和"优秀作品"几个奖项，我是以散文集《俯仰之间》获奖的。这部散文集其实是我的散文精选本，收录了70多篇作品，这些作品除了全部见诸各种报刊之外，有许多篇章还被编选为某些省市的高考模拟题，或者被编入中国散文年度佳作选，获得各种报刊奖也有10多次了。这部散文集融入了我多年的所见所想、所思所悟，在世态和自然的万千变化中，倾注了我的人文关怀。

师铤：获奖对创作有没有什么影响？

李康美：获奖当然是令人高兴的事情，但是确实谈不上非常激动。这是实话，绝不带有什么矫情。第一，我早已过了激情澎湃的年龄；

第二，从事文学创作已经 30 多年了，不管是人生的历练，还是对文学的认知，都使我能够保持坦然的心态和平静的情绪。至于对今后创作的影响，我以为也不可能出现比较大的变化。因为文学本身就是一个不断创新的事业，每一个作家都不会原地踏步，故步自封。作家对自己的超越，都是在循序渐进中实现的，我唯一的自信是，以后的创作肯定会与以往不同。

师铤：请您谈谈您平时的阅读范围，或者说您最喜欢哪类书籍。

李康美：我平时的阅读范围很庞杂很广泛，比如说人类的战争史，比如说非常深奥的天文命题，还喜欢在网络上搜索奇闻异事，甚至时常钻进牛角尖中不能自拔。细心的读者也许会发现，在我的散文中有《期待约会》《源》之类的文章，那就是对太空的琢磨，那就是对人类生存梦幻般的思考。当然，我也阅读了大量中外文学经典名著。由于时间的关系，我不能一一罗列，只想告诉你，在我的卧室里，书籍永远占据着半个床面。

师铤：刚开始走上文学这条路时，是否经历了很多挫折与失败？有什么故事可以与我们分享一二的？

李康美：文学需要天赋、勤奋和坚韧，天赋是前提。客观地说，我在文学创作这条道路上走得还算顺利。除了睡觉比别人少得多，甚至从来都没有午休的习惯，挫折和失败则没有过多的体验。但是从事创作之初，我却有着深深的自卑。20 世纪 80 年代初，我第一次走进陕西省作协大院给《延河》改稿，胆怯得都不敢和那些大作家见面，在那个简陋的客房里把自己关了整整一天，晚上才跑出去吃了一顿饭。后来我对别人总结说，有时候自卑也是一种动力，那样才可以埋头苦干。文学拒绝张扬，拒绝浮躁，性情狂傲的人即使才华横溢，我以为在创作的过程中也会出现"跌停"现象。

师铤：当时是什么样的目的驱使您走上文学这样一条路的？和当年比，现在的创作目的有什么变化？

李康美：像我们这一代的专业作家，起初都曾经把文学当作敲门砖，也就是敲开工作之门，端上吃国家粮的"铁饭碗"。我是当兵出身，从军五年半后又回归农民的身份，虽然在一家商业企业当了将近10年的临时工，但是户籍依然在农村。感谢改革开放，我忽然觉得可以在文学创作上试一试身手。坦率地说，那时候的目的仅仅是看能不能改变自己的命运，能不能把自己变成城里人。非常庆幸，这个目标很快就实现了。

文学毕竟是神圣的事业，当你渐渐被别人称为作家，渐渐被别人尊为老师，你的内心世界又会出现质的飞跃。文学原本是如此的深奥，诸如社会性、思想性等命题都会压得你喘不过气来，甚至还会出现创作过程中的间歇和停顿。其实，对于把文学融入生命的作家来说，这样的间歇和停顿应该是一个可喜的现象，说明你正在积累营养，迎来柳暗花明的新境界。凡是成熟的作家，创作就应该脱离功利性，只是力图延长作品的生命力。此话说起来容易，做起来很难，"难"也许正是作家走向深刻的标志。

师铤：创作了这么多年，会不会有疲倦的时候？会不会有题材枯竭的感觉？这样的瓶颈期，您有什么办法来克服？

李康美：许多人都说作家仅仅是脑力劳动者，但是在我看来，他们同样要从事非常繁重的体力劳动。趴在桌子上一坐就是好几个小时，那样的劳累可想而知。曾记得我创作长篇小说《天荒》时，每天都工作10小时以上，四个多月下来，人都瘦了一圈。最后一天背着稿件从那个招待所下楼时，双腿发软，都走不动路了。走三层楼的楼梯，我可能歇了六七次，每次坐下去都有站不起来的感觉。至于题材会不会枯竭，以我的经验，好像不存在那样的感觉。如果说也会有瓶颈期，那只是超越自我的暂时沉寂和重新选择。每当这样的情形来临时，我就大量阅读，或者出去旅游。用信息技术名词说，这可能就是人体软件的"更新"和"升级"吧。

师铤：作为作家，您觉得创作中最让您费心神的、最用力的是什么？

李康美：长期以来，我一直以小说创作为主。中短篇小说必须非常讲究人物的刻画，在细节描写上，还应该写出"异态常情"。而长篇小说，在构思阶段就要考虑好总体结构。这些都是文学创作最费神费力的事情，可是往往被一些初学创作者所忽视。作为过来人，我自己为此仍然在不懈地努力，在此也想和文学同仁们共勉。

师铤：在这么多年的创作经历中，有没有什么遗憾？

李康美：俄国作家列夫·托尔斯泰说："历史，是一部让后人每每扼腕叹息，叫作'遗憾'的大书……"既然历史都充满了遗憾，文学创作当然就更不必说了。这话说得有点大，是不是有点替自己开脱的味道？关于我自己创作的遗憾，也可以举出许多例证，比如说长篇小说《天荒》，在人物的主线上就有点游离；再比如说长篇小说《玫瑰依然红》，在人物的心理描述上就有点粗疏。总体来说，在我的创作历程中，如此的遗憾还有很多。所以说作家必须经常回头望，不要再犯同样的错误。

师铤：写作对您意味着什么？是倾诉的需要？是生活的一部分？

李康美：前边说过，初学写作时，我肯定也有过功利思想。后来就成为我终生的职业，当然就伴随着我生命的整个过程了。文学的本质，是作家对社会、对人生的独特体验，然后再把这样的体验呈现给广大读者，从而进入了社会层面。如果还能引起读者的心灵共鸣，那将会产生另外的社会效应。所以，我只能说，文学具有独特性和复杂性，用"倾诉的需要"和"生活的一部分"来理解都不合适。

师铤：如果要您给自己做个评语，您会怎么写？

李康美：一是存心，凡事都留心在意，从而体察生活的细节；二是沉静，拒绝浮躁于心灵之外，经常保持清醒的头脑；三是坚韧，转化挫折为认识方面的财富，成功只是对失败的修改；四是读书，汲取前人的智慧，发现自己的创造力。

师铤：我注意到，上个月月底您在渭南职业技术学院举办了《俯仰之间》座谈会。那么，我想问问，对想从事文学创作的新人，作为前辈,您有什么建议和指导?

李康美:立志从事文学创作的人,从一开始就必须坚定自己的目标。这就好像是一场马拉松比赛,首先别顾及名次,坚持到最后的人应该都是胜利者。在那漫长的赛程中,还要注意补充水分。我不想说得太具体,大凡知道马拉松的人都能领悟到这种比喻的意思,并且会从中受到启发。

师铤:近年来经常有人说文学已经被边缘化,对此您有什么看法?

李康美:我始终以为这是一种正常化。在"文革"结束后那些年,文学创作曾经出现过狂热的阶段,由此也冒出过一大批作家。但是随着商业时代的到来,文学队伍也出现了大浪淘沙的必然结果。其实自古至今,文学都是少数人的事业。一个民族,一个国家,有几个能在世界上叫得响的作家也就够了,不要苛求出现什么浩浩荡荡的文学新军。我所悲哀的不是文学潮流正在节节后退,而是有些低俗的东西打着所谓艺术的旗号无孔不入地污染着我们的空气。现在走进任何公共场所,玩手机几乎成了社会的一种病态,这实在是让人叹息而又无奈的事情,这可能需要一种大文化的引导。

师铤:最后的话题还是要落到您的创作上。请您谈谈您目前的创作情况。

李康美:我刚刚出版了一本新书,是一部长篇报告文学。这部名为《麦田:生命的守望》的报告文学,有30万字左右,被列入"陕西省重大文化精品项目"出版。该书的主人公,是一位农业科学家。省上的有关部门对此书都比较看好,这又是令我欣慰的收获。另外,我正在修改一部40多万字的长篇小说,涉及民间艺术的生存史。至于这部长篇小说的具体内容,还是等我把馍蒸熟再揭锅吧。谢谢你的采访!

遥望南原觅白鹿

陈忠实先生是我非常敬爱的老师和兄长，他的离世令我犹如巨石压心，好几天都难以接受如此残酷的现实。

我和陈老师的交情已经有 30 多年了，并且一直保持着比较频繁的联系和接触。2014 年春节前，我前往西安给他拜年时，他还和我约定年后再一起吃羊肉。因为他早就发现了一家味道独特的羊肉馆，邀我享用过两次之后，我们就成为那儿的常客。可是这一次的约定，却成为他唯一没能履行的承诺。那年春节过去大概有两个月的时候，他突然给我打电话说："康美呀，看来吃羊肉的事情不行了。"当时我还不知道实情，只是开玩笑说："你是忙人，吃羊肉的事情也没什么紧要的。"他呵呵地笑了一声说："不是忙的问题。是我口腔溃疡，根本就吃不成。"我这才知道他是口腔出了问题，仍然没当什么大事地说："那你就赶紧治疗！不管是什么病，你都要重视呢！"说实话，那一次通话并没有让我过多担忧，从他坦然的笑声中，我也以为他得的是小病。近几年，我知道陈老师对自己的身体非常重视，甚至重视得超乎寻常。比如说习总书记在北京召开的那一次文艺创作座谈会，当时我正在北京参加一个电视剧本的讨论，晚上休息，看到电视新闻上竟然没有陈老师的身影，立即打电话询问他："这么重要的会议，怎么不见你的影子啊？"他惋惜地叹息一声说："中国作协通知我了，可我的心脏有问题，医生告诫我再不能出远门了。"接着，他还给我解释了半天说，中国作协的领导不敢批准他请假，让他直接向中宣部的领导请假，他说那多难为情，还是让中国作协党组出面代他请假好，最后中国作协领导只得勉强同意了。当然，那种最高级别的会议，事前谁也不知道是习近平总书记亲自主持，发表讲话。陈老师在电话里也如实地说："唉，遗憾啊！"他的声音越来越低沉，他说他已经好几年都没有出过西安城了，包括中国作协的主席团会议也几次缺席。他说他只想着一定要听医生的嘱咐，这就把遗憾的事情留下了。

　　一个一心想着听医生话的人，怎么就会把自身的一场大病耽搁了？那年春节后的通话之后又过了两个多月，我清楚地记得那是2015年5月9日，那几天来自全国各地的作家朋友在西安聚会，我们居住的宾馆正好离陈老师在西安石油大学的工作室很近，下午作家朋友都出去活动，青海的女诗人肖黛却找到我说："咱们和忠实老师吃顿晚饭吧？"我当即拨打了陈老师的电话说："我今天可在你附近，来自青海的肖黛也想见你呢！"陈老师这一次说话的声音有点痛苦，他说他的口腔溃疡还是没有好，实在抱歉得很。肖黛夺过电话问他到底咋回事，不吃饭总能见面嘛！他说这些日子也没有来工作室，住在东郊的家里，见面就很不方便了。放下电话，我的心头就掠过一丝阴影，脸色也不由得沉重起来。肖黛说，没事，不就是口腔溃疡嘛。我说，已经快半年了，或者他感觉口腔不舒服的时间更长！陈老师认识的大专家可是一群，哪就把口腔溃疡这样的病都治不好！

　　心里有了阴影，我都不敢再给陈老师打电话问候了，只盼望着他突然打电话过来，高声地宣布，来吧！吃羊肉！顽缠的口腔溃疡终于好了！可是这样的喜讯总是没有。又是两个多月过去，西北大学的杨乐生教授打电话给我，带来的却是令人非常震惊的消息：老陈的病很不好，现在确诊是口腔癌，说话都已经非常困难了。听到这样的消息如同电击，我只觉得全身麻木，半响都不能说话。第二天，我就约上陈老师在渭南的另一个朋友郭俊民，赶往西安看望陈老师。临行前郭俊民问我带什么慰问品好，我说我已经从塬上的蜂农家买了纯正可靠的蜂蜜，那么严重的口腔病，吃饭肯定非常困难，每天多喝蜂蜜既容易下咽，又能有效地补充营养。

据说陈老师每天下午四点就从医院回到家了。可我和俊民按时赶到，他夫人说他今天又去石油大学的工作室了。能去工作室，就说明病情还不重。嫂夫人却告诉我，他就是那么个犟人，嘴里难受这么久，除了他自己想着找药吃，根本就没有进大医院看医生。后来西京医院的专家朋友觉得和他好久没见面了，找上门看望他，才把他拉到医院检查。这一查就成了不得了的病。我们和嫂夫人说着话，忽然听见开门声，转身望去，陈老师挎着他那多年不变的随身挎包已经进门了。这一天，他说出的唯一的话，就是非常费力地对夫人说"还不倒水！"我见他精神还不错，就不由得埋怨说，你应该早去医院检查呀。陈老师再没有说话，放下挎包，坐在茶几旁边的小凳上，掏出钢笔，取过几张白纸，在纸上写出几句话："我一直以为是口腔溃疡，也就按口腔溃疡吃药嘛。结果一查，"然后他画了一个长长的"——"，写了一个"癌"字，在"癌"字上又画了一个很大的圆圈，用钢笔狠劲地戳着那个字，似乎非常憎恨，又似乎已经超然。我说，我来前已经知道了。他又写道："谁告诉你的？我一直不想让大家知道，害怕朋友们着急呀！我这个样子，也让朋友伤感。"他在"伤感"两个字上又画了一个大大的圆圈，以突出不愿意让朋友跟着受煎熬的真诚。面对这样艰难的"对话"，看到他如此痛苦还不愿意让朋友们为他伤感，我和俊民的眼泪早已在眼眶里打转了。为了不让那样的伤感打乱陈老师坚强的精神，我赶紧转换话题："我给你带来两桶蜂蜜，喝完我再送。"他看了看蜂蜜又写道："现在送蜂蜜最好！我进食就需要这样的东西。"为了让他停止写字，停止劳累，我们只能起身准备告辞。他明白我们的意思，低头写了最后一行字："现在每天就是放疗，医生说一两个月就会见效果，到时候再联系。"我看过后甚至还高兴起来，从他的自信中看到了希望。

我再不敢打电话，只期待着他病情好转的消息。已经到了国庆节，这不是过去将近三个月了吗？到底有没有最新的效果？国庆节那一天，我就试探着给他发了短信："陈老师，祝你节日快乐，早日康复！"我知道陈老师只会看短信，不会发短信，按照以往的经验，如果他说话方便，就会直接打电话过来。我等待了五分钟，手机响了，正是陈老师亲自打来电话说："看到你的短信了。"听他说话的声音那么正常，我欣喜地跳起来说："你好像已经彻底好了？！"他说："不算彻底，只是疼痛减轻了许多。"他还说有几个专家出国访问了，等他们回来才能制订下一步的治疗方案。我说："那你就好好配合，再不能自以为是了。"他"嗯嗯"地答应着，就好像成了听话的孩子。

接下来的日子，传来的消息都是他的病情趋于稳定，当然还在继续治疗中。有一天，陕西省作协副主席李国平来渭南参加一个文学活动，下午回到西安，又打电话问我："晚上老陈要和几个朋友在东门外吃饭，老陈说问问康美能不能过来。"我激动地想，陈老师都可以在外边吃饭了！可是当时已经是下午五点多，我只能对李国平说，恐怕我赶来就很晚了，不敢让陈老师等待呀。虽然我没有参加那一次饭局，但是心想陈老师差不多已经康复了吧。

2016年的年关临近，在腊月二十五日那一天，我又发短信要给陈老师提前拜年，他还是很快打来电话说："不必了吧。"我说必须的，今年的意义更加不同。他就说让我第二天上午去石油大学他的工作室。我又约郭俊民，郭俊民说他在白水县老家。我再给渭南作家耿天安打电话。翌日早上10点左右，当陈老师打开门把我和耿天安迎进房子时，我们立即感到满腹的心酸——尽管陈老师还是笑脸相迎，但是他的腰身已经弯曲得很厉害，人也消瘦得几乎失形了。他还张罗着给我们泡茶，我连忙拦住说："你就坐着不要动了。"可是他一刻也没有安宁，先是从里屋取出了他刚刚出版的最新散文集《白墙无字》，签名完毕后又想起一套书说："哎，人民文学出版社还把《白鹿原》搞出了线装本，听说只印了600套，不知你拿到没拿到？"我说没有啊。他又从里屋抱出两套精美的线装书说，给他的书也不多。说着他就打开装在盒子里的书，一本一本认真地签名。我以为那天可以多说话，陪着陈老师多坐坐，谁知他一静下来，口水就会不停地从嘴角往下流。他不停地抽出纸巾擦着嘴，表情非常痛苦地说："唉，不能……多说话啊……"我和耿天安告辞下楼后，都已经哽咽难语了。怀中的书也似乎有千斤重。这是多么珍贵的回赠！"文学依然神圣"——这应该是陈忠实先生最珍贵的遗言，对自己，对朋友，对文坛。他刚才几次进屋取书时，显得那么精神，签名也是那样认真肃穆。那就是文学力量的支撑吧！

今年春节期间，新疆一位朋友回来探亲，我们在席间又提起陈老师。他听说陈老师的病情后，说起新疆的一位中医学专家研制出的一种中药对治疗癌症很有效果。我让他马上联系。他打完电话后，让我也询问一下陈老师，如果愿意服用，就尽快把药购置过来。第二天，我又编发了短信详细地告诉了陈老师，同时还发给了嫂夫人。可是过了几天，陈老师的夫人打电话给我，说我的短信她收到了，她也让陈老师和儿女们都看了，只是陈老师自己不相信，他说他现在在医院治疗，那就一切都按照医院的方案。我着急地说："人常说久病乱投医，吃中药没有多少副作用，就不能让他试试吗？"嫂夫人沉默了半天说："康美，他那个犟性子你不是不知道……"放下电话，我知道陈老师不能亲自回电话，显然是病情在恶化……

陈忠实老师曾经给我写下这样的条幅："遥望南原觅白鹿"。那是他在巨著《白鹿原》走红大江南北时为我书写的，而现在却成了我永恒的纪念！

2016 年 5 月 1 日于惠园

记忆深处的陈忠实

一

我和陈忠实老师相识于 1984 年秋天。当时，我正在陕西省作家协会开办的读书班学习。学习的地方，就是省作协机关东侧的一个小院子。那个小院子里有 10 多间老式的平房，读书班共有 8 个学员，每个人分到一间屋子后就开始潜心读书了。那是一次真正意义上的读书活动，从 8 月 1 日开始，到 12 月底结束，历时 5 个月。省作协的阅览室里堆满了中外名著，除了隔几天过去挑选书籍，平时我很少越过连通两个院子的那个小门。

突然有一天，陈忠实老师推开了我的屋门。我惊喜地喊了声"陈老师"，他迟疑地打量着我问："你在哪儿见过我？"我说："今年 4 月底省作协召开全省农村题材文学创作座谈会，你还在会上做了重点发言呢。"因为在此会之前，陈忠实作为陕西作家的代表出席了全国农村题材文学创作座谈会，所以他的重点发言包括传达全国农村题材文学创作会议精神。陈老师讶然地盯着我说："那次的会议开了好几天，你怎么不找我见个面？"我说："我是第一次参加那样的会议，遇见谁都不好意思说话，开会吃饭都躲着人走。"陈老师坐定后，就亲切地骂了一句："你咋是这号货！"马上他又自嘲地笑了："实际上咱们关中东府的人都是这号货,只顾闷头弄事,一拉出圈门子就都把头低下了。"他还说,按地域划分,西安古城以东的人都应该属于东府人。我知道陈老师的家在西安市灞桥区毛西乡西蒋村,前几年调入省作协成为专业作家后,平时大部分时间仍然住在农村的老家里。

有了这样的开场白,我一下子放下了腼腆和拘谨,但是也没有多少话,只听他说着东府的民风民俗,以及外边的许多见闻。我问他怎么想起过来看我了。他说他早上从乡下回来,刚才在《延河》编辑部聊天,几个编辑都提起了李康美,说是接连在《延河》上发了几个头条短篇小说,读者的好评来信也不少。他再一打听,李康美是渭南人,而且现在就在作协的读书班学习,就赶紧过来见个面,互相认识一下么。两年之后,陈老师还在省报上撰文,以《渭南有个李康美》为题,其中对这一次见面描述说:"从 1982 年年末开始,《延河》杂志连续在头条位置发表了李康美的几个短篇小说,如《寻找》《在阳台上》等等。作者出手不凡,起步甚高,很快在编辑部以至在陕西文坛引起欢呼……我认识李康美,是在 1984 年作协青年作家读书班上,一阵闲聊,我从此认下、记住了一张不易混淆也难以忘记的脸……这张脸孔上,你在看到自信的同时也会看到自卑,发觉得意的时候就发觉了忧郁……"

那一天,陈老师和我告辞时,出现了一段小插曲:我们四目相对,互相都紧紧盯着对方的脸,他笑了,我也笑了。临出门时他才说:"以后甭叫我老师了,凭着咱们脸上那么多渠渠,到哪儿都像是亲兄弟。"这话不假,多年之后,陈老师的《白鹿原》一炮而红时,我在青海西宁市就闹出过笑话。我和同行的作家王三毛在街道上走,经过新华书店,就想进去看看《白鹿原》在那儿的销售情况。看到《白鹿原》果然很抢手,王三毛就恶作剧地拉过服务员,又指着我说:"你看那个人是谁?赶紧让他给大家签名呀!"周围抱书准备付款的人纷纷瞪圆了眼睛,有的人还翻开书本把陈忠实的照片和我的脸孔相对比。除了半信半疑的愣怔者之外,更多的人已经把我包围了。我赶紧逃避说:

"不是不是，这样的荣耀我可担不起！"这个故事我也给陈老师说过，陈老师捧腹大笑说："那你就代哥签名嘛，咱这张脸，能冒充我的人也不多。"

二

我们生活在同一个地域，情感世界中也有很多相通的体验，那一次见面和闲聊，就奠定了我们深厚情谊的基础。自从那次陈老师和我交谈之后，我性格上的内敛和自卑也有了很大的改变。如果去西安，都会住在省作协的招待所，文学界的朋友也日益增多。有一次，陈老师又见到我，说："你能不能在渭南找一个幽静的地方，咱们再好好聊一聊？"我爽快地答应后，回来就颇费心思地寻找。一个搞新闻报道的朋友告诉我，地处南塬深处的卫星测控中心正在往西安搬迁，他们的招待所已经很少来客人了，那儿可能最合适。陈老师闻讯，很快就自己乘车过来，然后和我乘车直奔渭南东塬的桥南镇。登记房间时，那几个士兵说部队的招待所需要严格检查证件和证明。我和陈老师只得拿出了作家协会的会员证。啊，原来是来了两个作家！他们向领导报告后，把留守的一位政治部副主任都惊动了。那位副主任也知道陈忠实的大名，不但一切免费，而且下午还亲自陪同我们参观隐藏在山洞里的各种设备。晚上从附近的山沟里转悠回来，我问陈老师累不累，如果累了就各自休息。陈老师有点恼怒地说："我来就是想和你美美地谝几天，如果各自睡觉，这么远的，我倒是跑啥呢！"我连忙嘿嘿笑着说："好我的陈老师，我心里也巴不得呢！"

我拉上我那边屋子的门，刚刚走进陈老师那个屋子，陈老师就一边冲茶一边严肃认真地说："康美，首先说个正经事，以后再不要叫我陈老师，你口口声声那么叫，把咱们的关系都搞得很生分。"我说："那哪行啊！"他仍然坚持说："咋就不行？你经常也进省作协大院，就没有听过省作协的人相互称呼吗？"那时候，胡采、王汶石、杜鹏程、李若冰等可都是闻名全国的评论家和作家,而且还有主席或副主席的头衔,可是进了省作协的院子,即使那些年轻人,不管是当面还是背后,嘴里都是"老胡""老王""老杜""老李",更多的还是直呼其名,连老师的称呼都免了。为此,我一直觉得非常奇怪,现在正好询问陈老师:"这到底是为啥呀?"陈老师说:"文学界没有高下之分,也不来官场上那一套,那些老前辈就共同定下了这样的规矩。"我说:"那我就叫你老哥吧?"他说:"行!这样我们就可以无话不说了。"实际上,"老哥"这个称呼也就坚持了那么几天,以后我们再见面,我对他又恢复了"陈老师"的称谓。从整个社会风气和中国传统习惯来看,"老师"也是真诚和珍贵的体现。

我们喝着茶,聊着天。正值炎热的季节,那时候招待所的屋子,除过两张单人床上都铺着凉席以示暑期之外,再没有其他降温设备。才一会儿,我们就都满身大汗。陈老师率先脱掉外衣说:"你还愣啥呢,两个大男人,你倒是怕啥呀!"我也就脱得半光说:"怪不得你让我改口叫老哥,原来是害怕师道尊严的拘束呢。"我还清楚地记得,我们在那个招待所住了三天两夜,几乎每天晚上都说话到天亮,吃饭就成了两顿,到了午饭时,也是那位基地留守的政治部副主任再三敲门叫醒的。

我们的话题也是从文学开始的。陈老师问我,你说文学和政治有啥关系?因为那几年,这个话题是全国文学界的主要议题。许多作家提出真正的文学必须远离政治。我不解其意,觉得贴近政治和远离政治的观点都有点偏激。陈老师说,前些年的作品有许多都是图解政治、图解政策,这当然把文学的路走偏了。然后他又列举了许多中外名著说,但是让文学彻底远离政治又纯粹是胡说八道。什么是政治?政治包括那么广的范围,哪个作家可以远离呢?如果没有政治的背景、政治的因素,就一定谈不上深刻和厚重。由此他和我还说起《红楼梦》《百年孤独》《战争与和平》《巴黎圣母院》等诸多中外名著,分析其中的政治背景和政治因素……几年之后,当陈老师的《白鹿原》问世后，我才不禁在心里猜测，他要来渭南躲清静，而且聊得那么有激情，应该是当时已经在为写作那部巨著做准备了。

第二天晚上平静下来，陈老师似乎有点轻松地对我说，哎，今天晚上换个话题，聊隐私！谁也不能藏着掖着，权当你和老哥交流生活体验呢。我还是那句老话，都不叫老师了，在当哥的面前，啥事情不敢说！我们就聊起了婚姻、家庭、爱情，以及男女之间的各种经历和见闻。话都说得很坦诚，但也都描述得半遮半掩，听着听着就变成移花接木的小说了。那些心知肚明的故事，也都是讲半截子，最后就成了研究男人女人的心理学。这天晚上，我们不知道笑了多少次，笑着说着又快到天亮了。第三天下午，那位副主任执意派车把我们送到渭南城。陈老师非常留恋地说，这可能是他最开心最放松的三天两夜，并且与我约定过年后再来住几天，那么幽静的地方真是不多见了。可是这样的相约再没有实现，我多次打电话提醒他，他总是说，忙得抽不出时间嘛。后来我才知道，他要为写作《白鹿原》做准备，从那个招待所回去后，就接连去长安和蓝田看县志、查资料。别人把电话打到家里，家里人也说不清他的行踪。

三

我和陈老师还有两个共同的爱好，一是喝酒，二是下象棋。说实话，我和陈老师的棋艺都不算高，水平差不多，也就时常下得难分难解。每当省作协开会，晚饭后他就提醒我，赶紧找一找，看哪儿有象棋。弄到象棋后，我们肯定就会下到深夜。到了20世纪90年代初，他已经担任省作协主席了，由于会议上各种事务缠身，我们就没有机会再那样熬夜下象棋了。

前些年，陈老师每年都要到渭南来一两次，渭南所属的许多县都去过。来了也没有别的事情，主要是散心避应酬。所以，陈老师就白天休息，晚饭时会和朋友一起喝酒，喝完酒还要暗示我再悄悄买一瓶带回宾馆去。暗示的用意是不让请客的领导或朋友再破费。送走朋友后,我们就一定会把象棋摆开。首先把那一瓶酒用茶杯对半分完,然后每人一杯开始下棋。各自面前的酒就变成了赌资和睡觉时间的约定——谁输一盘,必须喝掉一大口。最先喝完的人就要彻底认输,而且还要把对方剩下的酒喝掉,以示惩罚,然后睡觉。

那几年,陈老师最喜欢的是一种俗称"高脖子西凤"的西凤酒,那种酒度数高,每瓶也就 10 多块钱。如果请客的领导或朋友提出上别的好酒,陈老师也会坚持说:"还是喝高脖子西凤吧。"别人说那样的酒怎么能让您喝?陈老师总是呵呵一笑说:"我真的就爱喝那种酒嘛。"我私下里问过陈老师:"难道任何好酒你都不习惯?"陈老师才如实地告诉我:"咱们都是平头百姓出身,到哪里都别摆谱,谁花的钱都是钱么。"

又过了几年,陈老师就彻底不喝白酒了。我问他为什么,他就给我讲了他患病的一次经历:半年前他和几个作家去茅台酒厂访问,好家伙,每天三顿饭都摆的茅台酒。那可是纯正、上好的茅台呀!他就顿顿都要喝几杯。回来后,不但饭量锐减,而且胃里也经常胀得难受。去医院一检查,医生说他的胃里长东西了。好在经过化验属于良性,从喉咙眼放进手术刀才把那个东西切除了。为此我还和他开玩笑说:"唉,看来咱就是喝高脖子西凤的命么。"他仍然恐惧而后怕地说:"不喝了!凡是白酒都不喝了!"过了一阵子,他又开始喝啤酒。啤酒喝了几年,又改成红酒。临到去世的前两年,他已经和"酒"字彻底绝交。但是每当和我们一起吃饭,他都要从他的工作室提两瓶白酒——白酒让朋友喝,他只喝茶水或白开水。

陈老师自己戒掉白酒后,也曾一再劝我少喝。2009 年 8 月,我要动一个手术。手术前他打来电话说,好好配合医生,等你手术做完之后,我就过来看你。手术后第五天,他坐到我的病床边,先是拿出几个大信封说:"哥给你带了四幅字,你就分送给这次关照你的医院领导和医生吧。"我说:"那就是最珍贵的礼物!"陈老师自谦地说:"哥的字很臭，也算不上书法，可现在也有人不停地花钱买呢。"然后他又把一个厚厚的小信封塞到我的枕头下边说："你这货现在是病人，哥对你可要实惠一些。"我连忙想坐起来取出那信封，他却压住我的身子说："什么话都别说！啊，你这货以后也不敢喝酒了吧！" 康复后再去西安，陈老师知道我仍然喝酒，骂了我几次，知道无用，为了控制我的酒量，他总是要约来几个能喝酒的朋友，由他自带的白酒也减为一瓶了。

如今陈老师已故去，啊，写完这篇文章正好是陈老师的"三七"忌日，但是他和我那些点点滴滴的往事，将永远铭记在我心灵的最深处。

最深处的记忆，弥足珍贵！

2016 年 5 月 26 日于惠园

怀念董得理老师

我曾经以为董得理老师会是一个长寿的人,他把自己的生命和智慧慷慨地燃烧给别人,上帝就应该对他的生命回报以慷慨!在我的记忆中,他的腰板总是那么挺直,对人对事总是那么达观。让人始料未及的是,他这么快就接到了上帝的请柬。

去西安参加董得理老师的追悼会回来,我心里一直被烧痛弥漫着。20世纪80年代初,我开始文学创作时,董老师早已是《延河》杂志的副主编。他好像在1985年初就离休了,但是在他离休后的15年中,我和他的文学交往和个人情感却从来没有中断过。在陕西甚至全国文学界,董老师扶持起来的作家有一大群,而我,是姗姗来迟的其中之一。

大概是在1982年秋季,初入文学之门的我,还在渭南市的一家商业单位当临时工。一天中午,地区创作室突然来电话通知,说省作家协会来人要见我。那时候,我真是既紧张又兴奋。当我诚惶诚恐地见到来人时,才知道是《延河》的领导董得理老师。站在他的面前,我竟然慌乱得不知说什么好。董老师平和地和我握手后,一把拉我坐了下来。他的谈吐、他的笑容都是那么温文尔雅,我渐渐地平静下来。他问了我的工作和创作,最后告诉我,以后再写出稿子可以直接寄给他,他一定会快速处理。

这次和董老师见面,无疑是我文学创作的一个动力。可是当我又写出一个短篇小说时，却无论如何也不敢直接寄给董老师本人，而是以自由来稿的方式写上了"《延河》编辑部小说组收"。坦率地说，那时候我非常不自信，把全国的每一个杂志社，包括每一个文学编辑，都看得很神秘，得仰视。何况董老师还是掌握着稿件生杀大权的杂志社主要领导。所以，我只想让自己的丑陋悄然地自生自灭，不敢把自己的丑陋展示给熟悉的每一个编辑。

但是就是那篇最初命名为《遥远的追悔》的小说，不但让我和董老师有了第二次交往，而且也让我在陕西文学界有了一席之地。据说，那篇小说一审二审通过后，就到了最后定稿的董老师的案头。编辑部通知我尽快去西安对小说再作修改。

在去西安的路上，我的心一刻也不能平静——不是激动，而是窘迫中带着某种忐忑。因为在我看来，这不仅仅是去修改一篇生死未卜的稿件，而是要踏进一座神秘的圣殿！虽然那时我已经在报纸和外地的刊物上发表了10多篇文学作品，但是名扬全国的《延河》，在我心目中仍然是难以企及的一个高度。

我还清楚地记得，那是省作家协会一间简陋的客房。当天住下来，就立即开始谈稿子，谈修改方案。这时候，我心中的那份神秘感、畏怯感尽管已经渐渐消失了，但是新的精神负担又骤然压在心头——害怕小说修改不好而半途而废。一审二审的编辑和我交谈之后，我仍然觉得一片茫然。

董老师是在晚上亲自找我谈话的。他问我对编辑部的修改意见理解了没有。我老实地说，还是有点吃不透。董老师给我打气说，这篇稿子发表已经是无疑的了，而且是大家共同看好的头条稿件。因为要在头条刊出，所以就力求在文字上、结构上都更加严谨，更加完善。

我一直把董老师的那次谈话看作我文学创作上的新起点。

董老师说，稿子的前半部分已经不存在大的问题，只是后半部分的角度有点把握不准。实际上，许多文学青年一开始都会犯如此的错误。我羞涩地问他，什么是角度？他耐心地举出《创业史》启发我说，其实角度问题并不复杂，就是不管在叙事还是描写景物时，都应该通过主人公的目光来看，尤其是短篇小说，更要严格把握住这样一个点。

我茅塞顿开，实际上也是他把那篇小说的缺憾彻底点透了。整整一个晚上，一万多字的稿件就全部改完了。但是第二天上午，我还是不敢把修改好的稿件交给编辑部，害怕这样的速度被看作是敷衍了事。一直到下午快下班时，我才把稿件交了出去。

那个晚上，我仍然是彻夜未眠，不知道修改过的稿子能不能过关。我完全没有想到，第二天上午稿子就已经发排了。据说那一期杂志，就只是等待我的那一篇"头条"了。发完了当月的稿件，董老师又来到我的房间说，稿子修改得比他预料的还要好，并且告诉我，他把小说的题目改了，名为《寻找》。

我之所以把和董老师的这一次交往看作我文学之旅的新起点，一是因为我从此和《延河》杂志社的许多编辑成为朋友；二是因为不仅仅是董老师，包括当时的几个编辑都给了我许多文学知识方面的启迪。由于有了这次交往，我进一步建立了文学创作的自信。尽管今天的小说已经被这个派那个派弄得花样不断翻新，我始终以为董老师的"角度"之说依然是短篇小说结构的经典理论。

另一个故事是我后来才听说的。当我又写出一篇小说想投给《延河》时，已经建立起来的自信心忽然又烟消云散了。拿着装进信封的小说想了很久，不但没有直接写上董老师的大名，甚至连片区主管编辑的名字也不敢写，还是以自由投稿的方式寄给了编辑部。当然，从那时候起，各个杂志社都刊发大同小异的启事：作者投稿请寄本刊编辑部，勿寄私人！虽然有了名气的作家每每打破这个常规，但是我的遵守实际上是不自信。记得我当时的想法是，如果我的稿子被某一个编辑私下里枪毙了，丢人的范围毕竟小一些。发过头条的作者，再弄出一个"次品"，岂不成了整个编辑部的笑谈！

日后我才知道，这样就弄出了另外一个笑谈。

理所当然，这个稿子分到了某个片区主管编辑的案头，凑巧的是，那个编辑因为生病，好几天都没有上班。有一天，董老师为那一期杂志的头条稿件而着急，就自己过去亲自翻阅那一沓里还没有人看过的稿件。当他发现并看完了我的那篇小说后，立即兴奋地对其他编辑说，有头条了！董老师的发现很快就在整个编辑部成了笑谈……当然不是指稿件。

那篇题为《在阳台上》的短篇小说在《延河》的头条位置发出后，很快在全国引起反响，后来编辑部还摘发了几篇评论文章，我自己也收到许多读者的来信。这里我并不是想标榜什么，而是想进一步说明，我的文学之路就好像和董老师有着某种缘分似的：在我艰难起步的时候，是他亲临渭南给我鼓励；在我需要指点的时候，是他把我催到了编辑部；在我需要上一个台阶的时候，又是他把我引到了"阳台"上高瞻远望。接着，我很快又在《延河》的头条位置发表了两个短篇小说，在全国各地的刊物上不时也有小说发表，正式进入了文学圈子，踏进了作家队伍。

我和董老师以作者和编辑身份的交往只有不到三年的时间，可是这些弥足珍贵的交往片段，足以让我受益终生，终生难忘。

怀念赵明理老师

赵明理老师已经去世一周年了,在这个悼念的日子里,他的音容笑貌又不断浮现在我的眼前。在我的记忆中,赵明理老师始终是那样的儒雅而和善。虽然长期担任领导职务,可他更像是一位受人尊重的师长,这可能是因为他渊博的知识和严谨的处世态度。

所以,我对他一直以"老师"相称。

我和赵明理老师认识,至今整整30年了。1984年临近年底的时候,我还在临渭区(那时候叫渭南县)文化馆当临时工,有一天,地区文化局来了一位姓樊的科长直接找到我说:"我们赵局长要见你呢。"我的心是一半激动一半担心,弄不清赵局长找我有什么事情。进了赵明理局长的办公室,他立即拉我坐到沙发上,说:"早想见你了,可是听说你在西安学习,这才拖到今天。"我曾经有过5年半的军旅经历,复员后在一家国营企业又当了将近10年的临时工,由于在文学创作上取得了初步成就,这年5月份被县上安排到县文化馆工作。虽然可以静下心搞创作,但是身份仍然是临时工。8月份,陕西省作协办了个读书班,全省只有8个人参加。我去西安学习了4个多月,那时刚刚归来。那是我第一次见赵明理老师,只见他身材高挑,态度和蔼,说话时总是文质彬彬的。他先询问我最近发表了什么作品,又问了我在西安学习的收获。在那些问答中,我忽然觉得赵局长竟然对我的许多情况都很熟悉,紧张的心情才慢慢地放松下来。他还告诉我,前些日子他去北京开会，见到了老同学南云瑞，南云瑞多次提到我，说渭南好不容易出了一个有潜力的文学作者，就让赵局长多多关照。

说到南云瑞，这又是一位让我终生难忘的恩师。他是渭南人，时任中国工人出版社副总编。凡是陕西的作家去北京，许多人都要拜见他。当南云瑞老师从别的作家嘴里知道了我的名字时，就非常有心地记在心里了。那时候正是文学解冻的岁月，自己的家乡也冒出了文学新人，他在千里之外为之振奋和高兴。但是在此之前，我和南云瑞老师并没有见过面，现在从赵明理局长嘴里说出来，我真是有点感激涕零——能遇到如此诚恳关切的两位师长，他们无疑是我生命中的两位贵人！在以后的许多年中，每当我去北京，都要拜见南云瑞老师。最近一次是 2012 年 8 月中旬的一天，我参加完中国作家协会承德采风笔会途经北京，和南云瑞老师有过一次相见。刚刚坐定，我们就谈起赵明理老师。南老师惋惜地说，那么一个乐观开朗的人，怎么就患了不治之症呢？我说，赵老师是意志坚强的人，何况那种胃上的病已经过去好几年了，也许会创造一个奇迹。可是，我们共同的祝福并没能留住赵老师的生命，几个月之后，他就永远离开了人世。

痛惜之中，赵明理老师的音容笑貌总是让我记忆犹新。那一次见面，他并不是客套地寒暄，并不是仅仅表示口头的关切，而是从此改变了我的命运，让我走上了专业作家的道路。闲聊了片刻，赵老师就直奔主题说，他从地区主管部门给地区文化系统争取了几个合同制干部的指标，说是合同制，只是改革开放以后对干部队伍一种新的管理形式，其实在政治待遇和生活待遇上都一样。他还具体地告诉我，我也在破格录取的名单之内，单位是地区文艺创作研究室。然后，他问我有没有别的想法。我兴奋地说："这……这实在是求之不得的事情嘛！"谈话结束，他叫来了人秘科的樊科长，立即就发给我几份表格，而且让我很快填好再交上来。

已近年底，办完了各种手续，我到地区文艺创作研究室报到的日期正好是 1985 年 1 月 1 日。心目中的老师现在是我的顶头上司，每每见面，我当然还是称呼他的领导职务。我对赵明理老师改变称呼，是在他调离文化局之后。相隔的时间似乎很短，当社会上风传赵明理局长马上就要升迁的消息时，我还一点都不知道。终于有一天，传闻被证实了——赵明理已经出任渭南师专副校长。当我走进赵明理老师的新办公室时，他一脸惊愕地说："你怎么来了？"我说："我来表示祝贺呀。"他仍然是那么低调地说："祝贺啥？到哪儿都是为了工作。"我一会儿称他赵局长，一会儿又称他赵校长，赵明理老师就不禁笑了，说："结交了你这个搞文学的朋友，以后就不要计较那些烦琐而又多变的头衔了。"我说："那我就叫你赵老师，这可是终生都不用改变的称呼。"

从此，我对他的这个称呼再也没有改变过。

赵老师在渭南师专工作的时间好像也不长，后来又调任渭南党校校长，并在此岗位上直至退休。工作岗位虽几次变化，但是他在学校任职的经历最长，所以"老师"的称谓既是整个社会对文化学者的尊敬，也是我自己对赵老师最亲切最贴切的情感使然。晚年之后，我又在多次展览和书刊上看到赵老师的书法和诗词作品。他的诗词造诣很深，平实而清丽，绝不故弄艰涩的深邃；他的书法就更加是字如其人，瘦劲、规整而又带有刚正的风骨。

我知道他的病情较晚，因为在他查出病魔的时候，我的身体也出现了不轻的状况。在我恢复的阶段，我得知赵老师的病情后，就赶紧去看望他。可是那一天并没有见到他的面，他的妻子田老师告诉我，他早上就出去参加一个活动了。我惊讶地说，他的病情那么严重，还能经常往出跑吗？！田老师说，他还不知道自己的病情有多么严重，一直以为自己是老胃病，家人为了他的精神不倒，也就由着他的性子了。我当然也知道精神的力量，让田老师打通了他的手机。赵老师在电话里告诉我，他活动完还要和大家一起吃饭，让我不要等他回来。甚至还告诫我，人生一定要以事业为重，比如他自己，现在能参加一些社会公益活动就觉得很充实、很愉快。听着他那爽朗的笑声，以及他那一以贯之的人生态度,我一下子就放心了。

尽管赵老师最终还是离开了我们,但是他的那些话,对于我就如同临终嘱咐,让我在事业上不敢懈怠。谨此,也许就是对赵老师最好的怀念吧!

追忆复华兄

我总以为，在肖复华的生命中，只有快乐，没有痛苦。即使去年他已经做过第一次手术，当我专程去北京和诸位同学一起看望他时，发现他仍然是那么无所畏惧。由于脖子上还插着一根管子，所以说话非常困难，但他还是尽力和我们聊天，甚至不时地还笑出声来。凡是和复华交往过的朋友，都知道他嗜酒如命，那一天吃饭时，他还是不忘嘱咐妻子周宏一定要带上白酒和啤酒。我见他精神尚好，就开玩笑说，你现在是不是可以彻底和喝酒说拜拜了？只听他用沙哑的声音说，我就来半杯啤的吧！满桌的人都劝他必须和任何酒告别，可他还是那么固执地端起了酒杯。

为此我对那样的玩笑后悔了很长时间。

2011年11月召开了全国第八届作家代表大会。当西北大学首届作家班10多位同学聚集在京城时，我们几乎不约而同地想到，听说复华兄已经到了生命的晚期，大家就集体再见他一面吧。我无论如何也没想到，当周宏打开屋门时，复华竟然已经自己从卧室里走出来了，端端直直地站立在门口迎接着我们的到来。而且他还能清醒地叫出我们每一个人的名字，主动伸出手来跟我们握手或拥抱。尽管他说话的声音已经不容易听得清晰了，可是他仍然保持着端正的坐姿，脸上时而还会呈现出一如既往的笑容。

这就是肖复华，在生命的最后数日里，他还是把快乐、坚强和无畏留给了大家。

既然复华终生选择的都是笑对人生,那么我想记叙的也都是他的趣闻。

在西北大学进修期间,我和复华在一个宿舍住过好长时间。记得在一个冬天的夜晚,我已经躺在床上看书了,而他却不知道又去什么地方喝酒了。除了喝酒,他绝不会还有什么秘密的约会。不是我一个人这样断定,许多人都有如此的结论。果然,后来我听见房门的锁子不停地发出嚓嚓的响声,但是等了很久也不见人进来。我心里好笑:今天看来真是喝高得厉害了,自己都打不开门锁了。他在外边还嘟嘟囔囔地骂着什么,一会儿骂钥匙,一会儿骂门锁,我这才从里边拉开了门。按我以往的经验,在这样的情况下,千万不要逗他多说话,赶紧让他上床睡觉,屋子里才会安静下来。我把他扶到对面的床上后,就佯装自己实在瞌睡了,不和他说话也不再看书,甚至扭过头去装着发出了呼噜声。可是过了许久,我听见他又在骂着:"妈的,这……这裤子怎么……怎么就脱不下来啊?"我悄悄转过身,微微睁开眼睛想弄清在他身上究竟发生了什么事情。这一看,把我笑得坐了起来——原来他脚上的棉皮鞋根本还没有脱掉,牛仔裤和里面套着的毛裤脱到脚腕上,就卡着不能动弹了。

1989年6月,学校让我们这些特殊的学生提前毕业,全班同学一下子都走光了。那时候复华的单位还是青海大戈壁的油田,他不想立即回到那个地方去,就让我和另一个同学杨小敏陪他先去安徽巢湖看看他的老岳父。那是我第一次看到复华脸上的抑郁和沉重。他说他和周宏都把整个青春献给了青海的戈壁滩,献给了祖国的石油事业,两个家庭要团圆一次多么不容易!现在有机会就应该到巢湖走一趟,看望一下老人啊。那时人们好像都不敢急于走动,在我们乘坐的那列火车上,每节车厢里都只有稀稀拉拉的几个人,这就不需要买卧铺,许多座位上都可以睡。复华说完了自己心中的苦累,突然又翻身坐起说:"喝酒!"以前复华想喝酒都是出于一种上瘾的生活习惯,唯有这一声喊，让我觉得他是企图借酒浇灭心中的什么块垒，或者是要在朋友面前恢复快乐的笑容。可是匆匆地离开西安，谁也没有想到路上还要带酒。列车上的乘务员可能知道整个车厢里都没有几个人，因而连一个推车叫卖的人也不见。一直憋到河南灵宝县，列车停下，复华才兴高采烈地下车提来了两瓶叫不上牌子的什么白酒。火车又开动了，他急不可耐地用牙齿嗑开了一瓶。我说，小站上卖的行吗？可别买到假酒了。我的话音未落，只见复华就咧开大嘴呼吸着。杨小敏哈哈大笑说："果真不幸言中了吗？"复华紧紧地皱着眉头，虽然嘴里不说话，但是那样的表情已经可以说明一切了。小敏下令赶紧全都扔掉，复华也气愤地拉开了车窗，可是他只扔掉一瓶。拿着剩下的那一瓶，他近乎乞求地说："先让我们小口抿吧，到前边的大站再买真酒，那时扔掉也不迟。"

　　多年后我去北京，那是中央电视台让我去修改一部电视剧剧本。那时候复华已经调入石油部文联工作。改完了剧本，还要由导演最后审定。在等待的日子里，我就想和复华相聚喝酒。本来他要来我的住处，而我却想顺便看看他的单位，他也就主随客便了。那天先是喝白酒，两个人摇摇晃晃地回到他的宿舍时，他又提回了一捆啤酒。那时候还没有手机，我害怕导演找我谈剧本，就不敢久留，早早回去了。一件更加可笑的事情就是那天晚上发生的。大清早复华就打来电话问："你知道我在哪里吗？"我说："宿舍里。"他以那种仍然带着醉意的口气大笑着说，他刚刚离开派出所。我惊愕地问他，到底发生了什么事？他这才详细地告诉我，我离开他的宿舍后，他又打开了一瓶啤酒，最后也不知道喝了多少瓶，也弄不清是什么时候，就出门打了一辆出租车想回家。上车后，司机问他去哪里，他却只管呼呼大睡。司机出于无奈，就把车开进了一个派出所。在派出所里他也不灵醒，一直到早上才醒过来，挨了一顿训，警察看了他的证件后才将他放行……

　　复华，请原谅我说的尽是你的趣闻，其实我也知道，你远离北京，一头扎进青海戈壁滩的油田时，只是 17 岁的翩翩少年，嗜酒如命也许是你难以改变的不良习惯，但是在那个荒凉寂寞的环境中，喝酒又成了打发光阴、麻痹神经的最好方式。每每想到这些，我就觉得不应该苛求你、责怪你了！所以，我还想斟满酒，举杯为你送行！

怀念观胜兄

观胜兄于 2011 年 8 月 25 日离世，享年 63 岁。

在陕西文学界，观胜兄是和我交往最频繁的作家，当然也是我很好的朋友。我和他初次相识是在 1984 年 8 月，省作协举办第 8 届读书班，全体学员有 8 个人。"888"，现在想起来都觉得是一种非常吉利、非常美好的记忆。读书班的地点就在省作协东侧的后院里，为期 4 个月。那时候，省作协大院还保持着古典的建筑风格，只有那个小院的屋子比较简朴，除了两排厦屋之外，就全是林立的树木了。省作协给我们每个人一间屋子，但是西安市区的学员大都回家住，夜晚住宿的没有几个人。我来自渭南，王观胜来自三原，由于距离西安都较远，我们俩就几乎昼夜"守护"着那个小院了。

报到第一天，作协的领导召集我们开完会，观胜兄就走进我的屋子说："康美，以前是只看小说不见人，想不到咱俩在这里认识了。"我说："你那篇《猎户星座》已经走红了，我也该称你老师吧？"他骂了一句粗话，说："少来那一套！4 个月的日子长着呢，是不是好哥们儿，就看你娃的表现了！"说话间，杨小敏和朱玉葆也闻声进来。杨小敏是西安市文联的女作家，朱玉葆是西北电力管理局的作家，因为在刚才的会议上已经认识，王观胜马上又是一句国骂，说："在这里，以后就是我和康美给你们守院子，你们呀，可能一到晚上就忙着回家陪老汉、陪老婆睡觉呢。"杨小敏和朱玉葆听罢哈哈一笑。我们四个人很快就成为被别人戏称为"四人帮"的小团体了。在以后的日子里，虽然我们一直很亲密，杨小敏和朱玉葆也在读书班住过几晚上，但他们毕竟是有家室的城里人，到正常下班的时间就回家了。

我真想不到观胜兄那么能熬夜，刚开始甚至弄得我苦不堪言。白天完成了读书任务，晚上就是我们聊天的时间，每次聊天都是在观胜兄的屋子里。他说起话来没个正形，生活却过得非常讲究。只要不看书不写作，他的手里就时常拿着一块抹布，擦完椅子擦桌子，把能擦的地方都要擦一遍。喝咖啡也是观胜兄最大的爱好，聊到激动时，他就把珍藏的咖啡瓶子拿出来，然后一遍一遍地冲洗杯子。我说："两个大男人，谁还能嫌弃你的杯子不干净吗？你也太讲究了！"他非常认真地说："喝咖啡必须把杯子洗干净，要不然会破坏咖啡的味道。"在以后长期的交往中，观胜兄周围的朋友们都知道他那喜欢干净的习惯，有人甚至还说他这是有洁癖。那天晚上他终于冲好了咖啡，我嘿嘿笑着说："我一直神经衰弱，晚上喝咖啡可能就睡不着觉了。"他又愠怒地说："睡不着就往天明谝，这可是非常正宗的雀巢咖啡，世界名牌，我想你娃平时很难喝到呢。"那个时候，我确实还是第一次喝雀巢咖啡，端过来等不得凉，一会儿就喝完了。可他还是文质彬彬地喝着自己杯子里的咖啡，嘲笑我说："你看你这货，好东西都让你糟蹋了。"我傻笑说："那就给我再来一杯，反正今天晚上已经睡不成了。"他把眼睛一瞪："你想都别想，连我都舍不得喝第二杯。你以为雀巢咖啡随随便便就能买到？"开始那几天，我确实被观胜兄折磨得连续失眠。好在他也心疼自己的咖啡，尽管我已经养成了晚饭后必须和他聊天的习惯，可是我稍作谦让，他就立即撤掉另一个咖啡杯子说："毛病多得很，那我就不给你冲了。"

我们一边读书，一边还不能中断写作，何况《延河》编辑部也要求我们每个人都要留下一篇小说。有了任务，我就可以提前结束闲谝，回到我的屋子写小说。可是不一会儿，观胜兄又站在院子里喊我过去。我只得再次走进他的屋子，说："你刚才构思的那个小说确实不错，还不赶紧写?"他立即推翻了自己的构思,说:"我必须永远沿着我的路子走。写一个开饭馆的女老板,总觉得不对劲。"我说:"那你有了新的构思?"他满屋子转着说:"我突然想开始整长篇,从黄河的源头写起,最后再把黄河写到天上去。不是有人说'黄河之水天上来'嘛,可我偏偏再让黄河回到天上去!"我忍住笑没有吭声,当然也真是弄不懂他这个云里雾里的构思。他见我不说话不表态,又顿觉扫兴地驱赶说:"去去去,等我整出个开头再和你说。"这天晚上总算安宁了。

在以后的几个晚上,我又领略了观胜兄的天真和浪漫。每当我在自己的屋子里刚刚坐定,他都会兴奋不已地喊我过去。他就像个演说家,抑扬顿挫地给我背诵他小说的开头:"向北,向北,再向北,就到了黄土高原的腹地。这里,人的故事晚一些,而森林的故事更早一些。"朗诵完这段话,他就停下来,满脸得意地望着我。我问:"完了?"他说:"有这样精彩的开头还不够?"我诚恳地说:"非常精彩!那就往下写吧。"我返回自己的屋子一会儿后,那种不容迟疑的召唤声很快就又会传过来。对于这样的兄长,我是既喜欢又无奈。这一次,他仍然是那么兴高采烈地说:"小说的人物出现了。"然后他还是用朗诵的口气念给我听:"一个人。一个男人,从森林里走来,面前是一条河流。他蹲在河边洗刀子。刀子上沾满鲜血。另一个人。同样是一个男人,从对面走来,手里同样提着一把带血的刀子。先来的那个男人不抬头地说:'我杀了一个人。'这边的男人扬起手中的刀子,声音非常沉稳地说:'我杀了两个人。'……"不用多问,我也知道他就写了这么几句。但是人物已经出现了,两个人各自杀人的背后必然可以拉出复杂的故事。这样的题材和手法是观胜兄一贯的创作风格,所以我相信他就是在读书班期间完不成作品,以后也可以完成。可是观胜兄一直到临终时,也没有把这个题材的作品拿出来。30多年过去了,我之所以对他读给我的那些话依然记忆犹新,是因为他不停地给我诵读,诵读了多少次,现在我都说不清了。

当然这和观胜兄的创作实力无关。读书班结业之后，我知道他不久就调入省作家协会，在《延河》杂志当编辑，后来又当了小说组组长，精力就放在了阅读别人的小说来稿上。又过了几年，他们创办了另一份刊物，那份刊物以采写有关企业家的报告文学为主，目的就是增加收入。观胜兄又成为那份刊物的负责人，可以想象有多少繁杂的事务，肯定耽误了他创作的黄金时期。何况他调入省作协多年，也没有分到单元房，拖家带口住的临时住所就是《延河》编辑部旁边的两间屋子。每到晚上，他的家就必然成了聚众聊天的场所，而他又非常好客，送走同事和朋友，疲劳得就只剩下睡觉了。关于那个热闹的屋子，陈忠实和路遥以及省作协许多人都在回忆文章中提及过。提起那两间屋子，他们都会想起好客的王观胜和他的雀巢咖啡。

  观胜兄是在省作家协会文学院院长的岗位上退休的。嫂夫人的单位给他们分了房子，我知道就在西安东门外，距离省作协并不远。文学院院长的职务和编辑部的相比，毕竟有了空闲的时间，观胜兄就多次对我说，他已经顺利地拉开长篇小说的架子了。可是非常遗憾的是，那部名为《遥远遥远》的长篇小说，一直到观胜兄临终前都没有出版。在观胜兄去世五周年的追思会上，我终于看到了那本书。这就是家人对他最真切的纪念，这也足以告慰遥远的灵魂。

第四辑 心的交流

一部作品的出版，只是创作过程中的里程碑，还远远不是创作的终点。在你畏难的地方，一定埋藏着你的潜能；在你的人生步履中，一定还有更大的目标；在经过文学陶冶的心灵中，一定还有新的创造力。

文学现状之我见

纵观全国的文学状况,"70后"和"80后"的作家已经成为文学创作的主力军。渭南的文学队伍,结构成分也大体如此。实际上这也是一种自然规律,是时代发展的必然。细想起来,这些作家也都不是特别年轻了,但把他们和前几代作家相比,无论是起步的时间,还是已经形成的文学格局,都存在着这样那样的遗憾。当然,起步的迟滞和文学目标的茫然,也和社会形态难以分开。

多年前,有人就大喊"文学进入低谷"。在市场经济大潮的涌动中,文学和艺术领域也受到了很大的冲击。尤其是文学刊物的发行量非常尴尬,刊物编辑也普遍显得势利和浮躁,许多编辑的敬业精神和职业道德都不敢恭维,所以"70后"和"80后"作家的投稿每每如泥牛入海,这无疑会挫伤他们创作和发表作品的动力。可喜的是,新的文学组织和文学群体又给这些作者提供了施展才华的广阔天地——极速发展的互联网就是一个非常大的平台。为此,我在多次文学聚会中谈道:"以前经常说文学走向低谷,但是从网络上看,又有数不清的写手冒出来,他们已经形成了一支巨大的队伍!"现在还出现了许许多多的微信群,他们在自己的微信圈不时地发表自己的作品,还会互相指教、讨论,这样的激励机制宽松而自由。

当然,文学作品的功效还在于博大的情感和人性的感染力。我们在追求创作自由的同时,也必须注重深刻的思想性和艺术的创造性,极力避免图多图快、抄袭模仿、急功近利的文学痼疾。现在出书比较容易，但是文学创作的精品意识淡薄，作品的把关程序过分简单，这就要求我们自我清醒，全身心地融入生活和社会，不但要看到眼前的社会是什么样子，而且要思考为什么有了如此的改变；不但要提高阅读量，而且要提高阅读水平。成为文学创作的生力军，肩膀上同时也扛上了一种使命感！正确的价值观和紧迫的使命感确立之后，才会发挥自己的创造力，才会执着于自己的远大目标。

  在我们这个有 13 亿多人口的国度，曾经有人多年前就悲伤地感叹，中国的文学已经走向低谷。甚至还有人预言，文学即将走向死亡。持这种论调的，甚至还包括一些行内的作家。有人就这样认为，文学死了，互动文本时代来了。以后就没有了文学等级，没有了文学体裁，没有了诗人和作家意识，没有了文学史。我们不再允许任何人把我们的文本放在虚伪的、僵死的文学秩序中去角逐，这将为我们彻底抹去文学控制者这样一小撮精神特权阶层。大家听听，这是多么耸人听闻的死亡宣言。当然，更多人只是把这样的奇谈怪论当作笑话听，如同面对一个疯子，你会和他进行论证和争吵吗？

  我对这种杞人忧天的看法一直持不屑和否定的态度，并且始终认为，只要人类生存下去，文学就会永远伴随在人们的生活中，文学永远是这个世界不可或缺的东西。人只要活着，就需要精神和情感，而文学就是精神和情感的表现形式，怎么可能没有文学呢！鲁迅称赞《史记》是"史家之绝唱，无韵之《离骚》"，也就是说，鲁迅认为《史记》的文学价值可以和屈原的《离骚》媲美，也是一部经典的文学作品。既然一部史书都可以作为带有文学价值的作品留存于世，起码可以说，文学的元素无处不在。如果从更广阔的范围讲文学创作，文学的元素更是无所不在。"一个幽灵，共产主义的幽灵，在欧洲大地上游荡。"这是马克思在《共产党宣言》中所写的话，这难道仅仅是纯粹的政治口号和哲学语言？每个人都能听出来，这是多么富有感染力的文学语言。毛泽东的许多文章和讲话，显示出他也具有作家和诗人的气质。比如,毛泽东曾经说过,你们青年人朝气蓬勃,正在兴旺时期,好像早晨八九点钟的太阳。习近平在许多场合的讲话,也都形象生动和诙谐,他阅读过的中外文学书籍可能比中国许多作家读过的都要多得多,那样就有了感染力和号召力。所以说,凡是具有文学天赋的政治家,其受喜欢的程度都会比只知道空洞说教的政治家高得多。文学其实是人类的情感,比如说某些官员被抓进监狱后的悔过书,我惊讶地发现,这些人怎么一下子就像作家了,怎么就有了那么丰富的情感和内心世界?再比如英国的宇宙学家、物理学家霍金,已经瘫痪了几十年,竟然还有《时间简史》《果壳中的宇宙》等伟大的著作问世。大家听听,"果壳里的宇宙",多么富有文学性的形象语言啊!还有许多文采斐然的科学家,他们的论文也可以作为文学作品阅读,你能说文学会死亡吗?比如你们要在微信上向别人求爱和求婚,是不是也会挖空心思地写一段精美的文字,或者一首优美动听的诗歌?只要不是照本抄袭,只要不是拿来主义,写着写着说不定就成为爱情诗人和作家了。其实作家在初始阶段都是从生活中慢慢积累,每一个热爱生活、尊重情感的人,都可能创作出文学作品。

网络正在代替齿轮,互联网正使人类获得空前的资源共享,尤其是中国经济走向市场化之后,人们似乎每天都在听着金钱增长和流通的声音,那些神秘莫测的声音会影响社会的方方面面。整个世界都在发生着巨大的变化,人们对文学的热情逐渐冷却,或者说文学逐渐被边缘化,这也是一种现实状况。

凡此种种,有的人受到智慧的启示,不断提升自己的聪明才智和创造精神,有的人却在网络上的"拿来主义"中变得沉沦和懒惰。

所以,我们称现在是"数字战争""数字化社会"。接受挑战和冲击的有许多行业,文学当然也不能幸免了。尽管文学受到了来自各方面的冲击,但是我相信人类社会有"自我修复""自我纠正"的本能,只要人类存在情感,需要情感抒发和交流,文学就会永远发挥作用。

寻常故事中的博大情怀

——富平县阿宫腔大型戏曲《天女》观后感

富平县阿宫腔剧团曾经享誉三秦大地。自新时期以来,由该团排练演出的《两家亲》《三姑娘》《四季歌》等剧目,早就在广大观众心目中留下了深刻的印象。后来,阿宫腔又被列为国家级非物质文化遗产。众所周知,这就犹如自然界的活化石,而这种荣誉的获得,实际上却是珍惜和担心并存。就戏曲界来说,演戏才是硬道理,不时地有好戏出来,才会在群众心里深深扎根,化濒危为鲜活,永葆自身艺术品类的青春!

新编大型阿宫腔现代戏《天女》的隆重上演,无疑是富平县阿宫腔剧团保持艺术青春的见证。坦率地说,我已经多年没有进入戏曲剧场了,尤其是对县级剧团,我的印象甚至是他们仍然停留在惨淡经营的窘迫中。可是在演出之前,我和受邀的一群宾客走进富平县剧院的后台时,一下子都感到十分震惊。因为这里不但是演出的后台,平时还是该县剧团的工作场所。具体的设施我不想赘述,如果用简洁的语言来概括,那就是"充满了现代气息"。据介绍,目前富平县剧团的工作条件和生存条件,在全省的县级剧团中都是名列前茅。中国有个成语叫"安居乐业",富平县领导如此重视剧团的健康发展,为他们搭建起气派、舒适、宽畅的平台,首先就激发了这支演出队伍的积极性和创造性。

随着互联网的普及,全球化时代早已到来。对于古老的舞台艺术,现在的观众非常挑剔，在时间上也非常吝啬。但《天女》演出两个多小时，我发现观众席上不但坐得满满当当，而且演出期间观众几乎都没有动窝。这是不是对这部戏最基本、最朴素的检验和认可呢？《天女》取得了可喜的成功，这正好又是该剧团由"硬实力"转化为"软实力"的真实体现。

我个人对《天女》的看法有三点：

一、从忧患到理想的升华

《天女》的故事，本是一个寻常的车祸事件。农村青年南志军在骑摩托车外出的途中不慎将陆天女的父亲撞倒身亡，法院判决南志军赔偿陆天女家 13 万元。为了渲染农村生活的困难，强化剧情的冲击力，编剧还有意识地把故事的时代背景设置在改革开放初期。其实在我看来，不管把时代背景设置在什么时候，车祸和死亡事件都是一个广泛的社会话题，或者说具有较高的新闻关注度。陆天女的父亲不幸离世时还是家庭的壮劳力，一个农村的壮汉死了，对于一个家庭来说，在感情和经济支撑上都无疑是"塌了天"。而南志军早就没有了父亲，母亲又患有严重的疾病，现在还要四处筹措 13 万元赔偿金，实际上两个家庭都"塌了天"。一方大队人马地追债，一方势单力薄地筹措"人命钱"，虽然戏剧的矛盾冲突一开始就扣人心弦，但如果仅是那样单纯的矛盾发展，就会缺失艺术来源于生活又必须高于生活的人性和人情碰撞。

随着剧情的跌宕起伏，编剧曾长安始终牢牢地抓住陆天女和南志军的精神转变和情感升华，寻找在大灾大难面前人最真诚、最善良的一面。陆天女有一句催人泪下的台词："人咋把人逼成这个样子？为啥要把人逼成这个样子？"那是当陆天女拿到南志军先行给付的一笔钱，同时又看到南志军忍受着常人难以想象的生活困苦和精神重负时说的。那是女主人公的爆发和呐喊，同时也是编剧自己的深度思考。

陆天女和南志军始为冤家和对头，后来竟然产生了恋情，共同顶着世俗的压力，在农村的经济改革中携手前进。这样的故事构建看似简单，却注入了现实的社会意义。曾几何时，车祸成为整个社会关注的焦点，有不慎者使然，有酒驾者使然，甚至有的人使用碰瓷、耍赖的行为，骗取和敲诈别人的钱财。在一个时期中，如此丑恶的嘴脸几乎随处可见，弄得人心惶惶，破坏了社会风气。富平县剧团《天女》一剧的隆重推出，正是以真诚和善良的春风呼唤着整个社会的传统美德，呼唤着社会文明。

二、从传统到现代的变奏

对非物质文化遗产项目，除了保护和传承之外，更重要的还应该是变奏和发展。漫步在历史的残垣断壁中，我们经常会悲伤地发现，有许多民族文化的东西，已经在大浪淘沙中被裹挟而去，还有一些地域文化的溪流陷入干涸的惨境。现代文明和现代化的传播方式是一把双刃剑，谁能借助它的力量，谁就会重新焕发生命力，否则就会加速进入博物馆。

看完《天女》的演出，每个人都会产生这样的疑惑：这是一台地方戏曲吗？如此的质疑并不是否定或者贬损，而是全然被这台戏的耳目一新震撼了。虽然阿宫腔仍然是整个剧情的主要唱腔旋律，但是加入的现代元素又比比皆是。用导演何红星的话说，接到这个本子时，他思考最多的就是如何才能打破传统，适应各个观众层面的审美需求，让老中青三代人都能坐下来，从而使阿宫腔这个"非遗"项目融入现代艺术的洪流中。为此，他和编剧曾长安及其他主创人员进行了多次切磋和交流，最后在艺术表现形式上，将戏曲、话剧、歌舞、雕塑等元素嵌入导演的二度创作中。

有大思考才有大制作，观赏《天女》，真是让人获得了多重享受！

在文学艺术越来越多元化的今天，创作难，创新更难。在《天女》

演出结束后的研讨会上,有人提出不同的见解,归结为一点就是:导演加入了那么多的艺术元素,会不会冲淡了阿宫腔原有的味道和艺术质感呢?导演何红星诚恳而坦率地说,对于这样的探索,他同样心存忧虑和忐忑,真希望大家说说心里话,起码要在东府的文化圈子里达成基本的共识。最后大家对这样的探索普遍表示认可和赞成,因为任何一个民间艺术,渐渐地失去了广大观众,它就成了无源之水、无本之木。原生态的东西也许可以取悦部分观众,但是以长久计,还是会受到受众面狭窄的束缚,不利于传承和发展。

三、从目光到胸怀的拓展

观看《天女》,令人惊喜和诧异的不仅仅是编剧的理想追求和导演的匠心独运,而且在整个演员队伍和舞台的设计上,《天女》都称得上是大气之作。作为一个县级剧团,如此的气派从何而来?排演一部大戏,不但需要人,而且需要钱,这不是仅凭剧团的力量所能解决的,何况富平县剧团才刚刚从生存的困境中走出来不久。富平县阿宫腔剧团自几十年前成立时就在老城区。随着新县城的建设逐步扩大,几乎所有单位都搬迁了,唯有县剧团仍然没有挪动一步,设施早已陈旧不堪,人心也是一盘散沙。那样的处境下连维持生存都困难,还能指望为传承和发展"非遗"事业而重整旗鼓吗? 2014年,在党的群众路线教育活动中,富平县委从实际出发,立即着手通盘考虑,将县文化局的办公地点划给县剧团,几乎在一夜之间,剧团上下都扬眉吐气了,欣喜地迎接着崭新的前景。

什么才能改变剧团的前途?对,赶紧演戏,演大戏,演好戏。剧团的员工个个摩拳擦掌,县委的主要领导和主管领导也为他们撑腰打气。针对剧团演员严重不足的问题,县上又以新的招聘模式为剧团增添了新鲜血液。这无异于重生。现在他们最需要的就是赶紧排戏。一开始,他们就把目光确定在高标准、高品位,并为这部剧配备了强大的主创团队：编剧曾长安，国家一级编剧，多次获得国家和省级大奖；导演何红星，国家一级导演，他的许多作品都赢得了艺术界的赞誉；陕西省戏曲研究院小梅花剧团的崔江和魏燕妮都是省戏曲界的后起之秀，担任男一号和女一号；团里众多的配角演员也都具有厚实的功底。据介绍，虽然该剧还在继续打磨、继续提高的阶段，但是从目前已经具备的潜质来看，它完全是在向着精品的方向前进。

目光和胸怀紧密相连，成功总是垂青于早有准备的人。

简论《涝池岸边》

一

我一直以为赵静铭先生在戏曲创作的当代题材上处于失语的状态，或者说他只想陶醉于自己对古装戏的艺术雕刻。众所周知，赵静铭问鼎戏曲界大奖的几部作品都是历史题材的，几乎听不到他站在新时代的风口浪尖发出的叹息和呐喊。现在，我期待的声音终于出现了，他一连推出了两部作品，一部是《涝池岸边》，一部是《赵伯璧》。虽然二者的视点不同，塑造的人物形象不同，但是这两部作品描述的都是人们熟悉的人和事，让他的艺术笔锋一下子插进当代生活中。本文就对《涝池岸边》这部现代戏曲剧本作简单的论述。

二

任何作品都是作家生命精神的外化。一部作品是否弘扬了时代精神，不能简单地以历史题材和现代故事来划分。比如说历史题材的作品，也可能是借古喻今，其精神内涵仍然可以在现代生活中引起观众的激奋。但是《涝池岸边》却是真正属于20世纪90年代这一特定历史时期的作品。从这一点上，我看到了转变或者叫转型期的赵静铭。

我以为《涝池岸边》是一部大气之作，它没有停留在家庭纠葛的悲悯之情，没有驻笔于爱情的卿卿我我，也没有为地畔子或者庄基界制造出农民意识的纷纷扰扰。剧本提供的故事框架和时代氛围几乎是现代农村的一个缩影，发人深省的问题是多方面的。我们不妨把大涝池看作赵静铭艺术开掘中的一个隐喻、一种象征。

几十年前，涝池岸边曾经上演过一桩惨剧——土匪在这里残忍地杀过人。被杀者和杀人者，或已化作了泥土，或被钉在了历史的耻辱柱上。而他们的血脉传承者，仍然没有脱离这块土地。在此岸彼岸，在历史演进中，那些后裔又有了新的欲望、新的风波。杀人者的后裔要为爷爷立起墓碑，被杀者的后裔肯定又会愤然而起。这样，剧作家提供给我们的思考，就不仅限于宗族之间的矛盾了。剧作家在剧本中加进了一段话，是关于日本首相参拜靖国神社的话题。涝池岸边过往的一段心酸史，不但潜伏着沉渣泛起的宗族危机，而且还被赋予一个重大课题。

此剧的大气还体现在剧作家并没有简单地让正义去战胜邪恶，而是着力挖掘人性，着力刻画出各色人等的潜在心态，以及人们在生存过程中的向往、拼搏、无奈和困惑。社会存在决定人们的意识，每个人的向往不同，在实现各自向往的过程中，不但和自己发生着碰撞，还会和别人的向往交织在一起，展开较量。剧作家有自己的审美理想，《涝池岸边》似乎没有给观众和读者更多的承诺，只是将色彩斑斓的生活画卷加以艺术的浓缩，于不动声色中开启观众和读者的心扉。

三

赵静铭在把握这一题材上是匠心独运的。悲壮而不使人懊丧，沉重而不使人沉沦，热闹而不使人浮躁。既阐释和证实了改革开放给农村带来的勃勃生机，同时又敏锐地捕捉到一种不合时宜的杂音，尽管这样的杂音一时间近乎狂吠。

此剧本充满了现实主义的勇气，也寄托着剧作家深切的忧患意识和浪漫主义情怀。涝池岸边不时传来颇具时代气息的吆喝声和叫卖声，还有荷塘月色中的蛙鸣，暗示着这个村庄已经从传统自给自足的生存状态中苏醒，有了商品意识的变革。

然而令人怒其不争的是，有人却仍然桎梏在"清白日子糊涂过，人不糊涂受折磨"的混沌中，视麻木为自慰，视愚钝为愉悦。在那些人眼里，有了温饱就可以享受老槐树的荫蔽，围着方桌打麻将就是一种幸福的生活。连主人公玉花婶也以为"春风染绿涝池岸，杏花飞尽槐花繁，蓝莹莹砖墙大房耀人眼，日子越过越舒坦"。

人们有理由陶醉在歌舞升平的喜悦中，这是这个时代的主色调。但是树欲静而风不止，涝池底下的淤泥终于在汲水者的贪婪中露出了水面，散发出扑鼻的臭气。有人震惊了，有人捂鼻子了，有人却觉得这污泥浊水可以肥沃自己的土地——而不顾其臭气冲天，对环境和空气的污染。狭隘的农民意识，在一丁点利益面前沉渣泛起，死灰复燃。

剧作家没有让那个制造杂音的人物出现，但那个叫作四春的人的阴影在人们的生活中却无处不在。四春用金钱为自己代言，是金钱给那个影子壮了胆，是金钱使他产生了另外的欲望——家族的牌位不能断代，他要为土匪爷爷立起墓碑。

村上的老一辈人清晰地看到了邪恶对正义的挑战，可是小一辈人只是觉得此举仅仅是"钱多了，烧得慌"。愈合了的伤疤揭开了，安宁的日子搅乱了，平静多年的大涝池翻滚出巨大的波涛。如果说多年前那一幕惨剧是刀与枪的对阵，那么发生在今天的事情则是心与心的周旋。

引起赵静铭警觉和思考的看起来是土匪的亡灵不灭，实际上那块墓碑只是故事产生的一个契机。按照以往的创作模式，可能接下来是面对邪气站出来几个心存正义感的人，很快把此事打消在萌芽状态。如果是那样，此剧就显示不出剧作家敏锐的洞察力，也失去了震撼力。剧作家没有简单地图解故事，而是以笔作解剖刀，一层层剥开涝池岸边人们的各种心态。被金钱腐蚀的年轻村长，不但丧失了政治原则，而且说服村民以经济发展为重，为四春的可恶行径让道。四春抬出爷爷的亡灵也不是单刀直入，还有过"修路建校捐五万，县上披红走街巷"的辉煌举措。正是一层一层的抬举和颂扬，才使四春的贪婪欲望进一步膨胀。震怒的玉花婶决心对此事进行抗争，可是她不但在村里势单力薄，而且受到了丈夫和儿媳的发难。儿媳秀儿也知道那是四春"诡人玩的鬼名堂"，可是因为盖房借了四春几千元，还想着办养鸡场用得着四春，所以不但要把在城里打工的丈夫叫回来给四春为爷爷立碑帮工，甚至还要让出自家的土地。一时间，四春的行为反倒占了上风，对失去亲人（正是被四春那个土匪爷爷杀害的）的玉花婶形成了四面围攻之态。

《涝池岸边》以立碑之事切入，却有着五六十年的时间跨度，融进了三代人的矛盾冲突。腥风血雨的岁月早已远去，第二代的切肤之痛还未消失，第三代人却已经完全被眼前的利益所迷惑。当然他们也想报复，也记着仇恨，可是报复的手段仅仅是从四春的口袋里抠出些油水，多弄些钱，而再也不顾精神的崇高、灵魂的尊严。人是需要精神的，民族也需要尊严感，至此我们就可以理解剧作家为什么要把日本人参拜靖国神社的话题引进剧中的唱词里。所以，我以为此剧本的深刻和厚重，还在于呼唤精神的不灭。

四

此剧浓墨勾勒的是玉花婶的形象。舒坦的日子给她带来平和的心境，作为一个农村妇女，她突然之间又变得震惊，变得愤怒，其果敢和勇气也是被渐渐激发出来的。这就使玉花婶这个人物有着血肉丰满的复杂性，有着真实可信的立体感。一开始，当她听到"为土匪立碑"的消息，也只是反讽说："立么，往高里立，往大里立！"其实这只是人微言轻的牢骚。当她看到连村长也为此事东奔西走，丈夫和儿媳也想为立碑的事情帮忙，面对群体般的背叛，她心里产生了沮丧和失望。她被气病了，躺倒了，但是精神的力量却在增强，继而女性的柔弱突然就变成了无比的坚强。经过一番曲折复杂的斗争，人格的力量终于唤来了其他麻木者、愚昧者、贪婪者的渐渐觉醒。这种循序渐进的感召是非常艰难的，越是艰难越是可贵。

此剧还嵌入了另一条情节线，就是仙草和有福的不和谐婚姻。仙草在心里终生都爱着黑羊，黑羊也不断地向仙草表露心迹，并且一心一意地帮衬她。可是当仙草把爱情抉择当众摆在黑羊面前时，黑羊却怕了，软了，以至于一再躲避，使所谓的爱情受到了众人的戏弄。我们可以唾骂黑羊的软弱和自私，也可以大面积寻觅爱情在一种社会大氛围中的真正位置——诚意而始，尴尬而止。有意思的是，仙草原本也是"立碑事件"的反对者，为此也付出了庄基未批的代价。但是由于对爱情心灰意冷，仙草竟然也当了逃兵，当玉花婶需要支持时，也不见了仙草的身影。剧作家加入这条人物线，看起来好像有点偏离了主线，实际上其本意是为了扩大社会的容量，强化人物的多层面。

五

此剧显然有着剧作家的刻意追求和创新意识。不分场景，只用灯光的切换，力求整个剧情浑然一体。语言上也极力向生活的原汁原味贴近，增强了观众的投入感。

创新就难免带来某些缺憾，也可能减弱了主要事件的冲突力度。所以，我觉得仙草那条人物线，虽然铺展了生活的多个层面，但是越到后边就越是游离在剧情之外了。这也损伤了仙草的形象，比如她对四春也存有忌恨，四春对她的庄基做了手脚，即使和黑羊的爱情受到挫折，这种因生存的权利受到侵犯而产生的激愤情绪还是应该延续下去。对爱情心灰意冷，在大是大非面前选择逃离，孰轻孰重？这是不是应该引起剧作家思考？我始终以为，人在生存上的反击会比爱情上的气馁来得更加带劲，更能激发奋起的精神。

我还想提出另外一个质疑，《涝池岸边》的男性公民好像都患了软骨病，大事小事完全都让女人来承担。比如有福是个只会听别人教唆的半吊子，秋民在村事家事面前也缺乏应有的主见，这两个人在性格上也没有多少区别。黑羊更可悲，不但远没有仙草的勇敢，而且突变得让人难以理解。村长建社面对四春，更是一副媚骨。至于其他几个老少男性，也都几乎是事态发展的附庸。也许剧作家是为了追求戏剧效果，就把事态的严重性推向极致，可是如此处理显然有违生活的真实性和社会的复杂性。

我挑剔是希望赵静铭对社会变革的思考、对人类生存状况的揭示更深刻、更细致，但是不否认我对这个剧作的推崇和偏爱。《涝池岸边》的发端，意味着赵静铭戏曲创作转机的形成。我相信这部剧作还会引起更大的争论，任何文艺作品，有争论都是好事情。比如在大主题上，就可能各抒己见。人性与物欲的对抗，精神的沉沦与复苏，正义的无奈与尴尬……林林总总，其实，这也是文艺作品永恒的话题。

简议《如今村里的年轻人》

艺术是作家对生活的洞悉和发现。几乎每一个读者和观众都渴望在自己看到的作品里发现新的内含和追求。这种对"新"的需求，应该包括艺术形式、艺术思想和艺术形象几个方面。每一个有追求的作家都应该顺应这些读者和观众的需求。当然，这种顺应绝不仅仅是表面的东西，创作者首先必须保持思想和思维方式的先进性，提高阅读量，使生活空间和思维空间都得到拓展。

史雨泯先生在这方面就有着非常清醒的认识，在艺术形式上有所追求。阅读《如今村里的年轻人》这个剧本，我的第一个感觉就是作者把诗意推上了舞台。开场的"晓风残月"，就极力把读者和观众带入一种崭新的意境，强化编剧心中"如今"的感觉，为"年轻人"构建起只能由他们表演的世界。清凉的晓风吹拂着凄惨的残月，且不说这一较为深刻的象征性能不能被观众全部理解，但仅凭这样的引导和进入，就可以领悟到史雨泯先生的思索和追求。

理想和批判是现实主义文学创作的两个翅膀，为理想而批判，通过批判展示理想。虽然现在把剧本独立成艺术的一个门类，但是说到底它仍然在文学的范畴内。《如今村里的年轻人》从文学性上看，其用意也是显而易见的。一个作家，包括剧作家，不仅仅要想到世界本来是什么样的，还要想到世界应该成为什么样。

纵观全剧，这一诗意化的风格始终贯穿在剧本中：迪斯科音乐和悲凉的关中东路迷胡；轻盈的舞姿和无庙拜神；家具摆设，新旧杂陈；无边的落木，不尽的长江；编织舞蹈和出丧的队伍逆向而行。剧作者把两个世界放在一个舞台上，把生活中的两出戏紧紧地扭结在一起。

"世为迁流，界为方位"，每一个人，每一个家庭，都构成了各自的世界，但他们又无不冲撞在社会这个大世界里。他们不能扯着自己的头发离开地球；要生活，要繁衍生息，就得在这个世界的"生命进行曲"中行进。管你自觉还是不自觉，想脱离现实是不行的。《如今村里的年轻人》打破了"一个故事一出戏"的观念和布局，使全剧自始至终显示出力的迸发和厚的压抑，使读者和观众不得不把自己的眼睛、耳朵、头脑分而用之，甚至连鼻子也同时嗅出了两种气息。但愿他们的心境能平和下来，能把两种感受融合起来，经过深沉而长久的思考，再去重新认识世界的纷纭。

这也许是该剧本的主旨和目的。

《如今村里的年轻人》意在何处？仅仅是说了某个主人公的命运吗？仅仅是说了他们在事业上的拼搏和在爱情上的困顿吗？仅仅是说了老年人在新时代里的彷徨和困惑吗？褒谁贬谁，抑什么扬什么，都不是用一句话就说得清的。

看这个剧本，使我很自然地联想到引起争议的电影《海滩》《黄土地》，小说《小鲍庄》《你别无选择》《花非花》，等等。这些作品大都没有完整的故事和情节，甚至没有主次人物之分。仿佛作家是有意无意地把生活的片段连缀在一起，一切容易激起大悲大喜大欢大痛大团圆大分裂的情感都被作家的笔抹平了。这就是目前文艺作品出现的散文化的处理手法。

是作家忘记"突出"和"集中"的创作原则了吗？其实人们不得不承认，它是一种对生活的新的诠释和揭示。社会氛围和心理的多面性，在有些新潮的作家看来，比塑造一两个主要人物更能显示生活的复杂性，更能体现社会变革中多方面的矛盾和冲突，因而环境和意境被置于人物之上了。与其说这是作品结构和艺术形式的变化，不如说这是复杂多变的生活对剧作家心理结构和思维空间的巨大冲击和开拓。

其实,《如今村里的年轻人》在各方面走得并不远,它还是有一个大的故事框架的,情节也基本上沿着一条主线(或叫主旋律)而行进。凤凰、大刚、春喜这三个人物,我认为可以认定他们为三角恋爱关系。加上王大婶起初硬塞进来的谷穗,简直可称为四角恋爱了。虽然有双相思、单相思,甚至是别人代替而思,或明或暗,我们都可以看到他们的精神联系。其他人也都是围绕着这条主线,在剧作家编织的故事中穿插。如果剧作家娓娓动听地把这个故事叙述完毕,那么就没有多大意思了,也许就会落入平庸和无味。

可贵的是,史雨泯先生并没有让框架束缚住手脚,故意使故事断裂开来,而是穿插进自己大面积搜索的素材,将其组合成一个迷离恍惚的意象世界。这样,生活中的碎片又变成一张绚丽多彩的平面图。这张图上的色块,虽然有淡有浓,有明有暗,但终究是一个整体。我以为该剧本的整体意识正是史雨泯的艺术追求。面对当今农村的变化,他站在生活的制高点上细致观察,各式人物几乎同时在他的视野里奔走和跳跃。他们的哭与笑,他们的苦与乐,又好像许多音符在剧作家情感的琴弦上回响。史雨泯想谱的是一支生命的交响乐,是一首当今农村青年辞旧迎新的大合唱。

近期我看到一篇谈"控戏"的文章,文章强调要注重从整个情节结构入手,应该主要围绕一人、一事或一个中心冲突,尽量多生波折,力避平铺直叙。这也许只是一家之言,没有必要提出商榷。该剧就显然对这种观念进行了挑战,让人很难确定谁是剧中的主人公。因为主人公从概念上来说应该是主导和驾驭整个戏的进程的人,各种人物都应该服从他或她去展开冲突。《如今村里的年轻人》一剧基本背离了这一点,作品中的人物除了凤凰、大刚、春喜在爱情上有一点儿依附外,更多人是徘徊在各自的矛盾圈子里:谷穗和麦绒走着自己的路;大楞和王大婶也按照各自的方式在生活;赵父赵母焦心的也不是儿子和凤凰将会怎样,而是"车轱辘底下多出钱"和"保佑儿子不进监"。

全剧也谈不上悬念丛生、波折起伏，几乎都是在平铺直叙。但是剧作家正是在不动声色中，把当前农村（具体说是陕西关中东部农村）带有普遍性的多方面矛盾一下子推上舞台，所以我不以为这是淡化矛盾，而认为是强化矛盾。如此的矛盾，让观众在思索中得到启迪。比如，年轻人与老年人的矛盾，年轻人与年轻人的矛盾，老年人与老年人的矛盾，爱情与事业的纠葛，以及各人自身的矛盾心理，这些才可以归结为全剧的总主题——新与旧的较量！

象征性和哲理性是该剧刻意求索的两个特色。

无论什么改革，归根到底都是人的改革。该剧在塑造描写改革人物上，也下了一定的功夫。我以为在年轻人和老年人两大营垒中，虽然老年人着墨不多，但是并不比年轻人塑造得逊色。村长面对年轻人的狂舞，比 80 年代出生的青年春喜还要超然，"睁一只眼，闭一只眼"；在贤侄大刚的酒席上，吃得轻松，喝得痛快；但对大刚的贿赂却拍案而起——"我要是爱财，当年早把游击队的密信给白匪送去了！"可是，这个开明正直的村长，却不知不觉地充当着"左"的和封建主义的卫道士。李母干涉女儿的恋爱，但她并不是那种对一切都看不惯的老人。这个年轻时曾被称为"一枝梅"的务棉组长，比现在的姑娘们更争气好强，而后来呢，竟然变成了"伤风败俗的脏水缸"。怎么办？她只有"安下心，守本分"，最后才算"息了风，平了浪"。人非草木，这一坎坷的经历、痛苦的创伤，能不铭刻在心吗？所以她对女儿的言传身教也就顺理成章了。赵父、赵母无时不在做着金钱梦，但却处处拉儿子的后腿。媒婆王大婶一句"如今办事也讲速度呢"，活脱脱就给庸俗的内核披上了现代的外衣。年轻人中，我以为描写得比较好的要算谷穗和麦绒，他们幸福地结合了，但真的就算美满吗？他们满足的是"我喝酒，你吃蛋；你一笑，我一看，男耕女织搞生产"的小农经济现状，简直是一种未老先衰的典型！

当然该剧本在刻画人物上也存在许多不足，凤凤、大刚、春喜虽然有着年轻人的锐气，但都不够栩栩如生。尤其是大楞这个新型的

"二流子",我以为有概念化之嫌,似乎仅仅是为了配戏,而没有赋予他典型性和代表性。

　　整体意识、落差对比是该剧本的苦心经营之处,但我觉得在剧终的处理上,完全偏离了这一主导思想。剧作家让凤凤悲痛地喊道:"……理想、追求,女孩子要人理解,就这么难吗?"看似深沉,实际上把一个厚重的题材喊"单"了,喊"轻"了,让人不禁觉得,这只不过是一出爱情剧,只不过写了一个女孩子的命运。我觉得这是该剧最大的遗憾。另外,大刚退出"三角恋爱"也很牵强,虽然他被凤凤一掌击醒了理智,但凤凤不是又情切切意绵绵地问了一句:"我打了你,你会记仇吗?"按照大刚的性格设定,这样的话无疑会重新搅起他的痴迷,否则那就不是剧作家刻意塑造的大刚了。我觉得应该做这样的处理:大刚跑下时突然止步,又站在远处痴痴地望着凤凤,欲罢不能,欲进不能,给大刚的性格埋下伏笔。总之,要让剧情在大骚动中开始,也在大骚动中结束。只有如此坚定的追求,才能让理想和批判的翅膀继续飞翔,从而触动每一个剧中人,包括舞台下面的观众,使得人人都思考——觉醒就是走出麻木的步履,以此增强该剧的时代感,扩大该剧的社会视野和精神外延。

　　仅凭直接感觉发肤浅之见,供史雨泯先生斟酌。

以诗为魂，徐步坚韧

这个世界日益变得纷繁多彩。外部的世界让我们目不暇接，内心的世界也不得不像潮水般涌动。在这个变化多端的时代，作家们既可以如鱼得水，同时又很容易浮躁和产生困惑。由此，徐喆一再告诫自己："在生命的全部进程中，如果只给我留下一个身份，我宁愿只留下诗人的称谓！"我非常欣赏这样的话，那就是人生的坐标，那就是对灵魂的坚守。不是吗？徐喆把自己最近出版的一本诗集就定名为《我心依旧》。那颗"依旧"的心灵，始终带着浓烈的诗意和诗情，抑或还保持着血气方刚的青春。

我和徐喆的友谊，已经30多年了。尽管他的职业几经更变，但是唯一没有更变的就是与诗同行，以及诗人的壮怀和激情。前些年，徐喆就出版了自己的多部文集，现在，他又推出了自己的一套丛书，这套丛书有三卷，分别是《岁月回响》《我心依旧》《蓝色十二行》。据说他还在编撰新的著作，这让我既惊讶又激动。这家伙，以前都是徐步前行，怎么突然间就跑步前进了？其实这也是一种漫长的积累，是一种集中的收获。

徐喆这套丛书，我以为具有这么几点很明显的特质：

一是目光的寻求感。这就像农夫凝视着广袤的土地，期盼着如何剔除丛生的荒草，规划和播种自己的那份责任田。比如徐喆的工作岗位一直在卫生行业，所以他的大量诗文都是为这个战线倾注的心血。

二是从平实渐渐走向诙谐和尖锐。这种笔法的变化，实际上就是思想性和批判性的文学本真。"尽管生活是网/可人怎能是鱼？/在倾斜的心态下/所有歪的都很平衡……"如此的好句，足以显示出诗作的张力。在徐喆后期的诗作中，此类句子比比皆是，虽然让人一看就懂，但是却能勾起人诸多的思考。

三是把吸纳、借鉴和创新融入心灵的自觉中。诗歌之所以不同于其他文体，首先就在于它的形式美。在徐喆的所有文集中，最引人注目的很可能就是《蓝色十二行》这本诗集。在一次文学研讨会上，我曾经对徐喆说，我对他创作的诗歌的体例格外看重，因为诗人不仅要注重深沉的内涵，而且要在形式上打破固有的僵局。诚然，整个欧洲曾经流行过"十四行诗"，莎士比亚更是把那种体例推向高峰。如今徐喆融会贯通，以"十二行诗"的体例进行了大面积的试验，实在是让人耳目一新。看起来似乎是从自由走向拘泥，甚或有人会说这是"拿来主义"，而我却以为这是难能可贵。世界文化史实则也是人类的进化史，从来都是"你中有我，我中有你"。比如说目前有那么多人重拾古体诗。另外还有孔子热、国学热，几乎热到了全世界，可见人类的文化没有国界。上下几千年，纵横几万里，凡是精髓的东西，都有强大的生命力和广泛的影响力。早些年，我曾经听过一个年轻文学博士讲课，他说，凡是文学艺术作品的创新，很大成分是结构上的异化，每个人都生活在同样的天地里，生活状态都一样，所谓的文学艺术也就是把生活素材揉成碎片，然后再按各自的理解把那些碎片拼接起来，最后就完成了不同于别人的图案。那就好像小孩子玩七巧板，兴奋和激动实际上都是因为拼接的变化。当然，他讲的是结构主义，不但对结构主义情有独钟，而且把结构主义推向了极端。

在文学走向多元化的今天，我仍然觉得徐喆的探索精神很有意义，这种意义的带动力远远大于那种文体的本身。

《承诺》的呼唤

《承诺》是常和平先生的第二部长篇小说,已经具有的创作实践让他快速地醒悟过来,从而又有了创新的自觉。大凡文学艺术,最可贵的就是创新,或是题材的挖掘,或是形式的变化,或是人物的塑造,都会给人耳目一新的感觉。

长篇小说首先要处理好的必然是整体结构问题,通俗地说,也就是故事主线的设置。阅读《承诺》,可以看出常和平是采用了两条线索并列运行的方式。一条线索是方煜华和几个年幼的小学生,另一条线索则是沈俊龙一家三口人。方煜华是警察的女儿,沈俊龙是民营企业的董事长,这无疑是两种不同的社会阶层。但是,如果完全按照两个社会阶层、两条故事线索往前走,就必然成为缺乏主线的作品。好在常和平已经清醒地意识到那样的弊端,一开始就让两个社会阶层的人物在同一个平台上产生矛盾和冲突,然后再循序渐进地把故事铺展开来。他们的行进路线看起来是南辕北辙、背道而驰,实际上又不时地发生扭结,这就如同麻花,表面上若即若离,实则却是一个你中有我、我中有你,筋脉相连、血肉相通的整体。当然,《承诺》还有其他艺术追求,比如用孩子的眼睛看世界,让沉重而复杂的故事变得具有童趣和童真;再比如把正叙和插叙相结合,时而是故事的进行时,时而又是过往的回忆,也是一种浓缩和凝练的目标。

不管是常和平的第一部长篇小说《情墒》,还是这部长篇新作《承诺》，我似乎有相同的感觉，那就是在他的思想深处，总是用一种乐观精神给自己的作品打上十分鲜明的印记——理想主义的颂歌。现在只说这部新作《承诺》，始于矛盾，行于承诺，终于报恩，尽管也设下了一个个悬念和伏笔，却又是一部社会和谐的交响曲。在常和平的笔下，很难看到腥风血雨、人性的变异，抑或是负面和阴暗的东西，即使出现了乌云和狂风，最终落下的也都是一场春雨。从文学的角度说，这也许不够尖锐和深刻，但是常和平始终恪守自己的追求和风格，这就很难能可贵了。

因为常和平多年来都在公安机关工作，并且担任领导职务，看惯了人性的扭曲，甚至亲临了许多血腥的现场，所以，平和、稳定、人与人的和睦相处，就成了他梦寐以求的理想。在常和平的心灵里，似乎更多的是祝福和期盼，哪怕经历了多少次震惊和阵痛，仍然坚信越过泥淖就会到达绿草茵茵的彼岸。一部《承诺》，既是作品中一个人对另一个人的承诺，也是作家对整个社会发出的心声和真诚呼唤！

鉴于此，我对常和平先生越发地尊重！

大地行吟

邢福和先生和我认识时间不长，见面的次数也不是很多，但是一句"西塬上的人"，一下子就把我们拉近了。出了远门拉乡党，同在渭南城的圈子中，说的就是地域情结。这大概也是国人的文化特色，没有什么要避讳的。伫立在渭南市区向南望，那条莽莽苍苍的高原地带统称为南塬，而南塬又分成东西两个区域，东边的叫东塬，西边的叫西塬。如果回故里，我和邢福和先生走的就是一条路，爬的就是一面坡，浸润的就是同样的民风民俗。自古至今，"西塬上的人"似乎成了一个相近相亲的文化群落。

凡是山高水深的地方，都会赋予人豪爽、直率、勤奋、坚韧的天性，福和先生的性格里，显然也打上了如此的印记。但是我看到福和竟然利用工作之余，写出了那么多诗词，而且将要汇集出版时，还是十分惊讶。随着整个领导体系学历水平的提高，坚持用文学陶冶自己情操的人越来越多，而福和先生一如既往地笔耕不辍，更让我肃然起敬。据说福和先生还有一个外号叫"邢克思"，虽然纯属同事们的玩笑话，但也可见他时常有与众不同的见识，或者说思维非常活跃。

曾经有人对我说过这样一句话：业余时间决定人生的高度。初听起来似乎有点偏颇，谁都知道应该把工作摆在第一位，业余时间就用来休息，因何可以决定人生的高度呢？后来细想才觉得很有道理，因为人生的每一天都是24小时，真正扎实的工作才能占多大的比例？

所以说，人生许许多多的精彩和收获都是在业余时间达到了制高点。

业余时间给邢福和先生的人生带来了额外而又非常充实的收获。

邢福和先生的创作以古体诗为主，所取材料却都是现实生活中的所见所闻。我尽管对古体诗知之甚少，但还是可以读出那些诗作的短峭峻拔，以及来自生活深处的人文情愫。如果说"斑斑锈锚黄沙埋，累累战壕风雨残"是一种思古之幽情，那么"两桥飞架喧哗去，荒草深处觅古关"则是逾越历史、呼唤现代文明的炽热豪情。因为邢福和的诗作大都是行旅过程中的真实感悟，所以每每也会让人产生身临其境之感和向往，否则，梁建邦先生就不会有"随处皆如画，何时任我征"的期盼和赞叹了。另外还有诸位词坛名家的和韵点评，足以看出邢福和先生卓越的成就和不凡的艺术素质。邢福和先生和我商量给这部诗集取什么书名，我说："《千万里行吟》吧！"古人云"读万卷书，行万里路"，这告诉我们一个朴素而深刻的道理：读书能让千万里之外的美景立于眼前；读书能跨越时空，让古今中外人的思想汇聚于脑海。对这个书名，邢福和先生开始还有点犹疑：是不是显得过于高扬了？我说他的这部诗集既有具象的行走，又有意象的思索，应该坚持这样的自信。他也就欣然接受了。

纵观邢福和先生的全部作品，还可以看出他涉猎路子的宽泛，有行旅的思索，有亲情的思念，有世事的沧桑，有田园的恬淡，甚至还有对官场心态的描摹以及对失意者的善意调侃，连缀起来，几乎就是一幅世间万象和芸芸众生的展示图。邢福和先生用写作为岁月留下了记忆，既是对自己平生的安慰，同样也是给他的子孙留下的一笔财富。

谨此，再次对邢福和先生表示由衷的恭贺！

2012 年 1 月 3 日于惠园

感佩与祝贺

文学事业没有年龄的界限，王杰山先生虽然已经步入老年，可是他在文学创作上的劲头，却一再让我惊愕。至今，我对他编撰的《渭南历史通览》仍然记忆犹新，那可是数百万字的浩繁工程，不但具有史料价值，而且非常注重文学性。一部书在手，就可以查阅整个渭南市各个方面的历史。由于注入了文学性的描述，就不像志书那样简约甚至枯燥。

现在，王杰山先生又结集出版了《杰山说渭南》和《心声全集》两套著作，更加证实了他那充实的生活和饱满的创作激情。遗憾的是，由于我一直在外地写一部长篇电视剧剧本，不能当面向先生表示祝贺，也不能聆听同仁们的高见了。在此，我只能以书信的形式表达我的敬佩之情：

一、文学让生命绚丽多彩。在一般人看来，先生早已是该安享清福的年纪了，可是先生在人到中年时就来了一次华丽的转身，和文学结下了不解之缘。我曾经在和朋友们的议论中说："杰山在荧屏上说渭南，渭南人又在荧屏外说杰山。"可见文学和人生相辅相成。在先生离开领导岗位多年后，他仍然是大家热议的话题，这样的情景实在不多见。

二、倾听土地的声音。在我的印象中，先生的作品大都朴实无华，没有清高和做作之气，几乎可以闻到泥土的气息。用一句时髦的语言说，也就是"接地气"。先生农民出身，在担任一级级的领导工作时，接触的对象仍然以农民群众居多，也还是在渭南这块土地上摸爬滚打。言为心声，先生的诗文自然就离不开这块土地的味道和色彩。我记得先生的有些诗作，几乎就是农民劳动过程的真实写照，读来不但朗朗上口，而且诙谐幽默。不过，先生把这次出版的诗集定名为《心声全集》，我对此略有不同的见解。因为先生仍然保持着活跃的创造力，生命不息，心声不止，此"全"字会不会成为一种心声的羁绊呢？

三、抚摸历史的印痕。在先生的所有作品中，研究考证渭南历史的著作似乎占大多数。这两套著作中的《杰山说渭南》，仍然是对这个题材的拓展和延续。当前，"穿越""戏说"大行其道，在文艺领域甚嚣尘上，这不但把我们的历史搞得千疮百孔，而且会把我们的后代引入歧途。而先生却在抚摸历史的印痕，竭力连缀起历史的碎片。尽管先生研究和抒写的还只是渭南这块土地，我还是要对先生致敬！

"雪拥蓝关"的乡愁

　　那一年，在美丽的石鼓山下认识了王晓飞，片刻的寒暄之后就读懂了彼此，然后又有了灵魂的牵挂。我知道，系结我们心灵的纽带，其实就是对秦岭的共同依恋。我的故乡在秦岭脚下，而晓飞的家在秦岭腹地，可以说我们拥有共同的精神家园。年幼的时候，我最喜欢观看飘浮在秦岭山间的白云，或者依傍着村头的槐树，仰望着夜月一寸一寸从秦岭山头移上来。童年的秦岭，早已在我的脑海中变得非常抽象，而现在阅读晓飞的散文，就像注入了清秋的溪水，悠远的记忆似乎又变得活灵活现起来。

　　这是晓飞的第二本书，他为第一本书取名为《云横秦岭》。"云横秦岭家何在？雪拥蓝关马不前。"这样的书名，很容易让人联想到唐代诗人韩愈的悲伤。我不知晓飞是不是承袭了一千多年前韩愈的感觉维度。现在晓飞要出版第二本散文集，又为书名征询我的意见，本来我想说，那就叫《雪拥蓝关》如何？可是蓝关古道虽然还是在秦岭山中，但距离晓飞的家乡却又好远，彼秦岭非此秦岭，是不是过于牵强附会了？其实，凡是古人留下的名言名句都已经冲破了地域的束缚，成为精神的象征，或者成为关于命运的倾诉和呐喊了。另外，晓飞的两本书都让我作序，我却推辞再三，主要是担心感觉麻木，对文体、架构、意境都很难谈出些鲜活的东西。

　　无奈晓飞坚持相邀，那我就尽力谈谈晓飞的变化吧。

据晓飞说,他这本书编选的都是 2008 年之后的文章。如果先放下其他要素,单就人生阅历来说,晓飞也理所当然处于成熟和多思的年纪。所以,晓飞更加追求思想的深邃,在秦岭亘古不变的静态中,发现世俗的变更和迁移;在正视人性的扭曲和异化中,呼唤爱和温情。透过晓飞的文字,有时候我甚至还读出了疼痛感,拨开抒情的一团雾、一片云,拨开生长在秦岭山坡上的花花草草,那些真切的疼痛和苦涩就隐藏在泥土深处。近来有一个非常流行的热词叫"乡愁",这原本是台湾诗人余光中的一首诗,何以在整个华人世界引起巨大的共鸣呢?一时间,"记住乡愁""留住乡愁""保护乡愁"诸如此类的字眼,纷纷受到文学圈和艺术圈的追捧。在这里,我不想对"乡愁"作过多的解读,只想回到晓飞的文章上说。在晓飞的前一本书中,我就读出了乡愁的韵味,而这本书中的乡愁感则更加深厚,更加浓烈。诚然,每个作家都会打下地域文化的印痕,在晓飞的笔下,秦岭就是他始终坚守的灵魂家园。先辈们在这里生存繁衍,又在这里入土安息,虽然晓飞的步履比先辈们走得远些,但是心对心的承袭,心和心的交融,使他仍然会时而噙满泪水讲述山坡和河流的今昔,让他的后人记住乡愁,让喜欢他的读者共同品尝乡愁的滋味。晓飞的家乡,只是秦岭的一隅,由此,他更多地写到个人的记忆,缠绵着秦岭的风情,跳跃着如火的情感。面对祖先留下的根脉,他在寻找着生命的归属;面对喧嚣侵扰着静谧,他想发出天籁般的清音。或许,这只是无奈的叹息和拷问,总希望流逝的时光不染尘埃。

晓飞的散文一直很讲究文字和句式的精雕细琢,这在当今充满浮华的文学氛围中,实在是非常难得的坚守。由于对语言苦心营造,晓飞似乎并不追求数量的多少。在这本集子里,我还看到了晓飞视野的开阔,他不但走出了那片山、那片塬,而且让想象的翅膀四处飞翔,从而脱离了自我的羁绊,在广袤而又高远的空间,挖掘更加广泛的社会哲理和人生意义。阅读晓飞的散文新作,既可以读出他对大自然的敬畏和谦恭,又可以读出他对物欲横流的痛心,以及他的洁身自好。

晓飞以前喜欢在文章中以古典的韵味表达自己的心灵向往，也许是年龄增长的原因，或者还有在生存过程中的磕磕碰碰，现在他的文章似乎自由放达了好多。

如今的晓飞已经成为"城里人"，受到多重文化的熏染，这使他与这个世界有了新的呼应和对接。我希望他能永远保持秦岭般的质朴、博大和率真。大山和溪流曾经带给他内心的宁静，同样也磨炼了他的坚韧，这是生命之根基，这也是文学的资源！

《聆听心灵的回声》序

认识党宏，应该是 1985 年春天的事情。那时候，我刚刚调入当时的渭南地区文学艺术创作研究室不久。有一天，忽然来了一个陌生的面孔，他首先自报家门说："我叫党宏，在《渭南报》当记者。接受别人的委托，邀请你参加一个文学活动。"那时随着文学的解冻和苏醒，全国都处于文学的热潮之中，而我当时又是《西岳》编辑部的编辑，对任何文学活动都没有谢绝的理由。但是，我必须弄清这个邀请的来龙去脉，以便有个准备。听了我的询问，党宏的话仍然是那么简捷："澄合矿务局成立文学社，后天早上来车接你们！"见他说完就要走，我不得不提醒说："那我也要征得领导的同意啊！"党宏在门外回头说："那是你的事情！"

在那两天一夜的相聚中，我进一步见识了党宏的性格。他说话总是那种不容置疑的口气，尤其是在饭桌上，他一开口就滔滔不绝，别人很难插上嘴；他甚至还有点儿盛气凌人。我对他的印象就更加深刻了——这小子的狂傲不羁是从娘胎里带来的！这一年，党宏才 20 岁出头。他大学毕业后，先是被分配到原籍合阳县工作。1984 年 10 月，停刊多年的《渭南报》筹备复刊，他立即报考应聘，顺利成为复刊后的第一批记者。

从澄合矿务局回来不久，党宏又一次踏入我的办公室，和他一起来的还有我的另一位朋友徐喆。那天见面后，党宏就像换了一副面孔，他双手抱拳说："尊敬的李哥哥，今天我们是带着采访任务来的，所以需要一次长谈了。"当时我诚惶诚恐，不知从何谈起，也不知他们要采访什么。而党宏和徐喆却非常熟悉地点出我在省内省外哪些刊物上发表过什么小说，而且还知道我刚刚从河南省领奖归来。这时候我才知道他们都是文学之途上的同路人，都在诗歌创作上矢志不渝，呕心沥血。更令我惊讶的还有，党宏原来这么有心，对文学如此虔诚，对周围的文学朋友如此细心地关注……此次见面后不久，听说党宏去了省城，是去应聘，仍然是要在报社或杂志社供职。再后来，党宏又回到他的原籍合阳县。虽然工作几经变动，可说到底总算停止了漂泊，停止了流浪，停止了心中的挣扎和困惑。

同在一片蓝天下，同在一片文化土壤中，我和党宏见面的机会又开始多了起来。每次见面，党宏的诗情依然是那么高昂，总会拿出最新创作的作品说："兄弟不才，嘴上和个性上的毛病也难改掉，除了舞墨弄文的事情，其他啥事情都弄不好！文学已经成为我身上的枷锁，此生此世都难以挣脱了！"我说："听说你这几年的书法也不错。"党宏说："我说的舞墨弄文，也包括书法的操练嘛。"我说："所有的文艺范畴，都不能脱离文学的'母体'，都应该在文学中寻求营养。"其实，党宏一直在文学事业上孜孜以求，即使在那些漂泊的岁月，也从未放弃过诗人梦。多年前他就出版过两本书，而且在圈内和读者中都得到了认可和好评。

我始终认为，党宏是一个典型的矛盾体，才华与任性兼具，狂傲与自卑并存，生活质朴却又过度挥霍智慧，为人坦率而又缺少处世的练达。现在，党宏已经到了"知天命"的年纪，尽管岁月不饶人，可喜的是他在文学创作上有了新的成就和收获，这就是散文集《聆听心灵的回声》。看到这样的书名，我的心里立即涌出莫名的激动和欣慰。党宏在"聆听"什么呢？心灵的回声！掩卷沉思，我首先觉得这无疑就是党宏的心灵独白和心灵反省，对亲情、友情、人情的思考和回顾，对过往的自嘲和修正。作为党宏比较看重的兄长和朋友，我甚至觉得，这个书名的题意和题旨本身就意味着改变和成熟，意味着可贵的收获。

党宏是诗人，诗人的气质、诗人的才情在这本散文集中四处弥漫。"我怕春之娇柔曼妙，我怕走进春之怀抱，我怕迷恋于春色却'不识庐山真面目'……"这分明就是诗歌的句式，这样的句式比比皆是，几乎在这本文集的每一篇作品中都随处可见。当然，既然是散文集，就必须注重对这一文体优势的运用和开发，所以在党宏的笔下，我们也可以看到大自然的神奇和美妙，看到人的故事，看到社会的不公和忧思，看到历史的沉重和残酷。比如，党宏由"无数英雄义士鲜血浸润过的山野而扶摇远去的长城"，蓦然想起自己的父亲，想起父亲那布满皱纹的脸，父亲那有些弯曲的背……一下子就把历史拉回到现实，联想到人类艰难前行的足迹，给作品注入了历史感和现实感。再比如，突然间天降大雪，党宏经历了内心的喜悦和出行的不便后，有了这样的呢喃："风中是红尘，雪落如梵音。安神，静心，我细听一种苦乐，一种悲喜，一种因果。"从而让读者看到事物的两面性，也把读者带入深远的、具有哲理的意境中。

党宏的散文，更多的还是对亲情、对爱情、对坎坷人生的回忆和反思。阅读如烟的往事，阅读父亲母亲的今昔，让人不时感到催人泪下的心酸，抑或还有撕心裂肺的呐喊。回忆是一种力量，回忆也是一种释怀，回忆还是对灵魂的拷问。所以我似乎明白了党宏出版这本散文集的初衷：他觉得只有用散文这种文体，才能把过往的故事书写完整，才能把心中的块垒彻底击碎，才能完成自己的精神救赎。有了这种精神和认知，至于其他，我想就不必再苛求。当然作为多年的朋友，我还是要提醒党宏，在以后的散文创作上还要把好几道关：行文上的节制，描述上的细节，意境上避免重叠，等等。希望他能够永远保持清醒，保持创新的自觉。

2018年4月7日夜于惠园书屋

在平实的生活中寻求浪漫的心境

阅读李宏弟先生的诗作，我首先联想到常人的生活状态。恕我仍然把他归于常人的范畴，其实我们都应该明白并且承认这样的划分。在人类历史的长河中，能在史册或者教科书中留下名字的伟人和名人毕竟是极少数，其余的人都会被渐渐淡忘在茫茫的世事之外。面对这样的自然法则，每个人都有各自不同的人生选择。比如李宏弟先生就突然以诗词创作来填补业余时间的空白，而且是一发而不可收，竟然要出版一本诗集。请允许我想象：若干年后，当他进入颐养天年的年纪，心绪一定还会驰骋万里，蓝天中有我，大地上有我，如同河流一样奔流不息！或者，他捧着自己的诗集告诉孙子辈，娃呀，这也是爷的精神遗产，好与不好也够你们学一阵子呢！

凡是潜心于文学的人，都拥有浪漫的情怀。

李宏弟先生从事诗词创作，可谓是半路出家。他毕业于西安财经学院，主攻的是财政专业，毕业后进入了财政部门。可是时间不长他就改变了事业的方向，调入县政府办公室开始了文书秘书的转换。昔日和数字报表打交道的人，怎么就摇身一变写起文章和材料了？而且在不久的以后，还写出了数量可观的诗词作品。当然，这也没有什么奇怪的，包括鲁迅在内的许多作家，也不是文学专业的科班出身。所以，我觉得李宏弟先生本来就具有文学天赋，可是让我奇怪的是，他在该书的《后记》中说："我自幼不喜欢语文，更谈不上写作。每每语文考试，成绩都相对较差。"这样，我只能说他是一个反应敏捷、头脑聪慧的多面手，容易做出自我改变，容易适应新事物。

丰富的社会阅历同样是文学创作的基础，据说全世界的作家中，有两类行当出身的人居多，一是记者，二是军人。中国的莫言就是军人出身，2015年的诺贝尔文学奖得主白俄罗斯女作家斯维特拉娜·阿列克谢耶维奇则是记者出身。虽然李宏弟先生的诗词作品仍然在探索尝试阶段，幸运的是，多年前他也有过新闻报道写作的经历，这就是创作的起步和积淀，无疑对后来步入文学之门大有裨益。

李宏弟真正开始诗词写作，是近几年的事情。他说，2011年下半年，受到周围朋友的启发，自己也写起了诗词。至今竟然已经写出了近千首，并且要出版诗集了。屈指算来，那就是四年的时间，如此勤奋，如此的数量，那都需要精神的支撑和冥思苦想的耐力。因为他所写的都是古体诗，这就不仅仅是抒发感想，而且还要在韵律上琢磨，作为新的体验和转换，刻苦学习也是必需的过程。可能还要不耻下问，要大量地阅读经典。如果没有对古体诗词的研讨，没有在古贤的经典中汲取营养，就很难想象会写出那么多。我自己从事文学创作已经几十年，但对古体诗词也只知皮毛，深知写作那样的文体必须具备两套功夫：一是将事物尽力地浓缩，二是在那种文体的约束下行笔。

潼关是一块特殊的土地，是历史上的古战场，会催发文学的生长。李宏弟先生出生在潼关，我想在李宏弟的生命中也有着那块土地留下的印痕——承继坚韧的性格，宽容外来文化。此书以《拓荒集》为题，仍然是一种精神和个性的写照。看过这本文集，以我的印象，李宏弟先生的视野很宽，随着对诗词创作的熟悉，思考也有了一定的深度和广度。第一，他结合自己的工作特性，用诗词的形式抒发了潼关县开发事业的艰难和欣喜。"盘点二〇一一年，回首往事不屑谈。乘风破浪勤劳作，聚神拓荒铭心间。"这些直白而朴实的诗句，不就是那种创业时期心境的体现吗？第二，他在尽心尽力地挖掘那块土地上的遗迹，捡拾起被岁月层层覆盖的历史碎片。从《杨震颂》《潼关怀古》

《潼关人》等诸多篇章，都能感受到他对那块土地刻骨铭心的爱。"秦山迤逦水东流，古塞名关战火秋。尚武崇文刚烈性，龙头狂舞傲九州。"这样的诗作很有历史的意蕴和内涵。第三，他走出山门向外看，在祖国的大好河山中，开阔自己的视野，张扬诗人的激情。"神舟点火上苍穹，大圣翱去驾太空。揽月天宫逢盛事，繁星索驭锦囊中。"如此的喜悦和豪情，让读者也会展开想象的翅膀在蓝天上飞翔。第四，他静听乡音，感怀乡韵，用自己的胸膛传递亲情的温度。"蜈蚣荒岭踏青外，丈干褐草寒风摆。俯首疾寻轻轻撷，拾得白蒿与荠菜。"他透过白蒿和荠菜回味生活的艰辛，体现出对生活的细致观察。

李宏弟先生的所有诗篇都充满真诚的感情色彩，但是如果单纯从文学性上阅读，我以为描写亲情和潼关怀古之类的诗篇更好看一些。另外在文字和句式上还有一些欠妥的地方，甚至有点儿牵强和生硬。当然，我们不应该对一个"半路出家"的诗人有过多的挑剔和苛求。李宏弟先生会继续拾遗补憾，在诗词创作的漫长跋涉中达到新的高度。

2015 年 10 月 23 日于惠园

平凡的人生滋味

我和赵治安的相识缘于他的第一部作品。无须进行太久的追忆，也就是两三年前，赵治安委托他身边的朋友多次和我联系，电话里相约的理由只是吃顿饭，等大家见面时，也就认识了这位新的文学同仁。赵治安还当场赠送给我一本他刚刚出版的著作《我这三十年》。当时我还在心里嘀咕，正当身强力壮的黄金年纪，怎么就好像是对自己的人生作总结了？后来我才知道，这纯粹是一个理念的误区，赵治安依然在文学的园地上勤奋耕耘着，创作的势头丝毫也没有减弱。

《人生滋味》的结集出版，就是实实在在的证明。

文学是苦行僧的事业，用古贤的话说："非宁静无以致远，非淡泊无以明志。"用许多作家的经验说："静，是一种气质，也是一种修养。心浮气躁，是成不了大气候的。"所以，我感觉赵治安首先是一个心态平和的人，即使有时和大家相聚在饭桌上，他也显得沉默寡言。他总是以谦逊的笑容、耐心的倾听来充实自己的内心世界，使之成为他文学的修养和积淀。

由相识到相熟，渐渐地，我了解到赵治安的人生阅历本身就是一本大书。他还是翩翩少年时，就经历了难以想象的精神磨砺。父亲很早就去了青海省的格尔木工作，20 世纪 70 年代中期，他们举家迁往格尔木。为赵治安的新书写这篇序言时，我刚刚经历了青藏高原上的长途旅行。在我的旅程中，几乎每一天都有朋友来电询问有关高原反应和我的身体状况。尽管这些都归于笑谈，但是也反映出亲临青藏高原的艰难和危险。而赵治安曾经生活、工作的格尔木，就是在青藏高原的纵深地带；何况他曾经是在地质队工作，不知有多少次要踏入生命的禁区，这无疑是对生命的严峻考验。

文学是有心人的事业，丰富的阅历终究会成为创作的财富。

赵治安的这本新文集就是他对自己阅历的归类和梳理。仅仅从目录的分类来看，就有"乡音乡情""五味人生""地质情结""情韵悠长""我形我塑""生活感悟"等。赵治安以《我这三十年》走进了文学的大门，现在又以《人生滋味》深化了自己的精神世界，同时也通过自己的步履丈量着社会的万般变迁，体悟着人生的五味杂陈。赵治安的笔法一直保持着质朴的本色，没有故弄玄虚的选题，也没有故作深奥的语言，一切似乎都是对生活的素描。其实文学从本质上看也就是各有各的笔致，各有各的路数，假若全是大一统的格局，也就没有作家的个性可言了。

当然，文学绝不能没有内在的情感，哪怕只是写一碗面条，其中也一定会有人文关怀的温度。赵治安对此也有自己明晰的把握。比如他写《南七饸饹》，首先就想到了这样的小吃已经成为家乡的名片。名片无疑是改革开放之后的新事物，将饸饹比喻为家乡的名片，这就有了喜悦的乡情。写完当下的喜悦和甜蜜，他又回忆起儿时的混沌和苦涩。这一单元的文章，总是让人在笑声中倏忽间沉重起来。这样的阅读体验，我以为更能增强文学性，因为幽默是文学的另一种高度，如果能令人产生心酸的笑声，那么反思和批判的深意也就存在其中了。

由于赵治安在青藏高原的地质战线上工作了二十余年，所以他对那个地方永远都魂牵梦绕，因此在这本书中他把"地质情结"列为一个单元，而且这组文章也很好看。也许是因为我对青藏高原情有独钟，一旦有人写到包括昆仑山、祁连山在内的那块神秘的高原地带，我都会如同听到来自上天的声音，精神也会为之一振。虽然赵治安只是写了亲身经历的一些人和事，但是我对赵治安心存更多的祝愿和企盼，既然他对那块地方有着深刻的认知,并在那里经受了长期的历练,那儿就一定还埋藏着源源不断的创作资源。当然,这是后话,是对赵治安之后继续创作的希望,在此我就不过细叙说了。

《人生滋味》这本书中的内容比较庞杂,还是留给读者去欣赏、去琢磨吧。最后我想说的是,文学说简单也简单,说复杂也很复杂,勤奋是创作所需要的,而深入则是文学创作最大的课题。由此我觉得赵治安的笔触还应该再细腻一些,尤其在注入情感的同时要更多一些思想性。如果立志要在散文领域挖掘,那就要在壮景、志物上下足功夫。比如回到前边说过的话题,我多么希望赵治安能写出青藏高原的渺渺茫茫、人迹罕至的那种千年沉寂。现在赵治安已经出了两本书,已经打下了坚实的基础,我相信他的文学道路会越走越广阔。

2015 年 9 月 11 日于惠园

故乡的眷顾

在 2012 年即将结束的时候,我结识了孙彦芳这个来自韩城的朋友。一见面,他就拿出一本散文集的打印稿,书名为《似水流年》。人生在世,令人惋惜、无奈喟叹的事情太多太多,但是最为眷恋的还是流逝的岁月。明代剧作家汤显祖就曾经写道:"则为你如花美眷,似水流年。是答儿闲寻遍,在幽闺自怜。"对自己的疑问,对岁月的无奈,对世事的感叹,尽在刻骨的惆怅中了。

韩城,文化古城,生长在韩城是孙彦芳的荣幸。从小到大一路走来,在白与黑的交接中,在稚嫩到成熟的过程中,孙彦芳的困惑总是多于得意。陕西师范大学毕业的大学生,完成学业后又回到了故里,那时候的他风华正茂,甚至还有着鹤立鸡群的骄傲资本。但是当了多年乡镇干部,满脸挂上风雨的沧桑之后,他却时时在诘问自己:如何才能追忆在河岸上打坐的期待,在山坡上放牧的童真?由此,孙彦芳产生了写作兴趣,俯瞰脚下的土地,重新焕发出生命的热情。

然而"提起笔来,却有一丝慌乱和仓促"。重读故乡,心里竟然充斥着诸多困惑和迷茫,他的双眼中倏然间溢出了泪水,激动、感动,难以说清。其实这正是文学的魅力所在,打开愁肠百结的心灵,才能发现情感的空缺,一幅幅几近消失的图画,一个个久未相见的朋友,原来仍然埋藏在记忆深处,幻化出流年的碎影。

在城市化进程迅速吞噬乡土文化的今天,人与人的情感就如同横空而立的摩天大楼，看起来似乎在遥相呼应，实际上却总是那样的貌合神离，甚至像手机上流行的问候短信一样，众口一词，虚伪滑稽。在目前的许多报章上，甚至还出现了"亲，如何如何"的感性用语，可我却觉出了对汉语言文字的不够尊重！

所以，孙彦芳的诗文也是对乡土文明的祭拜和寻找。记叙《童谣》的质朴，聊祭青春的《追梦》，在《心灵思语》中，他又对关于活着、关于缘分、关于忘却、关于爱情、关于面具等人间世相进行了拷问和反省，力图从自己的阅历和心得出发，真实具体地体味泥土的芳香，体味人与人的真诚和自然。

阅读孙彦芳的散文和诗歌，我还想到了流经秦晋大峡谷，从禹门口呼啸而出的黄河。我不是说他的文章有多么百回千折、大气磅礴，只是觉得他把他的人生也看成了一条河，无论是篇章的编排，还是心性的变化，都犹如先是一眼清泉，然后渐渐成为小溪，再后来就汇入人生的河流了。前边是无邪的童趣开路，紧接着是青春的无畏，越到后边，不管是故事还是笔力都变得那么的沉重。虽然仅仅是人到中年的叹息，但是生离死别的痛苦既让孙彦芳的心胸变得宽阔，又让他领悟到亲情的可贵。

这是一种生活姿态，也是孙彦芳的写作姿态。爱和坚守都与山河有关。尽管孙彦芳还对外界山河抒发了感情，但是我更希望他把整个身心都坚守在自己的土地上——最真切的感受还是来自血脉的相通以及父老乡亲心灵的共鸣！

大漠情韵

30多年前,当这个婴儿呱呱坠地时,她的啼哭和别的孩子绝不会有什么大的不同。出生在陕北绥德县一个偏僻的小山村,这是她无法选择的事情。新生命诞生,然后还要在人生的旅途中不断前行,就需要一个名字相随相伴——"刘源"从此就成为芸芸众生中的一个符号和标签。刘源的名字,带有中性的意味,如果仅仅从字眼上判断,很难弄清是男性还是女性。我忽然觉得,女性作家刘源也可能正是以此显示着自己的与众不同;抑或是父母的良苦用心,想让她的征程多一些坚韧,以抵御生命中的风雨和泥泞。

刘源将她的这本诗文集定名为《漠》,让人很容易就想到"大漠孤烟直,长河落日圆"的广袤视角和深远意境。10岁之前,刘源的学业起始于一个叫四十里铺的小镇子,这似乎又成为刘源的荣幸。陕北有一首著名的民歌唱道:"提起个家来家有名,家住在绥德三十里铺村。"三十里铺和四十里铺都在绥德县,按我们惯常的理解,这应该是两个相距不远的地方。自小就生活在民歌海洋中的刘源,那样的艺术氛围,那样的耳濡目染,时常会撞击着她幼小的心灵。民歌是诗词的本源,接受着民歌的熏陶,再加上文学天赋,刘源就悄悄地叩响了诗歌艺术之门。等年龄再大一些,刘源又随同父母搬迁到榆林。榆林城外向北而去,和毛乌素沙漠相接。毛乌素沙漠寂寥贫瘠,却隐藏着说不尽的远古传说。刘源虽然生活在城里,但总是喜欢步入毛乌素沙漠的纵深地带。这时候,她已深知精神的磨砺、细致的观察、真切的体验,甚至包括对民族苦难的追寻,都是奠定文学素养的基础,继而也就成为精神财富。

关于毛乌素沙漠,许多陕西作家都有永生难忘的记忆。那是 20 世纪 80 年代中期的一个秋天,由路遥倡议开赴陕北参加一次笔会。40 多个作家乘坐一辆大巴车,先到延安,后到榆林,最后一个晚上在毛乌素沙漠举办了一次篝火晚会。围绕着巨大的火堆,作家们狂欢乱舞。当篝火渐渐熄灭时,大家还是不愿意离去,许多人都静静地躺在冷意泛起的沙漠上,和自己较劲,和别人较劲……也就是在那次笔会之后,有了《平凡的世界》,也有了《白鹿原》和"陕军东征"的猎猎战旗。那一年,刘源年纪还很小,应该才刚刚脱离父母的怀抱。很久之后她也踏入毛乌素沙漠,那是 20 世纪末的事情,她所代表的是另一代寻梦人。

至今,刘源这个毛乌素大沙漠的寻梦者,也有了自己可喜的收获,在《漠》这本集子里,她选录了自己的诗歌,也选录了自己的散文。在我的阅读体验中,她确实有着很扎实的文学根基,将幼年受到的民间艺术熏陶,将少年和青年时期奔涌的活力,积淀和转化为对社会、对人生、对命运的思考和辨析,最终以诗文的形式高声倾诉自己精神的寻求和归依。"碧云苍洱/鸿雁栖于南方/高悬的云朵/哼唱着故乡的长调/温暖而凄凉",读这样的句子,理解多时,我似乎才读出刘源对故乡的怀念。参加工作后,刘源进入铁路建设系统,居无定所,四处漂泊。这时候她虽然暂时寄居在"碧云苍洱"的南方,耳旁却时常回响着故乡的音韵,"温暖"的是回忆的喜悦,"凄凉"的是游子的乡愁。"侧着墙壁的斑驳/我于裂隙中挤出一丛幽绿/在一季枯黄中死去也活着/我挺立脊背/卑微却高傲地抬起头颅",刘源的诗作总是透出一种以小见大的深刻和高度,在这里,"我"化成了墙壁缝隙中的一株小草或者树苗,作为一丛绿色,也许是它生长得不是地方,但是引申到社会层面,分明是对最底层生存状态的悲悯。当然,刘源的心胸中也总是高扬着积极向上的力度，呼唤他们挺立脊背，尽管命运别无选择，但是同在日月之下，也应该站成卓绝的自己！

作为一个女子，刘源的诗歌和散文却很难见到卿卿我我、儿女情长的矫揉之作。我想这样的精神、这样的性格，可能都得益于生她养她的那块土地。连绵起伏的黄土高原，荒凉而又具有包容性的毛乌素沙漠，本身就是心境和性格的磨砺场。但是，凡是作家都有性格的另一面，在刘源的散文作品中，我欣喜地看到了她的独特和细腻。面对城市里的一面墙壁，她绝不是用傻瓜照相机的手法仅仅写出墙壁的模样，而是注入了自己对社会、对人生的思考，甚至还发现"阳光用枝叶在这大墙上作画，刚刚画好，一阵风过，这画却自个儿乱了章法"。如此的描写，不但验证了刘源驾驭散文的功力，而且印证了刘源富有哲理的想象力。

爱　信念　坚强
攻无不克的战书
犹慧光悬顶

这是刘源一首诗中的句子，我以为也是刘源坚定步履、突破自我的宣言。至此我也更加深刻地理解了《漠》的内涵：刘源的"漠"，不是漠然，不是麻木，而是在茫茫大漠中无畏追寻的气度，在浩瀚无边的想象空间里构建自己的精神家园！

是为序，与刘源共勉！

2015 年 5 月 23 日于惠园

金石可镂　笔墨生辉

兆瑞和我本是同乡，又是初中同学。不过，说起我们的学业，实在短暂得有点可笑，因为刚刚入学不到一年就遇上了"文革"，从此就终止了我们的学生时代。在此后的漫长岁月里，尽管我们也被划为"老三届"，但是作为"初六八"的级别，在排序上就无疑是最低等的孙子辈了。当然，学业的短暂并不能说明学识肤浅，"老三届"之所以成为一个非常特殊的群体，也印证了那一代人丰富的阅历，以及艰苦卓绝的创造精神。作为书法家的杨兆瑞，无疑也付出了诸多心血和夜以继日的坚守。

40多年来，我和兆瑞来往并不多。

重新接续上相互的联系，是近些年的事情。记得在某一次书法展览中，我忽然发现了落款为杨兆瑞的作品，就诧异地询问书法界的朋友，此杨兆瑞哪里人氏？很快我就弄清楚，经常在书法展览中露面的杨兆瑞就是我的同学兼老乡。我搞文学，他搞书法，昔日的两个青涩少年，现在都进入了文艺圈子，尽管从事着不同的门类，但说到底是殊途同归。

这样，我和兆瑞就有了倾心交谈的机会。

兆瑞一贯谦和，却常常让我喜出望外。2008年，大概是冬天，我们在一次朋友聚会中又偶然相遇了。开始我只是客套地问，最近忙什么呢？他轻描淡写地说，出去了一趟。接下来我就赶紧转移了话题，没有再深究"出去了一趟"的真正含义。因为我早已习惯了某些人的张扬,经常把自己吹嘘得就像是什么权威,也许只是回了乡下看了老娘,但从某些人的嘴里说出来,弄不好就是出国访问了。

席间,别的朋友端起酒杯说,祝贺杨兆瑞先生访日归来!现在出国也不是什么稀罕事,有权或者有钱都可以很容易四处周游,但是兆瑞的"访日归来"却是书法成就的体现。在纪念中日邦交正常化35周年之际,国务院发展研究中心、中国书法家协会中央国家机关分会和中国书法研究院联合组成了只有20人的"访问日本书法代表团",杨兆瑞就是成员之一,这肯定是莫大的荣誉了。可敬的是兆瑞并没有因此而自鸣得意,如果没有酒场朋友们的举杯祝贺,我会一直浑然不知。

至此,我对兆瑞才真正刮目相看了——不仅仅是他的书法造诣,更多的是他对于荣誉的低调,以及朴实无华的做人风格。

除此之外,兆瑞还获得了许多赞赏和荣誉。我对书法是门外汉,别说评说他的作品,就是对他创作过程的一点得失,也不好妄加评论。时间长了,我只知道兆瑞的成名作和平时操练的都是篆书,这就再次让我错愕和钦佩:中国的书法有着悠久的历史,而篆书可以称为书法中的"祖师爷",在远古的"先人"头上动土,需要多么大的信心和勇气!凡是研究篆书的人都知道,要使篆书承古出新,就必须一头扎进故纸堆,从汉文字的起源入手,一步一步地向现代走来。根据我粗浅的理解,熟悉了篆书的发展,起码也应该是一个文字学家了。没掌握那样的金刚钻,就别揽篆书这样的瓷器活,照猫画虎,只能弄出个四不像。比如某一个字,起始于哪个朝代,然后在哪个朝代又有了什么变化,作为现代的篆书家,都需要熟记于心。何况书法艺术还属于美学范畴,临摹古人容易,形成自己的特色就非常困难了。

由此,我对兆瑞更加钦敬!

2011年5月23日于惠园

挚爱故乡　笔墨留意

屈小平是我多年的朋友,并且一直保持着密切的来往。前些日子,我和武汉市一位作家朋友正在井冈山旅行,忽然接到了屈小平的电话。屈小平问我在哪里,我说我们的车子正行驶在井冈山的茨坪镇。屈小平有些愕然,然后祝我一路顺风,就把电话挂了。我听他的口气好像有事,又回拨了电话说,你有事吗?如果用电话可以帮助,那就不能把事情耽误了。他却一再说,没事,没事,你就放心地旅行吧。数日之后我回到渭南,也没有主动给小平打电话,仍然把那天的通话看成朋友间习惯的惦念和问候。说实话,经过连续多日的长途奔波,我实在想静心休息,甚至在心里编织了谎言,以避免各种打扰和应酬。归来后的第二天下午,屈小平又打来电话,问我哪天才回来。这时候,我有了深深的自责和歉意,立即如实地告诉他,已经到家,有事我们可以马上见面!

最能施惠于朋友的,有时候仅仅是一种真诚的态度。

屈小平驱车从蒲城县赶来,尚未落座,我就以我那惯常的直率说,先说事,其他的寒暄和客套都不需要!屈小平就掏出一本文稿说,他想再出一本书,让我给他写个序言。我扑哧笑了,说,原来就是这么一件简单的事情呀。小平有点拘谨地说,他想尽快把书印出来,所以就赶得急了些。这就是屈小平,魁梧的个头,帅气的相貌,心性却是那般的绵密。他说他不想给我的旅途增添负重感,所以就不能在电话里说清楚，免得我在路上就开始思考，影响了心情的愉快。

　　正因为屈小平处处为朋友着想，我才格外看重这个小兄弟。这些年，凡是有文艺界的朋友要去蒲城搜集资料，不用我出面作陪，只需提前告知屈小平，他都会安排得非常周到。最近的一次——2015年5月8日，全国各地20多个作家朋友会聚西安，而且要来渭南看一看，让我做东。我立即想起的就是人文荟萃的蒲城县，又不好让官方接待，眼前出现的仍然是屈小平。屈小平不但自任导游，而且还从网上传来一份详细的路线图。短短一天时间，就几乎把蒲城的旅游景点齐齐看了一遍。至今，许多远方的朋友还会时常向我念叨屈小平的名字说，你有那样心细的朋友，人生的荣幸啊！

　　阅读《家在蒲城》，让我对屈小平更加刮目相看。屈小平供职于蒲城县委宣传部已经有20个年头了，先是从事新闻写作，后来在"文明办"担任领导工作。他曾经五次进入北京人民大会堂和全国政协礼堂，出席了优秀新闻工作者和全国新闻奖的颁奖仪式。早已面世的《耕耘集》，现在又即将面世的《家在蒲城》，无疑都是他的创作心血，饱含着他的生命激情，体现了他对家乡的热爱。

　　《家在蒲城》讲述的都是蒲城的故事。但是屈小平的思考和研究，又不仅仅局限在这块土地上，不但可以看出他的细心，而且可以看出他调研时广阔的边界。比如对林则徐来蒲城的考证和资料挖掘，对唐代诗人李白的职业考证，对清代文人纪晓岚奇闻异事的描述，都会让读者眼前一亮，得到填补知识空缺的惊喜。尤其是《百年姻缘》，实在是一篇精彩的传奇。此篇作品，由清朝名相王鼎与爱国名臣林则徐的生死情结写起，一直写到王氏家族和林氏家族的后世姻缘，读来让人感到非常沉痛，同时又感到无限欣慰。另外，屈小平还以独到的眼光，发现这块土地上的历史遗迹，延伸这块土地的历史长度，从而增加家乡人民的自豪感，增强家乡的影响力和吸引力。他撰写的《蒲城发现纪晓岚的手抄诗本》《林则徐遗墨惊现蒲城》《蒲城有个山西村》《蒲城发现成吉思汗的后裔族谱》《蒲城发现一战国时期古墓群》等文章，都给读者留下了深刻印象。

屈小平身为机关干部，长期在县"文明办"工作，理所当然必须关注全县的精神文明建设。所以，不管是前一部作品《耕耘集》，还是这一部作品《家在蒲城》，其中的许多篇章所写的还是蒲城县的新闻，寻找和发现各条战线上的劳动楷模。让我感到难能可贵的是，屈小平的笔墨并没有一味地取悦英雄模范、精神楷模，对底层民众的心酸事，他同样敢于秉笔直书。《四十年讨回清白路》就是让人欲哭无泪的故事。《网恋引发的凶案》以及用小小说和散文的形式写出的《计薪风波》《假币：心灵历练》等篇章，也都是对社会负面现象的一种揭示和提醒。凡此种种，都可以看出屈小平是一个喜欢观察、喜欢思考、喜欢不断学习新事物的有心人。

积累是宝贵的财富，积累可以让人变得充实。屈小平在新闻领域、文学领域、文史研究领域都取得了可喜的成就，可以说活得有滋有味。有滋有味的生活多么美好——这就是我对屈小平的钦敬和祝贺！

2016 年 11 月 18 日于惠园

虔诚的依恋

文学拒绝匆匆的过客，只青睐于矢志不渝的坚守者。文学不是宗教，却要求具有虔诚的灵魂。如此说来，我们才能深刻地认识到，为什么每一位作家都把文学视为神圣的事业。当我欣喜地阅读雪馨女士的这部散文集，并且得知她的创作历程后，首先得到的仍然是这样的印证。

认识雪馨女士的时间并不长，大约是在2010年深秋或初冬。记忆如此模糊，是因为那是几拨人巧遇而拼起来的饭局，除了熟悉的几个人，其他人的面孔都很陌生。依稀记得，有人介绍她是摄影爱好者。志不同而道不合，尽管我对别的艺术门类没有门户之见，但是隔行如隔山，就和她没什么交谈，也没有记住她的名字，分别后很快就忘却了。

翌年5月，雪馨女士供职的那家大型企业所在的县成立作家协会，邀我前去祝贺，我和雪馨女士才又有了见面的机缘。我这才知道雪馨女士不但长期坚持文学创作，而且已经有了一定的成就。

既然是文学同仁，我对她的作品就渐渐关注起来。感谢现代化的通信方式，通过网络，我很快阅读了她的一些散文。客观地说，雪馨女士前期的作品，已经具备文字的质感和语言的张力，不足之处大都是结构问题，或者还有描述的细腻程度。我一直以为，判断一个作者的文学才气，首先要看其驾驭语言的能力，再就是看其对生活、对周围的环境,甚至对身边的一草一木有没有独特而又新颖的思索和感受。仅从雪馨女士前期的作品中,我已经得出欣喜的结论。如果她能尽快调整好自己的心态,真真正正把工作之余的精力定位在文学创作上,不管在数量上还是质量上,都会很快取得新的进步。

但是当时我并没有过多的预期,也没有过多的赞许,这是出于一种习惯性的担忧。在我接触过的许多文学作者中,三天打鱼两天晒网者居多,何况雪馨也有自己的本职工作,而且听说每天的工作都很繁忙,希望太大就是苛求。甚至在很长一段时间里,我都没有和她再联系,只期盼她能自我努力,自我沉静,把文学视为生命的另一高度。那样的一次会议可能给她的创作带来了动力,创造了一个良好的氛围,当我连续在省市几种报刊中看到她发表的散文时,不由得向她打电话表示由衷的祝贺。可是她竟然平静地说,文学是愚人的事业,没有埋头苦干就不会有新的收获。语言虽然简短,却证明了她的心态:心系一处,不骄不躁。那种不事张扬的风格、笔耕不辍的精神,不仅让人敬佩,也进一步奠定了她步履坚实的基础。这时候,我更加有理由相信,在东府散文创作领域,必将有雪馨的一席之地!

这本散文集的出版,即是雪馨对自己的证明。

文学是一个人的马拉松。依靠自己的毅力和悟性,雪馨不但坚持勤奋地写作,而且她的作品越来越耐人寻味。全面阅读她的作品,既可以看出她的心路历程,也可以看出她的创作已经有了质的飞跃。

这还得从她的前期作品说起,比如《楝树情结》《塬畔精灵》《樱花时节》等等,那个时候她只注重景物描述,作品具有强烈的画面感,稍缺生命意识的强化以及对社会的人文关照。但是我对那篇《雪的日记》曾经给予过鼓励和肯定。一场旷日持久的大雪,起初让作者兴奋不已,甚至还为那场雪记了日记,因为她诞生于雪天,还给自己取了个笔名叫雪馨。显而易见,雪已经融入了她的生命,在那白雪皑皑的世界里,几乎可以让她忘记烦恼,可是她写着写着又有了忧患,由对雪的不尽留恋,转变为期待晴朗的无言呐喊。众所周知,2008年元月的那场大雪,范围之广,时间之长,雪量之大,都是百年难遇,后来成为遍及中国南北的大灾难。在人类共同的灾难面前,作者只能放下自己的喜好,原有的兴奋也一下子变成了和亿万人民共同的忧愁。当然,我并不是对那篇作品全盘叫好,只是对作者的冷静思考和那种跌宕起伏的情绪感受深刻。也许在国家的档案里会记下那场灾难深重的大雪,而作为普通人,对任何灾难都会渐渐遗忘。雪馨却把它记下来,不但说明了她的良知,还应该能说明她捕捉题材的能力和敏锐。另外还有一篇《春雪》,也可以印证作者对于生命意识、社会变迁的自觉和清醒。在一个春寒料峭的雪天里,那个老铁匠完全不管门前的长期冷落,继续孤寂地锤打着自己的铁器,是一种意志的顽强,还是不甘心命运的淘汰?由此我忽然想起了海明威的《老人与海》,这两篇小说虽然不可同日而语,但是《春雪》的寓意和象征,完全可以说明雪馨在创作中具有的素养和底气,以及对生活的洞察力。

挤身于文学的甬道中,有时会让人觉得拥挤得透不过气来,有时又觉得各自占领着一方水土。有了清醒的创作意识,雪馨再写出的作品就说明她领悟了文学是人学的真谛,笔力所至也都是自己熟悉的人和事。《父亲是一座山》《妙影》《怀念秦牛》《二姑夫》《那片海》等稍晚一些的作品,都将人摆在视觉的主要位置,语言也变得朴实无华,注重对人物性格的刻画。人和自然相依相存,是天地间的大合唱。对景物的抒情,是人对自然界的依恋;而对人的叙述,则是对心灵的挖掘和对世态的追踪。雪馨这一类别的作品,似乎更加有了成熟的趋向,已经渐渐地摒弃了浮光掠影的简单描述,有了朴素而深切的情感,同时也是在陶冶自己的情操。她的文体也变得挥洒自如、结构合理、张弛有度了。

实际上每一个作家在提升自己创作的高度时,都需要借鉴和汲取前人的经验和智慧。发现距离本身就是创新的动力。雪馨的生活圈子和工作岗位都很平凡,这样就必须扩大视野,用阅读弥补知识的缺失。据说她一直喜欢俄罗斯文学,尤其对蒲宁的作品,她会不断地进行系统阅读。除此之外，她说她还看一些荣获诺贝尔文学奖的作家的作品，对鲁迅、梁实秋、郁达夫、萧红等中国现当代作家的作品也都有收藏和不间断的浏览。这对于一个工人身份的作家来说，实在是难能可贵。

"非淡泊无以明志，非宁静无以致远"，雪馨新近创作的一组散文让我不由得想起了这样的至理名言。我不想也不能详尽地列举出她的每一篇作品，只觉得那些篇章都是她的心血，是一个散文作家真才实学的标志。《妈妈的煎饼》不仅是感恩的回忆，而且写出了煎饼的演变史，甚至也是新时期一段历史的浓缩，让人回味无穷。《沾衣不湿杏花雨》则注入了淡淡的诗意，有了知性的追求和探索。《关乎生命》无论是取材还是结构，都显得很大气，把几个毫不相关的生命现象连缀在一起，从而解读出生命的无奈、坚强和活着的意义。这样的好作品还可以列举许多篇，从创作时间来看，也都是她收录在这本书中后期的作品，而且在数量上也占了大部分篇幅。雪馨的创作道路还很长，但是就这本书来说，聪明的读者都可以看出她的变化和进步，先以借景抒发自己单纯的情感，后以目光所至思考着底层人物的生活状态，紧接着又以人景合一扩大作品的容量，增加作品的多元性。

最后我还想告诉雪馨女士，一部作品的出版，只是创作过程中的里程碑，还远远不是创作的终点。在你畏难的地方，一定埋藏着你的潜能；在你的人生步履中，一定还有更大的目标；在经过文学陶冶的心灵中，一定还有新的创造力。

放眼高空看过云
——简评《渭河之春》

《渭河之春》是苏太平先生的一本纪实性文集。其中收录的文章，或是报告文学，或是人物素描，或是一事一议，有些篇章还可以看出距今年代久远，这足以证明苏太平先生步履的艰辛和精神的执着。据苏先生讲，为了出版此书，他做了多年的酝酿和准备。现在这本书终于要和读者见面了，我也为之欣喜和祝贺！

苏太平先生是蒲城县人，尽管我没有细究他的人生历程，但是从这本文集中可以看到，他不但写了蒲城周围的人和事，其笔触甚至涉及省上其他好几个市区，显而易见，苏先生终生都和新闻事业有着不解之缘。而且，报告文学和纪实文学都属于文学门类，从而也体现了苏先生的文学造诣。

这本书宣传和歌颂了陕西省特别是渭南市各条战线上一大批勇于改革、锐意进取，并且在改革实践中取得显著成绩的先进集体和模范人物。此书内容丰富，题材广泛，涉及的人物有身居高位的领导干部，有高等学府的学者教授，还有科技工作者、医务工作者、公安战士以及众多的德艺英才，等等。阅读此书，似乎是在聆听一曲改革开放的交响乐，似乎是在欣赏一首振兴中华的大合唱。

苏太平先生对新鲜事物很敏感，这也是新闻事业赋予他的个性特质。不然，他怎么能和时任的省政协主席进行访谈，写出了《建设好西部大开发的桥头堡》一稿？这篇文章不仅回答了各级政协组织，如何在西部大开发中抓大事、出实招、献良策，协助各级党委和政府做好实施西部大开发的各项工作，而且对各级政协组织当时的工作方向和重心也具有启迪作用。此类大文章还有《创新：构筑21世纪大学新模式》，通过对西安某个大学名校领导班子主要成员的访谈，描绘出21世纪具有中国特色的现代大学教育制度改革的新蓝图。这些文章，既新颖，又有深度，因而被国家级的大型刊物在显著的位置发表。

当然，在苏太平先生的笔下，更多的还是普通的基层干部和劳动者。这些人物有血有肉，栩栩如生，他们平凡得就像生活在我们身边的邻居大哥和大嫂，而他们创造的业绩却是那么的可歌可泣，令人感奋。由于苏太平先生在对他们的描述中，非常注重文学性的刻画，所以，读者不仅能够熟悉和了解他们的创业过程，还能感悟到他们的精神世界，以及他们心灵深处的苦与乐。在我看来，越是普通平凡的人物，越容易让读者感同身受。在苏太平先生那些平平常常的描述话语中，甚至还隐含着崇高的道德情操和谐趣的民间哲理。

如实报道和人物刻画，这可能也是新闻和文学的结合点。比如写先进人物，如果缺乏对人物精神层面的深入挖掘，其先进事迹就会成为无源之水、无本之木，因而很可能令人难以信服，或者留给读者的印象不深。所以，苏太平先生始终把握着选材要严、开掘要深的重要原则。据苏先生说，为了深入了解采访对象，为了准确地掌握人物心态，他很多时候还会和笔下的人物同吃同住同劳动，体验他们的心路历程，体验他们的失败和成功，这样下笔时才能使人物形象化和立体化；有时候受到笔下人物的感动，他自己都会热泪盈眶，泣不成声。苏太平先生还善于捕捉能够反映事物本质特征和人物个性特征的细节，往往寥寥数笔就会让我们如同身临其境，人物的身世背景和性格也都活灵活现地跃然纸上了。至于书中的精彩句子和出彩的情节，我不想赘述，还是留给读者去阅读和体会吧。

这本书是苏太平先生数十年心血之集成，一路走来，他也已经成为书中的一个人物；虽然他一直隐于作品之后，但是他笔下的每一个人物都会记住他。我相信，随着《渭河之春》的出版，更多的人会向他致敬！

春之盎然，春之绚丽，也是对苏太平先生的祝福。

2015 年 6 月 5 日于惠园

对菊延宏先生小说的阅读与思考

近些年来，在不断涌现的文学队伍中，从事小说创作的作者显得奇缺。尤其是专攻中短篇小说的作者，更是犹如"十亩地里一苗谷"。所以对菊延宏，我就有了惺惺相惜、一见如故的期待。因为在我看来，小说与其他文学门类相比，无论是外在的涵盖面，还是内在的艺术张力，都具有更加复杂的综合性，更需要费心费力。丰富的语言储备，有寓意的景物描写，独特的生活细节，深刻的社会思考……都会在小说中有所展现，都是必不可少的创作理论命题，同时也构成了中短篇小说精心而又复杂的准备过程。

我和菊延宏初次见面，大概是在两年前。一位新闻界的朋友牵线，把菊延宏介绍给我说，他是非常执着的文学作者，已经写出不少作品。我首先询问菊延宏，你是从哪种体裁入手的？菊延宏坦诚地说，散文、诗歌都在写，但是最喜欢的还是中短篇小说。我说，那就先把主攻方向定下来，这样才能心有定力。别说是文学，每个人一生都必须有方向感。如果没有方向感，那就是眉毛胡子一把抓；如果没有方向感，很可能就从糜子地里走到谷子地里去了！那天见面后，菊延宏就把他的几个短篇小说发到了我的邮箱里。看过之后，我对菊延宏的创作态度、文学天赋、构思能力就有大体的认识了。现在，菊延宏又要结集出版他的中短篇小说集，整体阅读了他选到集子里的作品，我对他的创作能力就有了更加明晰的评估和判断。

客观地说，文学确实需要天赋；天赋很重要，而且是一个决定性的条件。尤其是写小说的人，起码要有虚构故事的能力。看过菊延宏的小说集，我觉得他在文学天赋和小说创作的经验积累上，已经具备了比较坚实的基础。《彩云追月》是菊延宏收在此书中的唯一一部中篇小说，而且整本书也以这部小说的题目命名，可见菊延宏对这部中篇小说比较看重。《彩云追月》写的是一个女人的命运史。文学的经典理论认为，小说三要素包括情节、人物和环境，其中人物是重心，是灵魂。菊延宏在《彩云追月》中，着力刻画了主人公秦云菲孜孜不倦的追求，同时也描写了她灵魂深处的抗争和演变。她天生丽质，善良本分，最初不失农村女人的质朴。可是她在不算漫长的人生中，却不时受到命运的捉弄，尝遍了人间的酸甜苦辣。新中国成立初期的家庭成分，致使父亲背负着沉重的负担。为了生存，父亲不得不远走新疆，偶然的机会下才找到自己的伴侣。秦云菲成长在改革开放的新时期，可是在欲望横流的生活环境中，她的爱情和情感又屡屡发生意想不到的变故。经过诸多的打击和磨砺，最后她终于开始自我觉醒，用心灵的沐浴洗刷了遗落在内心的伤痛，开创了自己的事业，迎来精神的新生。我不是说菊延宏这部小说写得有多么精致，而是觉得他已经逐渐掌握了小说创作最根本的东西。虽然父辈那一代人的爱情仅仅是一种追忆和参照，但是和秦云菲的情感经历结合起来，就给这部作品增添了丰富的社会性。社会转型改变着物质，同时也改变着人的精神世界。物质的丰富，也可能会让人心变得贪婪，让人变成金钱的奴隶……凡此种种，我以为这就是菊延宏力求表现的东西，也是他创作上难能可贵的收获。另外，《樱桃红了》《菊梅兰》《农村故事》等几篇小说也是以故事性见长，或写人物的命途多舛，或写人的生存的跌宕起伏，都会让读者读出缤纷多彩的生活景象，以及五味杂陈的情感体验。

如果说《彩云追月》等几篇小说展现了菊延宏编织故事的能力，那么《别无选择》这个短篇小说则是他在人物心理描述上的试验。这篇小说篇幅不长，主要笔墨都用在了对女主人公杜鹃的心理刻画上。婆婆瘫痪在床,孩子在县城上学,丈夫在外地打工,如此孤独的生存处境,让年轻的农村留守女人杜鹃在夜深人静时苦苦煎熬、浮想联翩,读来就会让读者产生无限的心酸。尽管菊延宏的笔法很平实,但是敢于大段大段地作心理描写,这对以写小说为主攻方向的菊延宏来说,是一个勇敢的挑战。当然,这样的挑战也是必不可少的。外在和内心,每个人都存在于两个世界,一个公开的,一个隐秘的。心理刻画展示的就是隐秘的内心世界,有时候隐秘世界的冲突可能更加传神,更加感人。

《豆豆歌王》也是心理刻画小说,不过和《别无选择》的结构形式有所不同。残疾青年吴友以卖毛豆为生,他还有一副好嗓子,经常以唱歌吸引顾客,有人就送了他"豆豆歌王"的外号。有一天,一个智障女孩来到"豆豆歌王"身边乞讨,"豆豆歌王"从那个智障女孩的眼神里看到了同病相怜的惨状,内心世界受到巨大冲击,在翻江倒海的思绪中,想到了自己家庭的一个又一个悲惨经历。有了"同是天涯沦落人"的心理照应,在这篇小说的结局中,"豆豆歌王"全家欣然收养了那个智障女孩。我们在评价一部小说时,会时常说到"人文关怀",菊延宏的好多小说中都有这样的题旨。当然,大凡小说或多或少都有心理描写,我之所以要在菊延宏的小说中仔细发现有关心理和灵魂刻画的篇章和情节,也是为了检视菊延宏在小说创作中的基础。

我在阅读小说的过程中,还喜欢观察和发现结构形式的运用。传统的小说理论,都非常讲究小说的主线和视角。可是新时期以来,小说理论发生了许多变化,呈现出多元化,甚至还出现了纪实小说、非虚构小说、散文化小说、意识流小说等新的门类。在小说的结构形式上,有许多作家也打破了常规。我不知道菊延宏是不是有意而为之,或者是在进行多种结构形式的练习,总之在他这部小说集中,我能看出他的多种变化。比如《彩云追月》的结构,最先出场的是秦云菲,菊延宏的笔锋突然一转——"云菲是我的好姐姐……"叙述者又变成第一人称"我",以"我"的视角看到了秦云菲的日记,从而又进入秦云菲的故事中。再比如《菊梅兰》的结构,小说没有把一个主人公的故事贯穿到底，而是不停地转换视角，让菊、梅、兰这三个姐妹轮番出场，轮番描写她们不同的性格、不同的志向、不同的人生观。由此我还联想到著名作家汪曾祺的短篇小说《故里三陈》，汪先生就是在这篇小说中写了陈小手、陈四、陈泥鳅三个人物。除了"故里"是他们的相同点，其他完全没有关联。实际上这样的结构形式，许多作家都运用过，菊延宏应该是对经典的借鉴。不过菊延宏的《菊梅兰》中，三个人物之间还有内在联系，甚至还有命运的交织；尽管不是传统的结构，读起来却让人感觉浑然一体。在菊延宏的这本小说集中，运用了此类结构形式的还有好几篇，比如《樱桃红了》，比如《农村故事》，都是在"故里"的主题追忆中呈现出众生相。

菊延宏的家乡在秦岭脚下，那里曾经是穷乡僻壤。后来他走进城市，开创了自己的事业。儿时和青少年时期的艰辛，后来都成为他的精神财富，成为他播种文学种子的土壤。菊延宏的文学作品几乎都取材于他熟悉的生活场景——生活过的农村、创业中的城镇。这就带来一个问题：菊延宏的小说打上了纪实性很强的烙印。纪实性也没有什么不好，我只是觉得，纪实性太强就会使中短篇小说缺失应该有的凝练和空灵。另外，在作品中使用流行歌曲和古诗词，一是不宜太多，二是必须删减，否则就会显得烦冗。还有，这部集子的部分作品看起来好像独具匠心，实际在读者看来显得不是那么真实。比如《重新开始》，父母和女儿用对诗的方式做游戏，这个故事发生在一个非常普通的家庭里，就显得有点牵强和生硬了。菊延宏正处于创作精力旺盛期，他作品中存在的问题，也是摸索和试验过程中的坎坷。实际上，每个作家在自己终生追求的道路上都会是跳过一道坎，又出现一条沟；或者说，都需要不断突破横亘在创作过程中的瓶颈。

"彩云追月"也可视为菊延宏对自己文学理想的鞭策：翱翔蓝天，飞越江湖！

2017年7月26日于惠园

对庞文梓先生小说的几点看法

近年来，庞文梓是陕西省比较活跃的青年作家之一。他不但勤奋，而且多产，已经发表和出版了三部长篇小说，中短篇小说也有多部（篇），此外还有已经写好的一批作品正待修改，有的已经被多家刊物留用。这些创作成果是值得肯定和祝贺的。

总体来看，庞文梓的创作态度很老实，创作手法也是地地道道的现实主义。他的生活面比较广阔，也具有较强的编织故事的能力，文字上始终保持着非常朴素的本色。以前我不认识庞文梓同志，但是在一些省内刊物上看过他的一些作品。这一次会议之前，才看完了他的大部分作品，尤其是长篇小说《高天流云》。这部作品发表在《中国作家》杂志上，由湖南文艺出版社以单行本出版时，书名又改作《天际》。所以，我以为这部长篇小说应该是他的代表作，并且做了重点阅读。下面我就对庞文梓创作的得失谈谈自己的看法，剖析的基础还是以这部长篇小说为例，另外也会涉及其他作品。这可能对文梓不太公正，因为他写好待发的作品或许更好一些。但是这次会议的主旨是剖析作家的缺失和困惑，说到底也是为了鞭策和促进，所以我只能着重说说问题的一面：

第一点，我以为文梓缺乏强烈的突破和超越自己的自觉性。要求每一个作家都在文坛上独树一帜，那实在有点过于苛刻，但是作家自己却必须建立这样的自觉，起码应该突破和超越自我。文梓1999年就出版了长篇小说《情近情远》，2001年又在《延安文学》杂志上发表了长篇小说《是是非非》，《高天流云》这部长篇小说的发表和成书是在2004年。单纯地将这三部作品的语言进行对比，我以为《高天流云》并没有质的飞跃，甚至《高天流云》的语言文字还没有《是是非非》干净和流畅。文学毕竟是语言的艺术，陈忠实先生就写过一个长篇文章，题目是《寻找属于自己的句子》，他说的是创作《白鹿原》的准备过程。一部伟大作品的诞生，作家首先寻找的是属于自己的句子，可见语言有多么重要。当然，每一个作家的情况不同，但是共同的目标都应该是站在自己的基础上有所创造，有所超越，下一部作品比上一部作品成熟一些，精致一些。原地踏步不行；如果说有所退步，则更是自己的敌人。"我们都没有权力差强人意。"——这是文梓写在《高天流云》中的一句话，看了真是让人费解。"差强人意"是说，虽然不是很好，大体还看得过去，但是整个句子究竟要表达什么意思呢？诸如此类的句子还能举出一些。此外，从整个语言的节奏来看，也显得拖沓，水分太多。现在的小说都非常注意节奏感，马尔克斯的《百年孤独》写了百年的故事，可是只用了28万字。我以为文梓要从这些大师的作品中认真地吸收营养，学习许多现成的经验。

  第二点，我以为文梓的创作心境渐渐地失去了沉静和耐心。还是以《高天流云》为例。这是一部反腐题材的小说，同样题材的文学作品在前几年可以说是铺天盖地。这不是说文梓不应该写这样的作品，人家写他们的北京或上海，你写你的漠北，都是无话可说的。问题是文梓似乎离开了自己熟悉的生活，在作品的准备和构思上稍显不足。公平地说，这部长篇能在大刊上发表，出版社又以单行本发行，必然有它的可读性，给文梓甚至是陕北文坛也争得了荣誉。荣誉已成为过去，直率地说，那样的荣誉也许只是那个时期的文学风潮。文学是要讲究生命力的。我不想在题材和作品的内涵上过多地剖析，只想在这部长篇的技术层面上谈谈我的看法。由于准备不足，小说在整个结构上就有点儿粗疏，对许多人物都是信手拈来，而没有给予他们在故事中的使命感。关于这一点，评论家常智奇已经说了很多，我很同意他的观点。

说到这里，我突然又想起庞文梓的一个短篇小说，篇名叫《这里的天地静悄悄》，发表在《延河》杂志2008年7月号。它也许不是庞文梓的重要作品，却无疑是他最新发表的小说。最新的东西而结构又不尽合理，这就仍然涉及自我超越和心理的沉静问题。作为陕西省作协不多的签约作家之一，我以为庞文梓不应该一味讲求作品的数量，而要在质量上更进一步。但是这篇小说显然有许多不足。首先小说在角度上有点错乱，短短数千字的作品，庞文梓写了三个人物，作品的三个情节也是以三个人物的名字命名。这样的结构也许是文梓出于创新的动机所做的一种小说结构的试验，可是这样的创新恰恰偏离了短篇小说应该密切注意的要素。除了结构和角度错乱之外，我以为这篇小说实在只是一个故事梗概，也就是说没有注重必要的情节铺垫和细节描述，因此使故事失之简单，人物失之虚假，让读者难以置信。比如那个大款吴铁和女医生秦宇明的认识过程就交代得十分粗略。文中，庞文梓写道，他们也就是在某个餐厅碰了两次面，第一次是吴铁发现秦宇明颇有姿色，立即就垂涎欲滴；而第二次，"终于，吴铁又看到她一个人用餐。吴铁很自然地走到了她身边，两个人谈论了一阵子。以后的日子，他和她越走越近。他如愿地搂抱了她"。本来，我以为这里才应该是故事的核心，能使读者明白吴铁是用什么手段把秦宇明骗到手的，秦宇明又是出于什么动机抛弃了王北，心甘情愿和吴铁鬼混，最后甚至眼看着吴铁驾车轧死了王北。但文中却只用了这么几句话草草带过，导致一篇"人命关天"的小说却让人看得糊里糊涂。作为写实小说，《这里的天地静悄悄》中既没有细致的心理描述，也缺失必然的情节交代。

第三点，我以为文梓还应该在刻画人物的性格上下功夫。大凡好小说，都能够把握住细节，故事也引人入胜，尤其是人物应该栩栩如生。我不是说文梓没有注重这些方面，在他的许多作品中，这些方面都有所体现。但是从《高天流云》和《这里的天地静悄悄》来看，他对这些要素的把握还必须加以充分的注意，不然读者就会对他笔下的人物产生似曾相识之感。段正海是庞文梓在《高天流云》中着力刻画的主人公，但他作为漠北市的纪检委书记、反腐斗争的勇士，读者却很难看出他应该具备的智慧和别具一格，甚至他破案的进展都是偶然所得。在文学作品中，主人公作为一个艺术形象，我以为必须赋予他驾驭故事进展的必然性。赋予人物的性格，还应该注意"异态常情"，异态就是艺术的塑造，常情就是生活，只有把这二者结合起来，才能带来艺术形象的成功。再比如另一个人物常茹茹，她是段正海的部下，暗恋着段正海，这本来应该是整个故事的副线，可庞文梓总是让她游离在故事之外。文梓对故事设计的初衷是不错的，常茹茹暗恋着段正海，而段正海反腐调查的对象之一又是常茹茹的哥哥常如峰。问题是作者设计的这条感情线却没有写出艺术的成分，从而使这条副线显得非常苍白无力。我想，这条线索能不能这样发展：在常如峰不明不白地被人暗害之后，常茹茹愤然离开了段正海，甚至离开了工作岗位。这是因为她对段正海失去了敬重和信任，她要自己悄悄地对哥哥的死亡进行调查。她这样的行为，让段正海也更加心痛，对腐败分子的斗争也更加坚定不移。他们各自的行动不但加快了调查的进度，而且他们在调查过程中都发现了对方的正义和可爱，又使感情进一步加深……我不是说我这样的设计就很好，只是觉得绝不能让主人公游离在故事之外，要做到不但有常情，而且有异态。

最后一点，我觉得文梓还应该加大自己的阅读量，充分做好素材的搜索和准备，否则容易出现常识上的问题。比如在《高天流云》中，他多次写到纪检委书记要对民营企业主进行"双规"。据我了解，"双规"只是针对党的领导干部而言，至于对其他领域，则必须向司法机关通报或与之合作。还有，这部小说中的政法委书记分管的是文教卫生口，主人公段正海是由某个区的常务副区长直接提拔为市委的纪检委书记，这些似乎都与常识不符。漠北市的检察院直接审判漠北市的市委书记,这也和法律中异地关押、异地审理原则不符。诸如此类的常识性问题,在《高天流云》中还能举出一些。当然,小说的构思和人物自有其特殊性,我在这里仅仅是和文梓商榷,以便使他的作品更加严密和准确一些。

  在发言之前,我和文梓已经有过私下交谈,我深深觉得文梓是一个善于倾听的朋友。他对他的创作也有许多不满意,并且有自己的艺术追求。他最近写出的一些作品,确实也有了质的变化。所以,我们都应该对文梓有所期待,相信他一定会在文学道路上越走越扎实,小说也会越写越好。

苍凉的乱世悲歌

——简评《黑石村往事》

王保卫先生笔名巴漠,他在完成《火山口》那部长篇小说之后,很快又出版了《黑石村往事》这部长篇小说。《火山口》是当代题材,《黑石村往事》是现代题材,这两部作品不只故事不同,在笔致上也出现了比较大的变化和转折。作为一个起步时间不长的作家,他的这种试验和挖掘值得赞赏!

为什么说他的《黑石村往事》换了一种笔致呢?正如王保卫先生在这本书的后记中所说,在写作这部作品的准备阶段,他就已经在非常自觉地阅读经典,学习另外的创作方式,从而使这部作品的语境和结构都显得与众不同,起码在渭南或者陕西文坛都是走的另外一条路子。而且很显然,王保卫的文学偶像是莫言,所以从这部作品的格调和语言风格中都能找到莫言的影子。

总体来说,《黑石村往事》的内容比较厚重,结构也尽力向大气上靠拢。在故事情节和人物的选取上,有地下党,有国共两党势力的代表,有土匪,有富商,当然也有社会底层众生相。有人说王保卫这部作品填补了一种题材的空白。其实这只是一种误读,因为陈忠实的《白鹿原》早在20多年前就已经占了先机,前段时间华阴一位作家的长篇同样是描写这个历史阶段的民间叙事。

《黑石村往事》引起读者阅读兴趣的,还在于作品体现出的地域文化。它有一种强劲的质朴感,尤其在那些夹叙夹议中,也传递着作者自己的文化精神。比如作者经常从对人物的叙述中跳出来，用古诗词，用电影、电视剧的台词论证故事和人物，甚至在《毛泽东选集》中寻找某种对社会阵营的分类答案。尽管这可能也是作品最大的毛病，但是从作者的意图分析，也能说明一种良苦用心。

王保卫先生的创作激情非常饱满，创作路子也非常正，从《火山口》和《黑石村往事》这两部作品看，他具备文学创作的才华和天赋，这似乎是毋庸置疑的。

但是，在文学创作上操之过急，往往就会留下许多令人遗憾的不足和漏洞。我坚信，文学是个技术活，尽管有古贤曾经说过"道法自然"，也有当代作家说过"小说就是说话"。实际上那些说法无不包含着深刻的哲理，包含着他们许多年的创作经验。但是如果将文学创作仅仅当作一句话理解，就把它看得太简单、太游戏了。所以，我觉得《黑石村往事》存在以下几个问题：

1. 结构。现实主义长篇小说，几乎都是通过描写主要人物的命运来揭示社会的动荡和变迁。所谓的技术活，就是小说的整体结构，特别是长篇小说；如果没有完整的结构，没有贯穿始终的主线，就会失去通篇的思想性，人物也会游离不定，很难在作品中站起来。《黑石村往事》开篇是从蒋根喜写起（文艺作品中主要人物的亮相），我以为蒋根喜的成长和成熟会主导着整个故事的展开。但是读到最后，蒋根喜竟然仍然是无足轻重的人物。诚然，作者对蒋根喜这个人物的形象刻画得还不错，尤其写到他对惠天禄愚忠般的忠诚。但是从通篇结构上说，蒋根喜的最先出现让我这个读者觉得很难理解和接受。

2. 取舍。文学创作还有一个取舍问题。这部作品故事多，人物多，情节多。从时间顺序上看似乎都很连贯，但是我以为写得有点随心所欲，尤其在人物的连贯上，总是经常捡起一把芝麻，而把那些刻画主要人物的西瓜丢失了（惠天禄和兰妮的偷情）。作品最后一章"追捕记"，本来是几个主要人物命运最悲伤的大转折，也应该是作品最出彩的情节，但是那样仓促地交代了事，就成为一种大遗憾。

3. 格调。应该说，这部作品遵循了现实主义的创作手法，可是有一段甚至写了驴和马对话，这种荒诞主义的手法显然是从莫言的《生死疲劳》中借鉴过来的。不是说不能那样写，而是说那样就偏离了整体格调和创作手法，我觉得就不伦不类了。另外在语言风格上，有许多语言显然是电影、电视剧的台词，如此过多的运用，会让人觉得似曾相识，从人物的嘴里说出来，也会有脸谱化之嫌。在许多地方，作者还直接把热播的影视剧剧情拉进去，把古典诗词拉进去。在作者看来，这可能也是一种创新。其实这样往往会事与愿违，一是失去了作品的严谨性，二是好像作者已经无力描述，就找来一个合适的比喻。此外，在作品的许多细节描写上，忽儿显得很粗糙，忽儿又夹杂着大段大段的文言文，在这儿我不想再一一列举。

我和王保卫一直是坦诚相见的朋友，保卫还喜欢叫我"师父""老师"，所以开会之前我就告诉保卫，关于文学作品的研讨，说真话是我一贯的风格。保卫哈哈一笑说，说假话就不配当师父了。当然，所有文学作品都是仁者见仁、智者见智的，我的看法仅仅是一家之言、一己之见。如果还有可取之处，那就是我对朋友的一种关怀、一种责任；如果说得有点偏激，那也是对朋友的鞭策和督促。

守护公路的颂歌

看完赵培森先生《公路放歌》的书稿，让我肃然起敬的是名曰《道班趣闻》的那首打油诗。培森先生在那首诗的后记中还写了几句话："我把这四十个道班的班名这样写了下去，虽然意境平淡，仍觉得有点意思。干这一行，想着这一行，见笑了。"别说对培森先生非常了解，就是作为一个陌生的读者，我想也会由衷地感叹他那种崇高的敬业精神。在渭南辖区的公路版图上，我想全部的道班也就是四十个，作为公路局的领导成员，对此耳熟能详的也许不止他一个，但是用一首诗作囊括进去，就必然需要长年累月、翻来覆去地念叨，甚至还要知道它们相互间的依存关系，这样才能发现连接渭南整个交通的道班班名音节和音韵。"'龙潭'水深'洛河桥'，水流'蒲富'漫'王寮'；'桥头'河畔'回回池'，'关环'车流绕'大什'……"诸如此类的句子，尽管都是朴实的素描，但我却分明听到了公路人艰辛的奔波和高昂的放歌。他们的乐谱就是巨大的公路网，他们的歌声在广袤的大地上，豪情飞扬！

当然，培森先生在他的这本文集中还收录了大量其他作品，而我之所以要最先对那首诗作发出赞许，并不是说那首诗作就代表了培森先生的才华和诗情，也不是说那首诗作具备多么高深的文学性——我甚至以为不能用文学的名义和尺度来苛求培森先生作品的内涵和深意，尽管文集中的一些散文也写得不错，时而呈现出微言大义的炽热胸怀，文笔也显现出他那直率而又本真的个性——而是它能让人窥一斑而见全豹。借助那首诗作的推力，再观照文集中的全部作品，我得出明晰的结论：培森先生不但多才多艺，而且把自己的所有才情都奉献给了他一直钟爱的公路事业。

　　培森先生对多种艺术门类都有所涉猎：歌词、快板、戏曲清唱、散文、诗词、摄影。他还几十年如一日地坚持着对书法的习练和钻研，而且得到过众多好评和奖励。这样的多面手，仅仅用天赋来评价是远远不够的，其实更多是精神的磨砺、学识的积累，以及毅力、耐力上的自我鞭策。正如他的格言所说："每个人都具有成功的资本，每个人都具有获取成功的条件，当机遇来临之时，勇气和努力往往是决定成败的关键。"由此，我们就可见培森先生对自己的严格要求和严谨的学习、工作态度，抑或还有对艺术的孜孜求索。

　　人是多么容易对司空见惯的事物视若无睹，而培森先生却能在那些司空见惯的事物中发现美的真谛。在他笔下，既有对公路人的深切关怀，也有对公路人的真诚礼赞。礼赞者和被礼赞者都会赢得世人的尊重。这些汇集成一本书，也就成为这本书的珍贵之处。至于培森先生描写旅游观光和亲情友情的散文，我以为仍可视作一种胸怀和情操的拓展，是一种对人生和自然的双重体验。

　　阅读《公路放歌》，令我觉得赵培森的人生是如此灿烂！

2011 年 12 月 25 日于惠园

《负曲史话》序

王志健先生实在是做了一件让所有负曲人都感到钦佩的大事情：多年前他就写成了本书，并很快在众乡亲中不胫而走，赞许之声不绝于耳。虽然他记述的只是那块土地的历史沿革、人文地貌，但是其深入地挖掘，辛劳地收集，庞大繁杂的工作是可想而知的。当乡亲们纷纷要求加印和再版时，他又增添了一些章节，填补了一些空白，对文字也认真地做了润色，以使此书臻于全面和完美。

在我们共同的记忆中，统称负曲的那一片乡村不但平凡，而且闭塞，更何况经历了诸多变迁：先是称为负曲乡，后来成了人民公社，然后又恢复了乡的称谓。至今，在撤乡并镇的过程中，甚至失去了本真的自我，也就是说，负曲乡已经不存在了。在以后的志书和版图上，也就湮灭在历史的长河中了。

所以，值得欣慰的是，还有《负曲史话》留传于世。它让世人看到，称谓可以变化，但是那里的芸芸众生仍然会以地域中的负曲人相亲相近。从这个意义上说，王志健先生写成的不仅仅是一本书，而且是给负曲那块土地的后代们铭刻的一份珍贵的情谊。

2012 年初春于惠园

后　记

  两年前，我终于回了一趟我的母校。

  现在，许多人的母校都会有好几个：小学、初中、高中、大学。甚至有的人还会加上读研、读博和出国留学的学校，等等。我念过书的初小和高小都已经随着时代的变迁而消失了，高中则从来没进过，35 岁时直接进入西北大学进修。虽然进修生也能取得学历和学位，但是在许多人的认知中，谁要说那也是自己的母校，大概会招来诸多的讥笑和嘲讽。由此看来，我前边的母校已经了无踪影，后边的母校又不敢说是"名正言顺"，所以，阳郭初级中学就成为我唯一的母校了。

  回母校就要带礼品，我就向母校赠送了我近年出版的部分文学著作。按照约定俗成的说法，对母校的学生都应该称师弟师妹，可是 50 多年过去了，从年龄上说又存在巨大的差异，肯定是几代人了。记得我在赠书仪式上讲了这么一段话：每个作家都会把自己的母校铭记在心。我出生和成长的村子与阳郭中学只隔着学校后边那条沟，这些年来，我也是不时地要回故乡认祖归宗，无数次从学校门口经过，可是为什么时至今日才走进母校呢？那是因为 1966 年我刚入学阳郭中学时，她还只是初级中学，可是在我离校后，很快就升格为高级中学了。尽管学校还是那个名字，但我却觉得她与我已经没有关联，当然就不敢称其是我的母校，更不敢以归来者的身份踏进学校的大门。现在我之所以敢进来，是因为阳郭中学在前一年又恢复了初级中学的性质。

我是喜欢较真儿的人，喜欢名正言顺。

由此我就想到"心有所依"这个词，并以此来命名这本散文集。我一直思念着我的母校，而要名正言顺地走进去，却必须找到恰当的理由、恰当的时机。如此这般，一直"所依"了几十年，而完成心愿却只在朝夕之间。创作和生活，同样也存在着这样的困惑：似乎近在咫尺，有时候又是那么的遥远，你以为属于自己，其实风马牛不相及。在漫长的写作过程中，我时常提醒自己，必须让思维纵横驰骋，最后还要找到落脚点，找到自己灵魂的归依处和共鸣点。当然，也不能把"心有所依"具体化、狭隘化，可以尽情地扩而大之，使之与整个生命过程息息相关。

宇宙大得没边没沿，而人心也是一个小宇宙。星球和星球的距离要用光年来计算，人类的足迹无法到达，人却可以无限地想象，一秒钟就走出银河系。享誉世界的英国物理学家霍金，几十年躺在轮椅上，思想却一直在浩瀚的宇宙中翱翔和超越。在平常的生活中，人心也是时时处处充满了渴望、奢望和欲望，说到底这就是人的本性。在我看来，心有所依也是一种人生态度，是和"浮躁""浮夸"对立的处世方式。

人无所舍，必无所成。心有所依，苦亦有乐。

李康美
2018 年 4 月 18 日于惠园